U0557934

eye.

守望者

——

到灯塔去

Conversations with Gabriel García Márquez

加西亚·马尔克斯 访谈录

〔美〕吉恩·贝尔－维亚达 编

Edited by **Gene H. Bell-Villada**　许志强 译

南京大学出版社

图书在版编目(CIP)数据

加西亚·马尔克斯访谈录 / (美)吉恩·贝尔-维亚
达编;许志强译. —南京:南京大学出版社,2019.7(2021.1 重印)
ISBN 978 - 7 - 305 - 21997 - 9

Ⅰ.①加⋯　Ⅱ.①吉⋯②许⋯　Ⅲ.①访问记-美国
-现代　Ⅳ.①I712.55

中国版本图书馆 CIP 数据核字(2019)第 079213 号

Conversations with Gabriel García Márquez
Edited by Gene H. Bell-Villada

Copyright © 2006 by University Press of Mississippi
Simplified Chinese translation copyright © 2019 by Nanjing University Press
All rights reserved

江苏省版权局著作权合同登记　图字:10 - 2017 - 459 号

出版发行　南京大学出版社
社　　　址　南京市汉口路 22 号　　　　　　邮　编 210093
出 版 人　金鑫荣
书　　　名　加西亚·马尔克斯访谈录
编　　　者　[美]吉恩·贝尔-维亚达
译　　　者　许志强
责任编辑　顾舜若
照　　　排　南京紫藤制版印务中心
印　　　刷　江苏凤凰通达印刷有限公司
开　　　本　787mm×1092mm　1/32　印张 13.25　字数 194 千
版　　　次　2019 年 7 月第 1 版　2021 年 1 月第 4 次印刷
ISBN 978 - 7 - 305 - 21997 - 9
定　　　价　68.00 元

网　　　址:http://www.njupco.com
官方微博:http://weibo.com/njupco
官方微信:njupress
销售咨询:(025)83594756

* 版权所有,侵权必究
* 凡购买南大版图书,如有印装质量问题,请与所购
  图书销售部门联系调换

中译者序

许志强

一

已故的加西亚·马尔克斯是拉丁美洲颇具传奇色彩的小说家。要了解这位作家的生平,获得一幅其经历和思想的地图,阅读相关传记资料是合适的途径。这个方面除了通常的评传、自传,还包括作家参与的各种访谈,亦即收录在本书(《加西亚·马尔克斯访谈录》)中的对话和交谈,它们是很有价值的第一手研究资料。

传记写作方面,巴尔加斯·略萨的《弑神者的故事》、达索·萨尔迪瓦尔的《回归本源》等，围绕《百年孤独》的神话做了颇为有效的挖掘，而马尔克斯晚年的自传《活着为了讲述》，将已经发掘过多次的考古现场又细细地爬梳了一遍，他的童年，他的外祖父外祖母，他的冰块，他的妓院，他的卡夫卡和福克纳……这些最初是在访谈中披露的内容，被传记和评论文章所吸收，而且被反复征用，构成固定的标配。某些耳熟能详的桥段，诸如初读卡夫卡《变形记》时惊呼"我操！居然可以这么写……"，无疑是适合传播的诸多轶事之一，不流行则几乎是不可能的。马尔克斯在这个方面的本事似乎无人能及，他以合乎自身气质的方式处理轶事，使之兼有古老的口传文学和后现代邪典的特点。

马尔克斯的自传性陈述首先是在其访谈中确立的。在《百年孤独》持续走红的 20 世纪七八十年代，他接受了一系列采访，描画出他的生平和思想的轮廓。如果我们把他的创作视为一种深刻的自我表达，那么他的访谈是以另一种方式在挖掘自我了。这是作家和采访人合作构建的一种表达，有着口头交流的种种好处和局限。访谈不同于创作，它纯然是解释性的，但对马尔克斯来说,它也是叙述性的。不同的作家有不同的倾向,索尔·贝娄的访谈总是在谈抽象观念,马尔克斯的访谈总是在讲趣闻轶事。切莫以为后者是一种智性不足的表现。

《加西亚·马尔克斯访谈录》显示了作家和采访人是如何合作构建一种陈述的。《弑神者的故事》前半部分即有关传主生平部分,也是这种合作的一个案例,巴尔加斯·略萨基本上是在马尔克斯框定的形式中讲述后者的生平故事。不是限定讲述内容,而是在同化的基础上制定讲述的趣味和视角。这方面传记作者和大部分读者、评论家一样,难以避免《百年孤独》综合征的影响,这自然是由于马尔克斯的气场过于强大之故,接近他而不受其影响几乎是不可能的,人们会不自觉地沾染他的语气、他的眼光、他的思维方式,甚至沾染他的遗忘和谎言。我们从访谈集里看到,采访人会带上一盒松露巧克力去见作家,好像这是让马孔多神父腾空而起的巧克力;或是以神话化的目光打量作家的妻子,像是在探究俏姑娘雷梅苔丝升天时的模样;采访结束后还不忘记观察马尔克斯两个儿子的臀部,看看裤子后面是否长着猪尾巴;这些都是《百年孤独》综合征的表现。让全社会都沉浸在其创作的精神气氛中,大概只有托尔斯泰才办得到吧。马尔克斯无疑是达到此种境界的少数作家之一。他创造了一种新的美洲身份,激起全社会的兴趣和热情。我们看到,作家的精神能量和艺术个性在访谈中也有突出表现。

虽然本书的主要内容是被传记写作消化吸收了,而且和作家其他的访谈作品(《番石榴飘香》等)有交叉重叠之处,但仍有出版的价值。主要有以下几点理由。首先,这是有关马尔克斯访谈的较为系统的汇编,埃内斯托·贝梅霍、丽塔·吉伯特、《花花公子》《宣言》等重要访谈都收录在内了,采访内容延伸至《迷宫中的将军》《一起连环绑架案的新闻》等中晚期创作,而流行的评传及作家的自传都未涉及晚期创作,从这一点讲它也是不可取代的。

其次,访谈也记录了马尔克斯的即兴创作,可供研究保存。例如,他对记者透露《族长的秋天》的情节,而关于"彩票儿童"的插曲和后来出版的小说不完全相符,这里所讲的就变成另一个版本,这个版本的讲述好像更感人些。再如,他重述了早年发表的一篇新闻报道,题为《遗失的信件的墓地》,既像虚构也像纪实,表达了他对体裁分类的看法,别处很难读到这篇东西。关键在于此处蕴含着马尔克斯的一个较为极端的想法,即他认为用口头讲述代替书面写作是一种更好的文学选择。这种说法未必需要认真对待,但从他口述的小说《淹死在灯光中的孩子们》(收入《梦中的欢快葬礼和十二个异乡故事》时题为《灯光似水》)来看,口述和书写的临界效应有时似乎差别不大,口头叙述也能将核心的东西有效传递出来。歌手埃斯卡洛纳说,"《百年孤独》就是一首三百五十页的巴耶纳托歌曲",大致包含这个意思。不妨认为,访谈的自传性陈述,其效应也未必弱于任何精心结撰的陈述。

再次,对话所提供的材料未必都已被传记写作吸收,有些细节还是要从访谈中去了解的。例如,马尔克斯推崇的"完美结构"的典范,人们通常只知道是《俄狄浦斯王》,不知道还有英国作家威廉·雅各布斯的《猴爪》。再如,马尔克斯说他不知道妻子的年龄,虽说他们是青梅竹马的恋人,每次填写入境申报单,在妻子年龄这一栏都空着让她自己去写,他们俩遵守着这种有点古怪的默契。

另外，巴尔加斯·略萨和萨尔迪瓦尔的评传都未提到"剽窃"事件，即有人举报《百年孤独》剽窃了巴尔扎克的《绝对之探求》，作家本人对此做了一番辩解。细节还有不少，这里就不展开了。

总之，文学、电影、音乐、政治、婚姻、教育、童年等，不同的话题自由切换，思维和情绪的火花四溅，读起来是过瘾的。作家声称，这个世界上他最感兴趣的是"滚石乐队、古巴革命和四位友人"。他说："如果让作家选择生活在天堂还是地狱，那他是会选择地狱的……那儿有更多的文学素材。"谈到乱伦作为精神分析的主题，他说："我感兴趣的是姑妈和侄儿应该上床，而不是这件事情的精神分析的根源。"呵呵，多么马尔克斯的表述！

集家长的尊严、摇滚明星的气场和求道者的精神于一身，作家在访谈中找到了极佳的角色感，畅所欲言而不妨自相矛盾了。他是拉美文学的代言人。问世于1975年的《族长的秋天》，堪称巅峰之作，迄今难以超越。可以说，在20世纪后半期的世界文坛，他的一言一行都是最受瞩目的。

二

马尔克斯研究中有几个核心论题,诸如《百年孤独》的创作历程、魔幻现实主义的定义、加勒比文化和神话化写作的关系、新闻和文学的关系等,涉及创作意识、创作特性、写实和虚构等文艺学议题,格外引起关注,也是早期访谈的主要内容。其中谈论得最多的还是《百年孤独》的魔幻现实主义。

《花花公子》的导语给魔幻现实主义下了一个精确的定义:"魔幻现实主义是一种将幻想和现实融合为一个独特'新天地'的讲故事形式。"作为一种创作方法,它在阿斯图里亚斯、胡安·鲁尔福等前辈作家手中已臻成熟,何以在马尔克斯这里激起如此巨大的反响呢?通常的解释是《百年孤独》的《圣经》风格和史诗叙述具有非同凡响的感染力。混淆幻想和现实的界限并使两者得以融合的手法,是其中的关键,无疑有着某种爆炸性能量。萨曼·鲁西迪、托妮·莫里森、伊莎贝尔·阿连德、莫言等人的创作都受惠于《百年孤独》，其影响是怎么估计都不过分的。据尹承东1984年的不完全统计，全世界各种文字的《百年孤独》版本有一百种左右，研究专著不下四百种。现在当然是远不止这个数字了。研究的角度五花八门，观点和诠释却时见重复（而且高度依赖访谈提供的线索），由于马尔克斯对魔幻现实主义的标签有时承认有时否认，研究中也出现了"挺魔派"和"倒魔派"，对这个标签是否恰当进行争论。

马尔克斯本人的认同，首先可见于贝梅霍的访谈中，作家提出了"准现实"的概念，认为拉丁美洲人的预兆、疗法、迷信是日常现实的组成部分，应该与其他的组成成分等量齐观，这与巴西电影导演格劳贝尔·罗沙（Glauber Rocha）等人的观念和实践是契合的，和卡彭铁尔的"神奇的现实"的概念也如出一辙。《花花公子》记者问道，拉美世界到底是哪一点促使作家以这种现实和超现实的奇异混合来进行创作的？马尔克斯从民俗学的角度作答，用加勒比地区混合文化的开放性为其创作辩护，不仅承认魔幻现实主义的标签，而且认为这是他"政治成熟"的标志。为什么说是"政治成熟"？提倡神话化的诗学观而不感到自卑了,简单地讲就是如此。从前觉得神话化写作是对现实的逃避,现在不这样看问题了。观念的转变对《百年孤独》的创作是很重要的。作家把创作承诺从现实扩大到"准现实"而毫无违和感,于是汤锅会自己从桌上移动并掉下来,神父喝了巧克力汁会腾空而起,死者的鲜血会像长了眼睛一样曲曲折折地流向母亲的厨房,这种让人惊异的写法像是一种公开的冲撞和冒险,竟使得现代主义实验也像纸糊的帽子一样显得孱弱了。魔幻现实主义从此风行起来,其实是20世纪后半期唯一成规模的跨国文学流派。

然而,作家并不总是赞成以这个标签来解释他的创作。他说:"我所有的作品都是契合于某种地理和历史的现实。"他希望读者和批评家更多地看到他作品中"那种纪实的、历史的、地理的根基"。也就是说,在其神话化写作的重负之下,看到一个从事"驱魔"的意识形态分析师。

这种表述是并不矛盾的。只有当我们把作家的言论割裂开来并且各执一词时,才会出现"挺魔"和"倒魔"的无谓争论。可以说,在阿根廷作家努力写得像欧洲作家那样时尚的时候,马尔克斯对种族无意识的表达投以关注。他以自身的方式思考拉美的社会、文化和历史。正如批评家指出，在胡里奥·科塔萨尔的《跳房子》、莱萨马·利马的《天堂》、卡洛斯·富恩特斯的《换皮》、卡夫列拉·因凡特的《三只忧伤的老虎》所主宰的拉美文学实验室里，马尔克斯的《百年孤独》是读起来最不费力，从语言到结构可以说是最少实验性的小说，而其构思和变形的手法却是如此不同凡响。那种表现模式的显而易见的"天真"和犀利的观察构成一种张力；其"为所欲为"的叙述所包含的拉美文化身份认同，是先锋派文学进入民族和大众潜意识的一个范例。

有趣的是，世界其他地方的读者对马尔克斯所提供的表现模式似乎并不存疑，以为拉美就是小说中写的那样神神道道，牛头马面，是盛产"金葫芦"和"白鳄鱼"的"神奇的现实"，倒是本土记者提出质疑，认为作家的系列报道《拉西埃尔佩的小侯爵夫人》涉及的是"看上去完全不真实的国度里的一个地区"，对此作家回答道：

　　……我当然没有见过"金葫芦"或"白鳄鱼"或诸如此类的东西了。但那是活在大众意识中的一种现实。……这在一定程度上就是《百年孤独》的方法。

魔术师坦然亮出他的底牌。其实并没有秘密可言。也就是说，为什么不能换一种写法来写呢？可以找到一种既非写实主义也非实验主义的"综合事物的方式"，以一种看似天真的调子讲述怪诞事物，包括存在于人们意识中的事物。这其实是卡夫卡的方法。这是卡夫卡和加勒比民俗意识的一种结合。走到这一步花了作家二十年时间。魔幻现实主义是个恰当的标签。在作家"综合事物的方式"中，真实与虚幻得以共存。也许问题只有一个，作家是否有权利用欢快、嬉戏、夸张的调子来叙述拉美人的悲剧？正如记者对马尔克斯说："你在罢工和屠杀的场景叙述中保持着某种轻快的调子……"

这是关乎意识形态的诗学问题。作家根据加勒比文化属性给出肯定的回答，认为这种文化的特点就是反对一本正经的严肃。当然，这个问题需要进一步阐释。作家所说的"历史和地理的根基"其实是限于加勒比地区，这在访谈中讲得清清楚楚。我们不应该忽视这一点。从《枯枝败叶》《百年孤独》到《霍乱时期的爱情》《迷宫中的将军》,作家倾向于用一个独立的地理概念来阐释哥伦比亚或拉丁美洲,将加勒比地区和哥伦比亚内地尤其是波哥大地区对立起来。这种限定在创作上也许是必要的,就社会现实及文化的反映而言,不能不说也是有所简化的。扩大的现实概念是否一定意味着是扩大对现实的表现,这似乎也值得斟酌。作家本人的看法比较审慎:"《百年孤独》不是拉丁美洲的历史,而是拉丁美洲的一个隐喻。"

萨尔迪瓦尔的评传(以及相当一部分专业学位论文),其立论的线索是来自波哥大《宣言》杂志1977年的访谈,即所谓的"回归本源"的理念。如何理解这个理念,如何看待相关的自传性陈述,值得再思考。这恐怕需要一段观察问题的距离,而不能只是基于同化的趣味和视角。

三

在本书收入的访谈中,最尖锐的当属《宣言》杂志的访谈,来自作家感到不太亲切的波哥大知识圈。它不像威廉·肯尼迪的文章(《巴塞罗那的黄色电车》),是用马尔克斯的思维方式写马尔克斯,它是以常规的社会学意识和笛卡尔式的理性思维来看问题。它指出:

> 总的说来,在你的作品中通常有着像是充满每一部作品的面目清晰的人物,可在那些作品中,老百姓显得稀淡,充满着作品,却是处在次要的层面上,像是附加物。

这一点在《枯枝败叶》中尤其明显。马尔克斯的作品写到家族,写的不是平民百姓之家;从布局上看,也有一个明显的内外价值区分,人民群众如果不是被视为庸众,至少也都不处在前景位置。从存在主义的思想脉络看,这不算是什么奇怪的现象。但鉴于作家一贯高调的左翼立场,《宣言》杂志的这个问题就提得很尖锐了。

作家回答说:

> 是的,民众会需要他们的作家,会需要把他们的人物创作出来的作家。我是一个小资产阶级作家,

我的观点始终是小资产阶级的观点。这就是我的层次、我的视角，即便我的关于团结的态度可能是有所不同的。但我并不了解那种观点。我根据我自己的观点写作，从我碰巧所在的那个视域写作。关于民众，我知道的不比我说的和我写的多。我知道的可能是要多一些的，但这纯粹是理论上的了解。这个观点是绝对真诚的。我决不试图强求什么。我说过一句话，连我爸爸都为之烦恼，他觉得那是一种贬低。"说到底，我是什么人呢？我是阿拉卡塔卡的报务员的儿子。"我爸爸认为是很贬损的东西，对我来说相比之下简直就像是那个社会中的精英了。因为那位报务员自以为是小镇上的首席知识分子呢。他们通常是些不及格的学生，是那些辍了学、最后干了那种工作的家伙。阿拉卡塔卡是一个满是劳工的小镇。

这段话包含着一些总结性的观点，却鲜少被引用，大概是被当作尖刻的牢骚而未受到足够重视吧。马尔克斯说他自己是小资产阶级，这自然是正确的。从身份属性和思想趣味来讲是这样。在将该词污名化的特定政治语境中,这个常规的社会学标签总显得有损名誉,用在作家和知识分子身上应该是恰当的。不排除有为大资产阶级或无产阶级代言的文学,也不排除有巨富或赤贫的作家,但毕竟是所谓的小资产阶级占据主流。这一点本来是用不着强调的。说作家其实都属于小资产阶级,这又能说明什么呢? 只是向来很重视其左翼社会主义立场的马尔克斯,在此一反常态,大谈其小资产阶级的创作属性,多少会有些让人吃惊。

让人吃惊的还有后半段的尖刻嘲讽。对报务员父亲的嘲讽是够刻薄的,归根结底是对他自己的出身表示不满。这一点他也像是在复制福克纳,贬低父亲,颂扬祖父。像福克纳一样,对自己那块倾注了诗意和想象的飞地也加以奚落,斥之为乡巴佬的聚集地。约克纳帕塔法或马孔多,终究是被上帝和命运遗弃的地方。《百年孤独》的结尾判决马孔多不会有在地球上再次存在的机会,说的就是这个意思。这种末世论的裁决,基督教神学的成分少,文化意识形态批判的色彩浓。

作家的思想与其说是左翼社会主义,不如说是存在主义。他以鄙弃的口吻谈论马孔多的原型、他的故乡阿拉卡塔卡时，他就是一个仿效巴黎风格的才子，抑郁疏离，简慢不逊，这是他身上很真实的东西，也是他构建马孔多的一种材料。他是不会因为贫穷落后而自恋的，更不会因为国族主义或乡土情结的教育而进行自我的精神阉割。他是小资产阶级的波希米亚作家，对小资产阶级的沉沦有深刻体验。《伊莎贝尔在马孔多观雨时的独白》《蒙铁尔寡妇》等篇所表达的沉沦乡土的愁苦和绝望，在他创作中其实是一以贯之。这种创作对"阶级性"问题并不敏感，对主体性的境况则关注有加，其思想的基调是属于存在论的范畴。那么到底什么叫"回归本源"？换言之，是否应该有限度地看待"寻根""大地和神话的创作方法"等诠释之于马尔克斯的意义？当作家声称其"精神特质是意识形态特质"时，该如何看待其思想的性质而不至于太过片面？

这方面的问题总是不那么简单。美国《综艺》杂志的安德鲁·帕克斯曼，将《百年孤独》定义为"通过个体的哥伦比亚人的生活探索拉丁美洲的社会历史"，他强调的是国族寓言中的个体。米兰·昆德拉则认为，"《百年孤独》

注意力的中心不再是单个个体,而是一整列个体",因为
"他们每一个都把未来对自己的遗忘带在身上","每一个
人的名字都彼此相似",他强调的是个人主义的断裂或变
质。这两种看法都有道理。对一个问题有不同的观察和
强调,纯属正常。但是认为这些"片面"可以(像立体主义
那样)综合协调,也就是说,认为帕克斯曼的观点和昆德
拉的观点可以兼容,从逻辑上讲就有些可疑了。而在马
尔克斯这一代拉美作家的创作中,文化多元主义的兼容
或暧昧的综合几乎就是一种常态。昆德拉在《相遇》一书
中提出疑问,《百年孤独》既然不属于"欧洲个人主义的时
代",那是属于什么时代?"是回溯到美洲印第安人的过
去的时代吗"?"或是未来的时代,人类的个体混同在密
麻如蚁的人群中"?

　　大体而言,这些问号也适用于其他拉美先锋小说。
不妨问一下博尔赫斯,他笔下的布宜诺斯艾利斯的街角、
残月和血案是属于什么时代?不妨问一下胡安·鲁尔
福,他的科马拉村的无时间的时间,问一下卡彭铁尔,他
的"溯源之旅"的花园和宅邸,问一下科塔萨尔,他的"被
占领的宅子"的幽闭恐怖症,这些都是属于什么时代?

西语美洲和其宗主国西班牙一样,并没有经历文艺复兴时代。所谓的"现代性启蒙"也总是滞后、隔离、不充分的,正如马尔克斯对记者所说:"在我们仍然设法进入20世纪时,你怎么会相信我们是能够考虑21世纪的呢?"话虽然说得愤激,但那种启蒙的观察意识是冷静清醒的。耐人寻味的是,这种认识并未阻碍他们在艺术上融入欧美现代主义。这一点很重要。对《百年孤独》来说,南美外省的乡村场景和巴黎的象征主义诗学非但可以兼容,甚至必须兼容。这就形成了一种独特的文化意识形态,一种绝不能说是折中的拉美世界观:非存在的存在,无时间的时间。阐明这些命题不是本文能做到的,只需指出这种非笛卡尔式的思维不是一种文字游戏就可以了。

正如记者所言,"魔幻现实主义与其说是超现实的东西,不如说是一双更锐利的眼睛看到的日常世界"。是的,它体现了一种很强的观察意识和综合事物的企图。"超现实"的视觉呈现不能说是一种虚幻,它植根于历史的观念和文化意识形态的诉求。它把文化滞后的尴尬转化为一种惊人的时空观和叙述游戏。

　　《百年孤独》的激进的世俗观点是有其背景和针对性的。作家在访谈中指出，哥伦比亚没有打赢联邦战争，因此它在公证结婚离婚、教会和国家分离、世俗教育等方面落后于委内瑞拉等国家。他说："我成长的那个环境是非常压抑的。"他说他的儿子在读《一桩事先张扬的凶杀案》时，觉得像是在读科幻小说，因为新娘子不是处女就要杀人问罪，这在他们看来是一个很遥远的世代了。尽管马尔克斯的创作（如评论家所言）拉开了全球化序幕，他的前半生却是在物质匮乏、狭隘保守的环境中度过的。其作品中恍惚如梦、宿命无力的感觉表明，作家从未和他的来源分离；他的左翼波西米亚的立场，也应该从这份乡愁中得到理解。

目　录

001　引言

019　年表

001　如今是两百年的孤独

057　加夫列尔·加西亚·马尔克斯

114　巴塞罗那的黄色电车：一次访谈

154　回归本源之旅

186　《花花公子》访谈：加夫列尔·加西亚·马尔

　　　克斯

268　建造指南针

286 "肥皂剧妙极了。我始终想写它一个。"

298 加西亚·马尔克斯论爱情、瘟疫和政治

316 《迷宫中的将军》是一个"复仇"之作

345 和加西亚·马尔克斯在片场

351 加博换工作了

366 译后记

引　言

吉恩·贝尔-维亚达

　　车厢里坐在我对面的那个二十出头的女人埋头在读她的那份《爱尔兰时报》。大概是在20世纪80年代晚期吧。午后三点钟左右，波士顿的主要地铁干线"红线"上乘客寥寥。从我的角度能够瞥见《爱尔兰时报》读者随意欣赏的那篇多栏文章的标题是《马尔克斯访谈》，或是类似的字样。《爱尔兰时报》记者的文章旁边登着一幅照片，是哥伦比亚诺奖得主那张留着小胡子的熟悉面容。

　　权威的四卷本的《加夫列尔·加西亚·马尔克斯书目指南》，由格林伍德出版社出版，不间断地登录了总计一百九十七篇的作家访谈。《爱尔兰时报》上的那篇对话不在其列。我提到这一点，并不是要对这套书勤勉的编辑玛格丽特·埃斯特拉·法乌（Margaret Estella Fau）、耐莉·斯费尔·德·贡萨莱斯（Nelly Sfeir de González）所做的极其宝贵的工作提出什么批评，而是作为一个例子说明，要把全世界所有新闻搜集者、贪婪的狗仔队手里掌握的加西亚·马尔克斯的私人对话都收集起来，这在信息流通中是很难做到的。

因此，发表在日语、俄语、希腊语或阿拉伯语书报上的和小说家的对话，其数目有多少我们只能猜测了，即便是最能通晓多种语言的西方的读者和研究者，也几乎是接触不到那些对话的。再者，在加西亚·马尔克斯职业生涯相对较早的时期，必定有发表在当地报纸杂志——哥伦比亚中等城市的日报或墨西哥的无名小杂志——上的采访，仍旧留在某地不为人知的私人收藏中。此外，和小说家的对话，出现在几个大陆上，通过收音机和电视机传播，未经誊录的总计应该可达四百、五百、六百篇。数字谁也说不准，最终可能是无法确定的。

确切的数目不去管它，事实上，采访加西亚·马尔克斯所具有的功能，就是梦寐以求的独家新闻，就是在文学出版物和大众媒体上都经常出现的专题特写。他的散文作品尽管极其复杂深奥，却在世界各地赢得广泛的读者群，正值其本人享有通常是足球运动员和电影明星才享有的声誉和曝光率之时，对这样一个作家而言，这只是意料之中的事。

为这样一本书搜集访谈，编纂者必定是要有所择取的。面对林林总总可以填满一套多卷本集子的篇什，研究者在那些对谈中最终挑选的，是特别清晰、全面、新鲜——或者说只是和加西亚·马尔克斯艺术成长中的某个具体作品和具体时刻直接相关的篇章。此外，凭其自身价值而享有关键文本地位的，单凭一点就有资格收入本书的篇什，也在选择之列。

鉴于新闻发布的次数甚多，作家最终难免会不止一次地重温熟悉的领域：他和他外祖父那种具有生发性的关系，他父母亲的艰难的恋爱，他支离破碎的童年，他离家求学的经历，他初为新闻记者和小说家的时期，他在巴黎、纽约和墨西哥城的不同阶段，他为创作《百年孤独》而进行的拼搏，以及举世闻名之时所出现的问题。此外还有文化主题和政治主题：他的加勒比的根基，他自身的左翼立场,他对古巴革命和菲德尔·卡斯特罗的看法,他的祖国哥伦比亚的暴力的无底深渊,以及美帝国主义。

在加西亚·马尔克斯访谈中,无可避免的文学主题是美国作家(尤其是福克纳)的影响,为其小说中的关键场景提供灵感的让他入迷的形象,他自己作为文人墨客的日常生活习惯,他对批评家的毫不在意,他刚出版的或者有可能是正在创作的新书。没有作家的个人话题集是无限制的,题材方面一定数量的重复只是意料之中的事。鉴于密西西比大学的"对话"丛书的编辑方针是要将每一篇访谈整体上原封不动地重新加以出版,在这些对谈中就难免会出现某种主题上的重叠。尽管如此,加西亚·马尔克斯那种独特的眼光、诙谐的气质和十足的魅力通常却有助于让最熟悉的轶事也变得新鲜和有趣起来。

这个访谈集的形成带有不寻常的特点:它包含着几篇拉丁美洲人或哥伦比亚人做的访谈,有时是在拉丁美洲的土地上做的,总是用西班牙语,没有译者。每一篇这种类型的访谈中,采访人的修养和国籍使得交流的动态出现巨大的差异。用卡斯蒂利亚语所做的交谈让人瞥见作家尽显其不拘礼节、直言无忌和风采照人的一面。

　　和《纽约时报》的记者在一起，加西亚·马尔克斯是一名相当国际化的文人——清醒，端庄，文雅，时尚，得体。相比之下，和拉丁美洲人在一起，作家就能摆出更愉快的样子，更能显示其本色，更率直，更务实。或者说，对围困其故土的日常恐怖他能宣泄一己的哀恸。因此，西班牙语的采访就有了共同的特点：随口提及当地的人民和地方、文化和民俗。某些当下的影射只有本书的哥伦比亚读者才完全读得懂。

　　此外，鉴于绝大多数采访作家的拉丁美洲人都倾向于左翼，也鉴于大量西班牙语读者是左倾的，加西亚·马尔克斯在这些访谈中公开发表其世俗、激进的观点，就表现出少得多的克制了。表示赞同的对话者，为很大程度上表示赞同的读者代言和提问，就必然会让小说家说出同情社会主义的话语了。

　　在和乌拉圭记者埃内斯托·贡萨莱斯·贝梅霍（Ernesto González Bermejo）的访谈中，这些观点便非常清晰地传达了出来。这篇对话成了批评家经常引用的一个小经典，就在加西亚·马尔克斯著名的杰作取得巨大成功的三年之后做成的，传达出由此书以及拉丁美洲小说的"爆炸"所引发的某种激动之情。在他们的对话——
是一场真正的对话——临近结尾时，加西亚·马尔克斯
向贡萨莱斯·贝梅霍表达了他对古巴社会主义实验的乐
观期望。可他们的长谈的主体部分聚焦于这位哥伦比亚
作家自身的成长：新闻记者、叙事者和他在小说中采用神
话手法的想法之间的内在联系。当时，加西亚·马尔克
斯正陷于《族长的秋天》漫长而缓慢的创作过程之中。爱
好此书的读者会注意到他所提及的几个关键插曲——哥
伦布的三艘帆船的魅影，被独裁者的彩票阴谋牵连进去
的无数小孩子。1970 年的这个"先睹为快的预告"和
1975 年的最终成品之间的出入之处，肯定是会让人注意
到的。访谈结尾处向预示了《一桩事先张扬的凶杀案》的
作品投去最初的痴迷的一瞥——它和未来那本书之间只
有最为一般性的相似。

　　丽塔·吉伯特（Rita Guibert）采访作家时，她是拉丁
美洲广为人知的一名新闻记者，其报道刊登在像《西班牙
生活》这样销路很广的杂志上。吉伯特和小说家的对谈
因此就有些分量了。除了和她一起回顾上述列举的那些
标准话题之外，加西亚·马尔克斯还触及了其作品中女

性人物所扮演的角色,他直截了当地反对传统的大男子主义行为准则。在社会主义这个问题上,他的表述一如既往地坦率,近乎发表公开的声明。一个特别引人注目的披露,是作家对他所想象的并希望写出来的一个短篇小说的预先概述;加西亚·马尔克斯的崇拜者会立刻认出来,这是短篇小说《灯光似水》的情节,这篇小说要到将近二十年后才在《梦中的欢快葬礼和十二个异乡故事》这个集子中刊印出来。看到作家将一个作品独自怀揣如此之久,然后保持着恰似它早日所宣布的那些特征,这是一件颇有吸引力的事情。

威廉·肯尼迪(William Kennedy)有点像是加西亚·马尔克斯的门徒,向哥伦比亚大师学会了如何在他自己的小说中将现实融入魔幻。他的访谈也是一篇散文,最初刊登在《大西洋月刊》上,享有特殊的文学声誉。这篇文章集结了大量的传记性资料,其中大部分可能是从小说家同行马里奥·巴尔加斯·略萨①那部六百页的

---

① 马里奥·巴尔加斯·略萨(Mario Vargas Llosa,1936—　),拥有秘鲁和西班牙双重国籍的作家,诺贝尔文学奖得主。(本书脚注如无特殊说明均为中译注。)

研究《加西亚·马尔克斯：弑神者的故事》(*García Márquez: Historia de un deicidio*，那时刚新鲜出炉，是该专题的主打作品)中收集到的。肯尼迪此前是波多黎各一家英语日报的记者，对小说家作为记者的成长进行了不同一般的追溯，而加西亚·马尔克斯强调了这个过程中奇异的一面，对魔幻在日常生活中的位置是有些看法要说一说的。加西亚·马尔克斯面对福克纳这个不可避免的问题，笼统谈及他与书籍之间的关系，较为明确地谈到对格雷厄姆·格林的热爱。他也对美国文学做出了高度评价，对"迷惘的一代"之后的美国作家却不够关注。

与现已关闭的哥伦比亚左翼杂志《宣言》(*El Manifiesto*)的全体撰写人员聊天时，加西亚·马尔克斯极为开放，显露出最为怀旧和私人的一面。他非常坦率地谈起他时好时差的教育，他贫穷的岁月，他住在妓院里的年少时光，他把《没有人给他写信的上校》写在纸上而意外地治愈了脓肿。对话自然是充满了拉丁美洲的指涉：《歌谣集》(西班牙中世纪的民谣传统)、巴耶纳托(巴耶杜帕尔的本土音乐样式，由叙事歌曲和扶手手风琴、打击乐器、低音乐器组成)、拉法埃尔·埃斯卡洛纳[①](最著名的巴耶纳托的作者和歌手)、像丹尼尔·桑托斯[②]那样的加勒比歌手、哥伦比亚文学经典《卡内罗》[③](字面意思是"公羊"——殖民时代奇异的仿编年史之作)。他回想起卡夫卡对他的发展所具有的决定性影响,承认在起草《枯枝败叶》时要费去很多功夫才避免和福克纳相像。最后,他指出了《族长的秋天》中的口语的加勒比风味——此书的拉丁美洲读者相当重视和欣赏的一个特点。

和《花花公子》(*Playboy*)的克劳迪娅·德瑞弗斯(Claudia Dreifus)的访谈,提供了最为广泛充分的传记信息,从而造成了和其他那几篇对谈的重叠。作家详细讲述了他那种古里古怪的家教(他在二十年后的回忆录[④]中对这个主题做了动人的描绘),深情地回忆那些曾经和

[①] 拉法埃尔·埃斯卡洛纳(Rafael Escalona,1927—2009),哥伦比亚的巴耶纳托歌手、作曲家。

[②] 丹尼尔·桑托斯(Daniel Santos,1916—1992),波多黎各裔美国籍的波列罗歌手和作曲家。

[③] 《卡内罗》(*El carnero*),哥伦比亚作家罗德里格斯·弗雷莱(Juan Rodriguez Freyle)的杂文集。

[④] 指马尔克斯的自传《活着为了讲述》。

他分享日常生活的妓女。这场谈话也有着很浓厚的政治色彩。举例来说，加西亚·马尔克斯抱怨用英语"美洲"（America）一词单独指代"美国"（the United States），这是绝大多数具有文化自觉的拉丁美洲人所熟悉的一个敏感议题。当时，美国在尼加拉瓜和萨尔瓦多发动的代理人战争正在升温，小说家详细分析了卡特总统和里根总统对待西班牙语美洲的政策。他还以迷人的方式给我们展示了作为小说读者和海鲜行家的菲德尔·卡斯特罗。这位哥伦比亚人直言不讳地表达了他对一本正经的厌恶，并且指出他那部最为著名的小说中一些魔幻插曲的来源，包括对《百年孤独》中那位喝了巧克力悬浮起来的神父的出处的迷人揭示。

仅仅做成加西亚·马尔克斯的客人就是一大挑战，吉恩·贝尔-维亚达的访谈正好是以记述这样一则历险开始的。一旦小说家最终打开了话盒子，他却是谈得流利而无拘无束。作家谈起《百年孤独》中"香蕉罢工"章节的历史依据（学者和批评家鲜少关注的一个话题），以及创作《族长的秋天》的动机和方法。加西亚·马尔克斯承认其草根性以及他对街头生活的情感，并且提示了把贝拉·巴托克①的形象和音乐都当作其写作榜样的不同方式。

20世纪80年代中期是加西亚·马尔克斯的全盛时期。诺贝尔奖刚刚颁发给他——在整个拉丁美洲大陆受到广泛的好评和庆祝。此外,他还进一步实现了他作为艺术家的抱负,写成了后来在纯文学和商业方面都取得惊人成功的《霍乱时期的爱情》。此一时期重要访谈的数量有所增长,内容显得更为严肃,更有分量。

玛丽斯·西蒙斯(Marlise Simons)为《纽约时报书评》所做的系列访谈②,正好捕捉到身处这个时刻的作家。在1985年起的初次交谈中,小说家和她讨论了描写老年及衰老过程的特殊挑战。因此,他提出了那个普遍被忽略的老年恋人之间的性关系问题——他的作品试图加以纠正的问题。他同样谈到逐渐年长的文学艺术家在创作方法上的变化。关于老年的主题,加西亚·马尔克斯声称,除了研读西蒙·德·波伏娃的《年齿渐长》(The

----

① 贝拉·巴托克(Béla Viktor János Bartók,1881—1945),匈牙利现代音乐的领袖人物、民间音乐学家。

② 玛丽斯·西蒙斯的访谈《爱情和老年》由于版权限制而未能译出。

Coming of Age)之外,他没有做过什么研究。不过,他在别的访谈(诸如和贝尔-维亚达的访谈)中承认,在每一部小说的准备阶段他都要做大量的阅读。

在他允许墨西哥记者苏珊娜·卡托(Susana Cato)所做的两次访谈的第一次访谈(1987年)中,加西亚·马尔克斯对他正好年满六十岁做了反思。接着谈论了作家在其大部头近作中使之处于显要地位的浪漫之爱的主题,他坦率承认了对肥皂剧和电视这个媒介的迷恋。因此,小说家就其自身对视觉媒体的参与和广泛承诺做了评论。他偶然致富的问题被提出来进行了讨论。他还提到菲德尔·卡斯特罗的敏锐头脑,同时,作为诺奖得主,他也刻意淡化他本人和政要人物的友好关系的重要性。

玛丽斯·西蒙斯再访大师时,他已经把《霍乱时期的爱情》着实抛在身后了。结果是又有两个访谈于1988年发表了,它们(正如她在一次私下交流中提醒我注意的那样)都是早先一系列谈话的综合。在1988年2月那篇中,小说家进一步谈到衰老和生活经验,谈到他对瘟疫的兴趣,谈到他那个关于爱欲与疾病的奇妙故事动人的起源。其他谈论的话题是他为促进拉丁美洲电影所做的努力,已在计划中的关于西蒙·玻利瓦尔的小说。

西蒙斯 1988 年 4 月的最后一篇访谈①,为在加西亚·马尔克斯青年时代扮演中心角色的那条浩瀚的马格达拉纳河提供了一些迷人的细节。始终重视细节的小说家,决定不给女主人公费尔明娜一个母亲,坦率承认不喜欢此书的男主人公弗洛伦蒂诺。加西亚·马尔克斯说起对译者的评论,谈到翻译中重复出现的完全相同的疑难问题,正如他讲起许多从其作品中看到自己生活与家乡的粉丝的来信,他的言谈有着深刻的揭示性。

作家的同胞、记者同行玛利亚·埃尔韦拉·桑佩尔(María Elvira Samper),正是和他谈论其玻利瓦尔小说《迷宫中的将军》的合适人选。玻利瓦尔神话是一股不可忽视的文化力量。南美洲国家的绝大多数国民,从小学起,其幼小的心灵就被灌输了理想化的知识,而公共雕像、政客语汇、地名乃至本国货币(如委内瑞拉,其基本货币单位就叫作"玻利瓦尔")则进一步强化了对"解放者"

① 玛丽斯·西蒙斯的访谈《他的最佳岁月》由于版权限制而未能译出。

的仪式崇拜。在这篇访谈中,加西亚·马尔克斯对"解放者"的纪念碑式的形象公开表达了不满,并且解释了他要让领袖和偶像变得人性化的自觉目标。他透露了做历史研究和咨询历史学专家(他们全都极力反对他笔下的一个场景,在那个场景中他所描写的玻利瓦尔赤身裸体地躺在吊床上,用脚在给音乐打拍子)的复杂性。加西亚·马尔克斯直觉性的方法和创造性的想象在这篇对话中显得尤为突出。我们了解到加勒比地理在其更多的作品中所占据的中心地位,而马格达拉纳河则再次成为关注的焦点。

安德鲁·帕克斯曼〔Andrew Paxman,为《综艺》(Variety)杂志〕在墨西哥城和小说家会面,对电影人加西亚·马尔克斯做了太过短暂的一瞥。我们了解到他有关电影制作的态度,又一次了解到他对有活力的真正的拉丁美洲电影业的期望。

此书倒数第二篇,也是苏珊娜·卡托所做的第二篇访谈(1996年),无疑是他们的对话中最为新颖和引人入胜的。在《一起连环绑架案的新闻》出版之后,它给我们提供了贴近调查记者加西亚·马尔克斯的长长的一瞥——他的方法、他特殊的困难(尤其是他身为诺贝尔奖得主的困难)。我们对展开调查的侦探工作有了细节化的了解,还了解到作者要让这种劳作取得成果,必须依赖中间人,只是为了避免引起公众对这个项目的关注。他承认对那位臭名昭著的毒枭巴勃鲁·埃斯科巴有一定程度的迷恋,对绑架受害者难言的苦难也有着切肤的敏感。更为戏剧性的是,在这篇访谈中我们看到了哥伦比亚人加西亚·马尔克斯,那个亲身感受到痛苦的人,为其祖国的政界和平民百姓(甚至包括贩毒团伙的枪手)中所发生的丑行恶状而感到痛苦。结尾的段落是作家对哥伦比亚和拉丁美洲所承受的无尽伤痛所做的思考,词锋最为雄辩,情绪最为激昂。

20 世纪 80 年代,加西亚·马尔克斯访谈的绝对数量达到了最大值,此后数量便急剧下降。与随着诺贝尔奖及其后的《霍乱时期的爱情》而来的大量访谈形成对照的是,作家 1994 年的中篇杰作《爱情和其他魔鬼》所促成的此类对话却很少,即便有也往往是简短的。与此同时,其他领域里出现了一种更为积极的进展。在比尔·克林顿总统(他最喜爱的小说是《百年孤独》)的有价值的决定中,其中一项是将哥伦比亚的诺贝尔奖得主从美国移民局的黑名单上断然撤除。

戴维·斯特赖菲尔德(David Streitfeld)所做的最后一篇访谈①直接起因于那个开明的行政决定,源于作家在美国很少几次可以让人近身的公开露面中的一次。在这首次学术类的遭遇中,加西亚·马尔克斯会见了乔治敦大学(作为克林顿的母校或许并非偶然)的一群学生。记者不允许出现在对话现场,但斯特赖菲尔德先生运气不错,在空闲时刻留住这位杰出的来宾长谈,听他细说克林顿总统以及他和他的动乱的祖国之间的关系。此外,其他几位著名的拉丁美洲小说家碰巧出席了乔治敦大学的活动,他们对这位哥伦比亚作家所做的一些令人难忘的思考在访谈中也占据了重要的位置。

1999年,在随着老年而来的一次悲伤的意外发现中,加西亚·马尔克斯经诊断患有淋巴癌。正如预料的那样,在这段治疗和康复的时期,几乎没有值得注意的访

---

① 戴维·斯特赖菲尔德的访谈《魔幻现实主义之日》由于版权限制而未能译出。

谈出现。然而在网上,一份署有作家名字的"告别"声明以多语种的方式流传开来,弄成了某种离奇的忏悔。这篇充满怀旧的感情强烈的长文博得了成千上万读者的同情,最终被揭露出来是假的。小说家本人在一份公开声明中予以否认,斥之为"cursi"(大意为"老生常谈""装模作样""自命不凡")。

集子里这些对话会让读者审悉拉丁美洲最为著名的作家,和透过这种媒介有可能产生的对人的了解几乎是一样充分的。传记性的材料俯拾皆是。他的政治观一再显露。他对自己最重要的作品中的具体细节做了论述。他的独立、直觉的方法及其讽世的态度会以奇妙的明晰传达出来。在其拉丁美洲同胞所做的访谈中,我们会看到他自身的拉丁美洲及加勒比地区的特性——他的热情、真率、亲和。加西亚·马尔克斯尽管生性羞怯,本质上却是一个好交际的人,实在是很喜欢用母语聊天的。在我和大师 1982 年的访谈中,我对他的这个方面有亲身了解,我在其他的对话中也看出了这一点。

我想要感谢托马斯·艾洛依·马丁内斯(Tomas Eloy Martinez),帮我查找两位拉丁美洲采访人或其同事。没有他的支持,重版这些对话是不可能的。感谢威廉姆斯学院索耶图书馆的蕾贝卡·欧姆(Rebecca Ohm)和克里斯汀·梅纳德(Christine Menard),她们以其感人的耐心带领我穿过在新型数字化信息系统中搜索访谈的重重迷障。感谢华盛顿特区哥伦比亚大使馆文化参赞办公室,以及斯特拉·桑切斯(Stella Sanchez)和她的朋友们,尽其所能帮我查找《宣言》杂志的地点。感谢奥尔巴尼作家中心,以及作家威廉·肯尼迪本人,将我引荐给有关部门,以获得许可重印其佳作。感恩缘于西塔·斯里尼瓦桑(Seetha Srinivasan),她花了数年时间试图说服我承担这个项目,我最终听从其劝告,成为主要受益人。最后但同样重要的是,感谢我的妻子奥黛丽(Audrey),谢谢她的为人,以及她所做的事情、她所提供的帮助。

年　表

1927 年　3 月 7 日①,加夫列尔・加西亚・马尔克斯生于
哥伦比亚的阿拉卡塔卡。父亲加夫列尔・埃
利希奥・加西亚,是镇上的报务员,有时做药
剂师。母亲路易莎・圣地亚哥・马尔克斯。
男孩是他们家的十一个孩子中的长子。八岁
前,他和外祖父尼古拉斯・马尔克斯上校、外
祖母特兰基丽娜・伊瓜兰住在一起。外祖父
曾是该国内战中的英雄,是当地自由党政坛上

---

① 也有文献记载马尔克斯的生日是 3 月 6 日。

的大人物,对作家产生了决定性的影响。

1936 年　随双亲迁往苏克雷河港附近的辛塞镇。

1937 年　外祖父去世。在卡塔赫纳和巴兰基亚上学。

1940 年　获奖学金,就读于锡帕基腊市的国立男子中学,距波哥大约三十英里的一所名校。广泛阅读欧洲经典作品。这十年和接下来的十年间,"暴力"席卷哥伦比亚的乡村。

1946 年　从锡帕基腊国立男子中学毕业。

1947 年　为使父母高兴,上了波哥大的国立大学法律系,在学校里是一名冷漠的学生。在波哥大的第二大日报《观察家报》上发表第一个短篇小说《第三次无奈》。

1948 年　4 月 9 日发生在波哥大的严重暴乱打断了他的生活。国立大学无限期关闭,他居住的出租屋被焚毁。转学至卡塔赫纳大学,很少去听课,但也重新发现了他的加勒比之根。开始为卡塔赫纳的日报《宇宙报》撰写每日专栏。

1949 年　继续在《观察家报》上发表短篇小说。和"巴兰基亚小组"的作家友善相处,通过他们逐渐了解现代主义作家。

1950年　搬到巴兰基亚之后,开始为《先驱报》写作每日专栏,开始创作《枯枝败叶》。

1953年　在马格达拉纳河和瓜希拉半岛地区旅游,做图书推销员。在波哥大,古斯塔沃·罗哈斯·皮尼利亚发动军事政变。

1954年　迁往波哥大,开始成为《观察家报》的特约撰稿人。

1955年　报道一名遭遇海难的水手的惨痛经历,揭露了哥伦比亚海军的不正之风。被报社派驻欧洲。在新闻报道的间歇,短时期就读于罗马的电影学校。《枯枝败叶》出版。

1956年　《周末后的一天》获"全国短篇小说奖"。移居巴黎,结果发现《观察家报》被罗哈斯·皮尼利亚独裁政权关闭。决定在巴黎居留下来,起草《恶时辰》和《没有人给他写信的上校》。在贫困中度日,靠返还空瓶子、写作零碎自由稿件维持生计。

1957年　和普利尼奥·门多萨一起在当时的共产主义

东欧旅行，然后撰写旅行见闻。在哥伦比亚，罗哈斯·皮尼利亚的独裁政权被推翻，自由党和保守党同意以一个叫作"国民阵线"的系统轮流执政。

1958 年　迁往加拉加斯，担任当地一系列时尚杂志的编辑。马科斯·佩雷斯·希门内斯将军的委内瑞拉独裁政权被一个政治立场温和的军政府推翻。《没有人给他写信的上校》在波哥大的一家杂志《玄》(*Mito*)上发表。

1959 年　在古巴，菲德尔·卡斯特罗推翻了巴蒂斯塔独裁政权。受革命政府的邀请，去报道在古巴发生的事件。在波哥大和普利尼奥·门多萨建立古巴新闻机构"拉丁美洲通讯社"分社。和梅塞德斯·巴尔查完婚。当年晚些时候长子罗德里戈出生。

1960 年　在古巴的拉丁美洲通讯社工作了一小段时间。

1961 年　担任拉丁美洲通讯社驻纽约办事处的工作人员。后来辞职，以声援受保守的斯大林分子排挤的办事处主任豪尔赫·马塞蒂。和家人一

起坐灰狗长途汽车在美国南方旅游,而后抵达
墨西哥城。凭《恶时辰》的手稿获得埃索奖。

1962 年　为娱乐杂志工作。次子贡萨洛诞生。进入创
作瓶颈期。短篇小说集《格兰德大妈的葬礼》
出版。《没有人给他写信的上校》在麦德林出
版。《恶时辰》的一个未经授权的版本在马德
里出版。被列入美国移民局黑名单。

1963 年　为智威汤逊广告公司工作,随后为墨西哥电影
撰写脚本。

1965 年　开始创作《百年孤独》。

1966 年　《恶时辰》的一个未经授权的版本在墨西哥城
出版。

1967 年　《百年孤独》在布宜诺斯艾利斯出版,成为轰动
西语世界的一大畅销书。

1968 年　举家迁往巴塞罗那。

1969 年　《百年孤独》获得意大利的奇安恰诺奖和法国
的最佳外国图书奖。

1970 年　以其在《观察家报》上连载的新闻报道为底本
的《一个海难幸存者的故事》在巴塞罗那出版。

1971 年　接受美国哥伦比亚大学荣誉博士学位。古巴
　　　　诗人埃贝托·帕迪亚遭到囚禁和逼供,国际著
　　　　名的知识分子发出了两封抗议信。加西亚·
　　　　马尔克斯在第一封信上签名,但拒绝在第二封
　　　　信上签名。

1972 年　被授予委内瑞拉的罗慕洛·加列戈斯奖和美
　　　　国的诺伊施塔特奖。将委内瑞拉的奖金公开
　　　　捐赠给当地一个社会主义政党。

1973 年　短篇小说集《纯真的埃仁蒂拉》出版。

1975 年　《族长的秋天》出版。举家迁回墨西哥城。

1981 年　《一桩事先张扬的凶杀案》出版。在墨西哥寻
　　　　求政治避难。

1982 年　被授予诺贝尔文学奖。

1985 年　《霍乱时期的爱情》出版。

1988 年　以加西亚·马尔克斯撰写的剧本为底本的六
　　　　部系列电影,通用标题为《艰难的爱》,由西班
　　　　牙国家电视台制作。

1989 年　《迷宫中的将军》出版。

1992 年　短篇小说集《梦中的欢快葬礼和十二个异乡故

事》出版。比尔·克林顿当选为美国总统。克

林顿公开宣称《百年孤独》是其最喜爱的小说，

最终撤销对加西亚·马尔克斯的入境禁令。

1994 年　《爱情和其他魔鬼》出版。戏剧《对一个坐着的

男人的爱的谩骂》出版(迄今尚无英译本出现)。

1996 年　报告文学《一起连环绑架案的新闻》出版。

1999 年　感染淋巴癌。在美国医院连续接受高级治疗，

有助于控制病情。

2002 年　三卷本回忆录《活着为了讲述》的第一卷出版。

2004 年　长篇小说《苦妓回忆录》出版。

如今是两百年的孤独

埃内斯托·贡萨莱斯·贝梅霍/1971年,巴塞罗那

　　最伟大的西语作家之一,或最伟大的西语作家,拉丁美洲的阿玛迪斯,哥伦比亚的塞万提斯,当代最重要的小说之一或当代最重要的小说《百年孤独》的作者……加西亚·马尔克斯抖落了奖项,身着运动服,粗硬的小胡子底下是一抹苦笑,到我下榻的酒店来串门。"都弄好了? 那就出去吃点东西吧。"到外面街上时他说:"你想要采访我什么都可以,关于古巴,你想让我采访你什么都可以。赞成吗?"他带我去了阿玛亚饭店,我们用了冷汤、牛里脊肉、绿色蔬菜泥,我们无话不谈,当然谈到《百年孤独》了,我对他说:"你那部孩子气的小说还真不赖啊。"他露齿大

笑，带我出了饭店，让我钻进他的西雅特（西班牙的菲亚特）1430型轿车，说道："注意：消费社会。设想一下：如果这是我的车，那我的出版商该会有什么样的车。"我们驱车在巴塞罗那四处转悠，到达安静的沙里亚街区。宽敞的客厅，素净清朗，我们陷入两把扶手椅中，椅子大得能让人居住在里面。

加西亚·马尔克斯（以下简称马尔克斯）：你知道，革命胜利后的两星期，我在古巴，置身于"真相行动"①，然后去了波哥大，去了拉美通讯社办公室。60年代中期回到哈瓦那，我工作了六个月，我告诉你我对古巴的认识。我逐渐熟悉了疗养大厦的五楼，拉美通讯社的办公室都在那层楼上；逐渐熟悉了疗养大厦的电梯；可以看到斜街以及街角的印度支那商店的局部景观；逐渐熟悉了另一条街上把我送到二十层楼的另一部电梯，我和阿罗尔多·瓦尔（Haroldo Wall）一起住在那层楼上。啊！我逐

---

① "真相行动"是指菲德尔·卡斯特罗指挥的对巴蒂斯塔独裁政府的战犯进行的公开审判。

渐熟悉了那家"响葫芦"饭馆，离那儿有一个半街区，我们在那家店里吃饭。我们每分钟都在工作，没日没夜。我对马塞蒂(Jorge Massetti，拉美通讯社主任)说："如果有什么东西要让这场革命落败，那就是电的浪费了。"嘿，你在干啥呢？

埃内斯托·贡萨莱斯·贝梅霍(以下简称贝梅霍)：在准备录音机呢。

马尔克斯：扔掉它，它把人搞得不自然起来了。

贝梅霍：没事的，你会看到我们是怎样把它忘掉的，就当是什么都没有似的谈话。我们会忘记，可幸运的是，磁带不会忘记。现在稍稍走个形式。加西亚·马尔克斯先生，你对《百年孤独》有什么看法？

马尔克斯：多半是大感意外吧。瞧，如果可以用衡量成功的唯一标尺——销售数字——来看，那我此前的作品是卖出了一千册。《枯枝败叶》从1955年出版以来一直都买得到的。以此为参照，我估摸《百年孤独》会售出五千册。

贝梅霍:你对这本书有信心吗?

马尔克斯:我对这本书有信心。它会在批评界大获成功,这我有把握。

贝梅霍:但不是畅销书。

马尔克斯:但不是畅销书。然而,初版五千册,在两周之内,只在布宜诺斯艾利斯的地铁站入口处就卖完了。南美洲出版社印了八千册,估计在 1967 年的 6 月和 12 月之间有望售出。随后他们就发现没有书了。

贝梅霍:读者是此书的主角。

马尔克斯:这是最让我感兴趣的。在拉丁美洲,在西班牙这儿,在任何地方,书都是由读者销售的。是通过口头宣传,是通过古巴人所说的"地下口口相传"销售的。

贝梅霍:到现在为止印了多少版了?

马尔克斯:西班牙语的,印了有十八或二十版。超过五十万印数,还不算古巴出的两版,第一版是八万册,第二版是一万五千册。其他语种的,我签了十七份合同。这个书架上你看到的版本是法语、意大利语、英语、丹麦语和德语的。俄语的大概也出了吧,我刚收到的一个通知上说,它刚在苏联的《外国文学》杂志上刊载了出来。

贝梅霍:翻译怎么样?

马尔克斯:我非常喜欢英译本;语言更紧凑,有了力量。意大利语译本做得没的说;我们和译者一起做了不少工作,澄清问题。法语译本也不错,但用法语我感觉不到这本书。法文本,尽管获得1969年最佳外国图书奖并且受到好评,但卖得并不好。我想是卖到了五千册吧。我始终觉得此书在法国不会走红,因为它不是一本笛卡尔式的书。你知道这是怎么回事:在法国,在笛卡尔的理性主义和拉伯雷疯狂恣肆的想象之间,是笛卡尔占了上风。它在美国卖得很不错,特别是在各大高校里。即便价格是八美元一本。译者告诉我说,等平装本出来就会卖得更好的。

贝梅霍:面对这多语种的狂热,你有何感觉?

马尔克斯：能够和人们达成此种交流，我感到非常喜悦。

贝梅霍：你认为是什么使得这本疯狂之书能够达成此种程度的交流？

马尔克斯：这正是我想知道的。因为明显是有两个层面，但或许是有三个或四个，谁知道有多少个？英国人对此看得很清楚，他们把一个版本做成两个不同的封面，根据不同的情况销售：一个是提供给对文学感兴趣的读者，另一个是提供给只对冒险故事感兴趣的读者。我相信，在这两极之间有着我毫不知悉并且也不想知悉的其他层面。换句话说，我不想意识到《百年孤独》的秘诀。

贝梅霍：怕它会对你产生影响？

马尔克斯：我有几年不读《百年孤独》的评论了。我妻子保存着那些评论文章，我写完了手头的另一本书就会读那些文章。到了一定的时候你会发现，评论家是在你的文本里发现，或者说某种程度上是在追讨着一些东西，这些东西我也不知道是怎么的，不知不觉就没办法再给予他们了。我觉得,想要找到《百年孤独》大卖的秘诀是很危险的。眼下巴塞罗那的出租车司机在读《百年孤独》,这是一个奇怪的现象,对吧?

贝梅霍:古巴的话务员、挤牛奶姑娘、水利工程师、奥连特省的一位家畜人工授精工作者、卡马圭的甘蔗收割人……也在读。

马尔克斯:是的,很奇怪。对我来说,此书的重要之处恰恰在于它拉近了文学杰作和广大公众之间的距离。

贝梅霍:是的,这很重要。写作是为了让人们阅读,而不仅仅是让其他作家阅读。

马尔克斯:写作是为了让人们阅读,而不仅仅是让其他作家阅读。

贝梅霍:因为有些书是为作家而写的。

马尔克斯:许许多多的书是为作家而写的。但奇怪的是,我并没有要写一本畅销书的意图,事情怎么会是那样的呢?事情还不仅是那样:随着《百年孤独》取得的突破,我其他的几本书跟了进来,在最近的两年里,它们的简装版,平均每三个月就售出一万册。那些书,正如我对你说的那样,在十年、十二年间,每本售出一千册。我想要说的是,我认为其他那些书是用相同的套路写的……

贝梅霍:写得有点不成熟……

马尔克斯:可能是写得有点不成熟吧。

贝梅霍:那些书是为《百年孤独》最精彩的部分所做的一种准备,不是吗? 有人说,例如巴尔加斯·略萨就说,在那些书中,你还没有释放你的想象,你还没有献出你的一切,纵然你已经展示了一种手艺,一种表达的能力。

马尔克斯:嗯,这是在写了《百年孤独》之后认识到的。换句话说,其他那些书是以相同的柔顺写下的,这一点很清楚,我现在认识到了。我记得是怎样写其他那些书的:它们都顺从于一种进路,一个我在开始写这本书之前就确立的严格的方案。

贝梅霍：如果把经过《没有人给他写信的上校》《恶时辰》、那些短篇习作，将你带到《枯枝败叶》《百年孤独》的那个过程解释为一个综合体，你不觉得这种解释会很有意思吗？可它们之间是有明显区分的，合在一起就构成了你的创作生涯。

马尔克斯：以颠倒的次序来了解我的作品，起初是显得有点不公平的。没错，读者了解《百年孤独》之后会获得那种印象，他们是在读此前的作品。但是如果他们按照次序阅读，就会看到一种发展，一种贯穿所有作品的寻求。困难之处在于，要认识到人们在写的是哪一本书。就我的情况而言，我写的是马孔多这本书，它要表达的东西是最多的。但如果你仔细考虑就会看到，我在写的那本书不是关于马孔多的，而是关于孤独的。

贝梅霍：作为爱的另一面的孤独，作为团结的另一面的孤独，正如你午餐时说的那样？

马尔克斯：正是如此。我不明白评论家们何以似乎没有多加注意，但我的作品中发生在马孔多的，只有《枯枝败叶》和《百年孤独》，以及《格兰德大妈的葬礼》中的几个短篇。《没有人给他写信的上校》和《恶时辰》发生在一个不是马孔多的小镇上。事实上，那些书中的一些人物此前是住在马孔多的，现在他们是住在那本书里了。

具体地说，没有人给他写信的上校，正如我们在《百年孤独》中见到的那位，在奥雷良诺·布恩地亚上校①的战争中是一位年轻的财务主管，他在尼兰迪亚协定签订之后出现了，把他负责保管的七十二块金砖放在桌上。奥雷良诺·布恩地亚上校在收据上签字盖章，让那张收据证明他的老兵身份，这样他就可以申请那笔他在书中一直等待的退伍金了。

在《没有人给他写信的上校》中，你会发现此人离开马孔多的日期和时间，因为那股香蕉的气味搅得他肠胃不宁，他就到另一个小镇去住了。一个和马孔多完全不同的小镇，没有铁路，只有一条肮脏的泛滥的河，每星期五都会有一艘船到来的河。这正是《恶时辰》发生的那个镇子。

---

① 本书中有关《百年孤独》的引文基本采用范晔的译文，该小说人物的姓名（包括范晔译文中的人名）均统一采用已通行的旧译。

那是孤独的主题：上校的孤独，他和妻子和公鸡在一起，试图等待那笔永远不会到来的退伍金。由于社会不公，由于没完没了的繁文缛节，那笔退伍金就不会到来。

《恶时辰》也是在那个不是马孔多的小镇上展开的。有一个人物，神父安赫尔，是马孔多的神职人员，迁到那个小镇去了。他是和马孔多仅有的联系。主要的剧情则又是那位镇长的孤独，他来征服这个小镇，却逐渐败落下去，发现自己是被这个小镇征服了。这显然是反映了整个国家的形势。

存在着另一个明显的区别：那个小镇可以在当前的历史中、在哥伦比亚的背景中被辨认出来；你几乎可以确定那些日期。你看到了我是怎样为模糊不清的日期而忧虑的，但在那些作品中，日期是可以识别出来的。这种情况不会发生在马孔多——《枯枝败叶》和《百年孤独》所发生的地方——因为马孔多始终有一个神话的维度。

瞧，所有这些作品中都有一个恒常不变的特征：奥雷良诺·布恩地亚上校与某个人物或某个地方会有点儿关系。《枯枝败叶》中的大夫拿着一封在巴拿马写的信来到宅院。小说中那位上校曾是革命军的财务主管。《恶时辰》中有一行字,简略提及奥雷良诺·布恩地亚上校经过此地时宿夜的那幢房子。

贝梅霍:这是故意安排的吗?你是想以某种方式把一本书和另一本书联系起来吗?

马尔克斯:现在我意识到我是那么想的。我总是记着那位来自 19 世纪的内战、在三十二场起义中作战、统统战败了的上校。可我担心那位军人的伪造的传记,因为我觉得其结果会变得单调乏味。可在每一本书中我都会写……

贝梅霍:……那个会插进来一脚的人物。

马尔克斯:是这样的,他会插进来一脚。即便是在《百年孤独》中,我也觉得奥雷良诺·布恩地亚上校就像在其他书中那样会是个边缘人物,只是从马孔多经过而已。但这是开始时的情况,我对书中后来发生的许多事情都不了解。

贝梅霍:嗯,于是我们就有了那个永恒的主题:孤独。

但现在跟我讲讲你在不同作品中对其表达方式、对其文学表现手法的探寻吧。

马尔克斯：你瞧，我起步很好，起步于该起步之处。《百年孤独》的神话表现手法正是《枯枝败叶》的神话表现手法。这是正确的道路。但是哥伦比亚出现了碰巧被称为暴力的事件，"暴力"这个说法我只是出于方便才接受的，因为暴力自始至终都贯穿于哥伦比亚的历史。在那个由掌权者策划的政治暴力时期，保守党人夷平城镇，将人们赶尽杀绝，武装警察、军队及其支持者，恐吓占据多数的自由党人。这就是他们得以继续执政的方式。

那个暴力时期对哥伦比亚尚未成为作家的那些人产生了巨大的影响，他们不少人见证了暴力的恐怖剧情，以至于他们感觉有必要讲述它。于是在四五年间，我们有了五十部以上的小说，就是现在所谓的"哥伦比亚暴力小说"。

事实上，它们不仅仅是小说，而且是当下触目惊心的证明文件，绝大多数都写得很糟，是急就章，文学价值很小。但是它们有着作为材料的优势，一旦写就，对于了解那整个时期，任何时候都会非常有用的。

那时我二十二三岁。我写了《枯枝败叶》，脑子里有了《百年孤独》的朦胧轮廓。我自忖道："我岂能用神话的手法和领域来描绘我们所经历的东西？显得像是在逃避现实呢。"现在我相信，这是一个错误的政治决定。

我决定去接近哥伦比亚的时势，写了《没有人给他写信的上校》和《恶时辰》。我没有不折不扣地去写那种所谓的"暴力"小说，原因有二：一是由于我没有亲身经历暴力，我住在城市里；二是由于我觉得，对文学而言，重要的不是提供一份死者的清单，不是描写暴力的手段，而其他那些作家就是这么做的。对我来说重要的反倒是暴力的动机和根源，尤其是暴力在幸存者身上所造成的后果。

因此你会发现，在《恶时辰》中没有写大屠杀。"暴力"的关键时期实际上是结束了。你在书中看到的，是用蜘蛛网暂时掩盖一下的间歇期，是暴力将要卷土重来，暴力没有结束是因为根源没有去除。

当时我面临一种语言上的正式变化。因为技巧和语言是由作品的主题所决定的。我不能凭借《枯枝败叶》中使用过的语言，不能凭借我想要在所谓的《百年孤独》中采用的语言来处理那些问题。因此就有了这种语言上的基本差异。

因此，有共同语言的作品，一方面是《枯枝败叶》和《百年孤独》，另一方面是《没有人给他写信的上校》和《恶时辰》。在短篇集《格兰德大妈的葬礼》中，两种语言都有，因为那些短篇有点儿像是我组装一本书的边角料。

你会发现，《没有人给他写信的上校》和《恶时辰》的语言更为简洁、直接、不加虚饰，恰是从新闻工作中学会的语言，因为我是试图用文学的素质写报道，花费了文学的时间写报道。我是作家兼记者，而且，实际生活中就是一名记者。

贝梅霍：是什么使得你改变语言，在《百年孤独》中又开始使用你第一本书的那种语言和手法？

马尔克斯：因为我觉得那条路子是走不下去的。任何时候只要情势一变，我就得写上一本书，就像人们在新闻报道中所做的那样。我觉得我在政治上更成熟了，而且认识到，说神话手法逃避现实是不对的。于是我便尝试冒险，用我采用过的方式写了《百年孤独》。

贝梅霍:你何以会得出那种结论,认为神话手法并不涉及逃避现实?为什么说你是以政治上成熟得多的态度而得出那种结论的?如果解释一下就会很有意思的。

马尔克斯:你瞧,事情是这样的,我对现实的概念突然有了更为清晰的想法。《没有人给他写信的上校》和《恶时辰》中那种当下的现实主义是有一定的范围的。可我认识到,现实也是神话、信仰和人的传奇。这些构成了人们的日常生活,介入他们的成功和失败。我认识到,现实并不仅仅是警察到场开枪杀人,而且是整个神话,是所有的传奇,是构成人们生活的一切事物。这一切都必须被考虑在内。

贝梅霍:像格劳贝尔·罗沙①的电影所做的那样?

马尔克斯:正是那样。那些巴西人是以奇妙的方式在电影中这么做的。当你用那个更大的范围衡量拉丁美洲的现实时,你就会认识到,它抵达了全然奇异的层面。

_____

① 格劳贝尔·罗沙(Glauber Rocha, 1939—1981),巴西电影编剧、导演、制片人,新电影运动初期的重要代表人物,代表作有《大地的年纪》等。

此时此刻我开始相信，存在着某种我们可以称为"准现实"（parareality）的东西，它不缺少超自然的性质，和迷信或主观臆断不相干，但在科学研究中是作为不足或限度的结果而存在的，因此我们仍不能称之为"真正的现实"。

我说的是预兆，是疗法，是拉丁美洲人每天赖以生活的那许许多多的直觉信念，赋予物体、用品、事件迷信的解释，而且是追溯到我们最遥远的祖先的解释。

瞧：有一个晚上，三年前，我坐车从巴兰基亚到卡塔赫纳去，有两小时的车程。是凌晨两点。我在后座上睡着了，中途司机把我叫醒，跟我说："嘿，你懂机械技术吗？因为车子熄火了，实际上这不是我的车。车是我兄弟的，他把它借给我出行。我不知道该怎么修理。"没有点火器，路上几乎没有车辆。不过，还好，几个小时后我们发现是传动带的问题。我们想办法修好了，便继续赶路。在卡塔赫纳，我家的房子里，他们不知道那个晚上我要来的。可他们个个是布恩地亚！除了有我们兄弟十二人，他们的姓氏也都是一样的。事实上，我到家时几乎天亮了，我敲门，他们把门打开，就在那个时候，我的一个弟弟裹着一条床单出来，说道："你这个老兄，真巧。我梦见加博在路上需要我们帮助呢。"

我不会给它超自然的解释的，你明白，但我相信，它们是我们并不了解的一种现实的构成物。探索这种现实，正如探索其他种类的现实一样，此时此刻让我产生兴趣。

因此我便告诉你说，我觉得我有了足够的政治成熟，以免产生某种自卑感。我可以说：我的承诺是一切现实，是涉及一切现实的文学。

贝梅霍：我相信，是这种考虑把你引向了魔幻现实主义。

马尔克斯：正是如此。我在《百年孤独》中又开始采用《枯枝败叶》的路子，原因即在于此。

贝梅霍：现在，和《枯枝败叶》做个比较，《百年孤独》有着一种语言想象力的繁茂……

马尔克斯：哦，等等，在《枯枝败叶》和《百年孤独》之间，有着大约十五年的艰难困苦，十五年的丰富经历，并且我每天都对此有所意识，试图弄清楚事情是怎么样的。

十五年的生活经验和创作学徒期。

我相信,写作是通过写作学会的,而新闻工作教会我在许多年里每天都写作。现在我写小说就像我还在一家报社里工作似的。我上午九点到报社,坐下来写,这是当天的分内活,我已经知道根据工作计划应该写什么。到了下午三点钟就搁笔,戴上帽子,然后离去。

贝梅霍:但是,就丰富你的语言而言,不管怎么样,你也一定得做些繁重的体力活的,因为《百年孤独》把散文写得那么华美茂盛。

马尔克斯:如果这话听起来不那么虚夸,我就会告诉你说,那种西班牙语散文我已经通晓了。以前只是不需要罢了。你所谓的语言的丰富性,我在新闻工作中不需要,在此前的三本书中也不需要。

我的推断是,《百年孤独》必须这样写,因为我外祖母就是这样说话的。我试图找到最适合这本书的语言,我记得外祖母过去时常跟我讲最残忍的故事,丝毫没有大惊小怪,就像是她刚刚见到过似的。于是我便认识到,外祖母讲故事时那种沉着冷静,那种形象描述的丰富,是赋予我的故事逼真性的东西。写《百年孤独》遇到的大问题是如何让人相信，因为我是相信的。但是如何让读者去相信呢？用外祖母的那种方法去让人相信。

你会注意到，在《百年孤独》中，尤其是在开篇，有大量蓄意使用的古语。随后到了此书的中段，我就如鱼得水，一帆风顺了，到了最后部分就不仅有古语，而且有新词和创制的字词之类了。因为我相信，结尾部分反映了我发现此书的欢乐感觉。

贝梅霍：嗯，我们有意无意地来到怪兽的嘴边了。让我们来讨论一下《百年孤独》，而不要去说世间已经说过的关于此书的成千上万种说法吧。你是怎么看待有关《百年孤独》的评论的？其中有没有说得对的？

马尔克斯：关于《百年孤独》，就像你说的那样，写出来的文章堆积如山了。有的找到愚蠢的东西，有的找到重要的东西，有的找到相应而生的东西。但是没有人触及我在写作此书时最让我感兴趣的那个点，就是关于孤独是团结的反面的那种观念，而我相信这是此书的精髓。

这就是布恩地亚家族成员逐一挫败的原因，他们那种环境的挫败,马孔多的挫败。我相信,这儿存在着一个政治概念:孤独作为团结的对立面是一个政治概念。一个重要的概念。没有人看到这一点,或至少是没有人说出这一点。

布恩地亚家族成员的挫败是源于他们的孤独,换句话说,是源于他们缺少团结。马孔多的挫败,一切、一切、一切的挫败,即源于此。

这是爱的缺乏。奥雷良诺·布恩地亚的那种爱的无能是用书中他所有的话语写就的。最后,当长着一条猪尾巴的奥雷良诺诞生时,小说这样写道:"他是一个世纪以来第一个在爱情中孕育的生命。"

贝梅霍:正是他结束了那个世系。

马尔克斯:正是他结束了那个世系。

贝梅霍:什么地方发表的《百年孤独》的评论是最好的?

马尔克斯:说来真是不幸,但不得不这么说,最好的评论出在美国。他们是专业的、自觉的读者,训练有素,他们有些人是进步的,有些人则如其应该所是的那样反动,但作为读者都是极为出色的。

贝梅霍:敌人懂我们。

马尔克斯:此外,我们还在给他们懂我们的材料呢。

贝梅霍:组织材料写这本书费去不少工作吧?

马尔克斯:十分令人生厌。你得在脑子里组织材料。否则你就要湮没在纸堆里了。

贝梅霍:你不做笔记吗?

马尔克斯:不做,只做每日工作笔记。也就是说,弄明白要走的路径,这条路径,那条路径,务必记住的事项。当我写完《百年孤独》时,当我做了成品复印件,出版社告知已收到原稿时,我请求妻子,我们把这么大的一箱子文件给销毁了,写这本书的笔记都在那里面呢。因为,不管是谁发现这些笔记,都会了解到这本书是怎么组合起来的,什么是真的,什么是假的,什么是坦率真诚的,什么是阴森可憎的,都会了解到它并非源于真正的文学必要性,而是纯粹源于一种技术手段。一切就都会让人知道了。因此,老兄,我要把它带到坟墓里去!

贝梅霍:嗯,不过还是招了吧,为了不至于迷失在那团乱麻中,你不得不做一份布恩地亚家族的族谱。我们有些人或多或少都开始做了。

马尔克斯:是的,我做了。但那个族谱确实是比看起来更容易做的。有一个简单的诀窍。给家族传宗接代的是叫何塞·阿卡迪奥的那些人,不是叫奥雷良诺的那些人,除了何塞·阿卡迪奥第二和奥雷良诺第二。可他们是一模一样的双胞胎,婴儿时期就很可能让人分不清楚,在整本书中继续让人分不清楚。线索是有的,一是他们有着与奥雷良诺们和何塞·阿卡迪奥们相符的特性,换了个位置。另一条线索是在他们下葬的时候。因为他们死在同一个时辰,被放在一模一样的棺材里,所以埋葬他们的那些小酒鬼就搞错了,把他们的坟墓给弄混了。他们的一生看来好像都是错的,只是在死亡时事情才得到了纠正。

是的,我做了一份族谱,免得写作时纠缠不清。你可以想象:如果读起来都那么难,那写起来该有多难啊!

贝梅霍:为什么是"布恩地亚"呢?

马尔克斯:因为在我看来好像是合适的。而且,自《枯枝败叶》以来一直就是布恩地亚。奥雷良诺·布恩地亚上校像幽灵一样在其他作品中穿梭而过,直到在《百年孤独》中才终于显得栩栩如生。

贝梅霍:开始写这本书时,你决定要讲述上校的生平故事和那三十二场战争吗?

马尔克斯:没有,我觉得上校应该像在我的其他作品中一样,是个边缘角色,只是经过马孔多罢了。可我并不知道布恩地亚上校是诞生在马孔多的,并不知道他是何塞·阿卡迪奥·布恩地亚和乌苏拉·伊瓜兰的儿子。他们有两个儿子,某一时刻我意识到,两个人当中有一个是上校,可我并不知道哪一个角色(是身上刺了花纹、环游世界七十五次的何塞·阿卡迪奥,还是另外那个,那个孤独的金匠,奥雷良诺)最终会成为上校。

贝梅霍：怎么看那些重复的人名？

马尔克斯：嗯，这是非常拉丁美洲的。我是以我父亲的名字起名的。你大概是以你父亲的名字起名的吧。

贝梅霍：是的。

马尔克斯：我家里是兄弟十二个，最小的那个也叫加夫列尔，像我一样。我已经离家求学了，母亲便说，她想在家里有另一个加夫列尔。于是她便将我的名字给了最小的弟弟。这是非常拉丁美洲的。我的意图并不是要把事情给搞复杂了。

贝梅霍：你是如何逐步完成《百年孤独》的？你是如何构造这部小说的？

马尔克斯：是以这句话开始："多年以后，奥雷良诺·布恩地亚上校面对行刑队时，会想起父亲带他去见识冰块的那个遥远的下午。"你知道这是真的；我会解释一下的。有关《百年孤独》的最初的想法，初始的那个形象（因为我写一本书的最初的东西就是形象，不是想法或概念，而是形象），就是一个老人带着孩子去看冰块的形象。

贝梅霍：是你外祖父吗？

马尔克斯：形象是来源于外祖父带我去看马戏团的单峰驼的那个时刻。然而，在我们居住的阿拉卡塔卡，那个时候我根本就没有机会看到冰。香蕉公司的行政管理委员会曾经收到过某种冰冻的鲷鱼。那些看起来像岩石的红鲷鱼让我受到触动，于是我便问外祖父了。外祖父，向来什么都要给我解释的外祖父，说它们是冰冻了，所以看起来才像岩石。我问他"冰冻"是什么意思，他便拉着我的手，把我带到委员会那儿，要求他们把一箱冰冻的鲷鱼打开，我便见识了冰。在单峰驼和冰之间做决定时，我自然是倾向于冰了，因为从文学的立场看，它更加容易引起联想。现在，让人感到难以置信的是，《百年孤独》居然是从这么简单的形象开始的。

贝梅霍：你是什么时候开始写这本书的？

马尔克斯：在我十八岁的时候，当时书名叫《家》，因为我觉得故事是绝不会走出布恩地亚之家的。可是要写那样一本书，我还缺乏动力，缺乏生活经历和文学资源，我就没有写下去。我写了《枯枝败叶》。没料到会写它。

贝梅霍：你写了它时……

马尔克斯：对我来说它是一场嘉年华，尤其是在该书结尾部分，我能够掌控的时候。我戏弄人们，塞入私人笑话和给朋友的秘密信息。我知道这书逃不脱我的掌心了，便抽出时间尽情玩耍。

贝梅霍：有一点我想要澄清。我读到过你的一个声明，你在声明中说评论家严肃对待《百年孤独》是错误的，因为这是一部丝毫没有严肃性的小说。因为我相信它是极为严肃的，而且相信你也是这么相信的，所以我想让你告诉我，如何解释你的那个声明。

马尔克斯：你瞧，应该这样来理解。很少有比严肃更让我害怕的东西了。老兄，我来自世上最严肃的国家，就是哥伦比亚。哥伦比亚唯一不严肃的地方就是加勒比地区。在我们加勒比人的眼中，哥伦比亚其他地方，尤其是波哥大的那些人，严肃得可怕。在沿海地区，我们开玩笑，我们接受最严肃最伤脑筋的事情，像是出于害怕严肃而不拿它们当真似的。如果你想这么说,就可以说是古巴风格吧,反正差不多,既然加勒比地区是一个国家。

我想对那些严肃地诠释这部小说的批评家说的就是这个意思。那些非常认真的批评家坐下来开始高谈阔论一部反严肃的小说的那种严肃,是让我心烦的。

当然了,我跟他们说不要当真时,我是在这个意义上说的,即他们应该按照此书写作的那种方式去和它打交道。因为他们用了主教的帽子和长袍给它装扮起来,这才是真正可怕的。

贝梅霍:你正在写的新书《族长的秋天》,是用同样的基调写的吗?

马尔克斯:不,那是完全不同的调子。我坐下来写《族长的秋天》时,意识到它是像《百年孤独》那样写出来的。我的胳膊还是热的,写起来太容易了。据此我得出结论,必须和《百年孤独》的风格完全分离开来,另起炉灶。怎样另起炉灶呢?从零开始。怎样从零开始呢?我想要写一些童话故事。于是我就写了五篇童话故事。你一定读过《美洲之家》杂志上的那一篇了吧。罗贝托·费尔南德斯·雷塔马尔（Roberto Fernández Retamar）要我给他寄点东西，我就把这篇寄给了他，还没有发表过。然后他便问我要其他几篇，我就把它们寄了过去。可它们不是为了发表而写的。它们像是为寻找新书所用的风格而做的钢琴练习。直到写到第五篇时我才说：这就是它的样子，我要写的那本书。

贝梅霍：《族长的秋天》是像《百年孤独》那样以一个关键段落开始的吗？

马尔克斯：不是的。由于该篇的结构问题，第一章只写了半截儿，因为我需要小说其余部分的信息，而小说还没有写完。

贝梅霍：像你所有其他作品那样，它是从一个简单的形象开始的吗？

马尔克斯：它是从那样一个形象开始的，一个老得难以置信的独裁者，孤零零地住在一座满是母牛的宫殿里。

贝梅霍：这个形象是怎么产生的？你知道吗？

马尔克斯:我知道……我知道,我想我是忘记了。我知道我是从何处得到要写一本关于独裁者的书的想法的。是在加拉加斯,1958年初,佩雷斯·希门内斯①倒台的时候。

佩雷斯·希门内斯已经离开了。军政府在观花宫的一间议事厅里开会。我们,加拉加斯所有的新闻记者,在前厅彻夜守候,凌晨四点,等待着在那个议事厅里完成的有关这个国家命运的通告。

在某一个时刻,那扇门第一次打开,出来一位身着战斗服的军官,靴子上沾满泥浆,冲锋枪指着房间。指向里面,拉腊萨巴尔②和其他人正在决定委内瑞拉命运的地方。他在我们新闻记者中间倒退着行走,穿着他那双靴子,下了铺地毯的楼梯。他钻进一辆小汽车,离开了。

我不知道那个军人是谁。我确实知道他在圣多明各获得了庇护。但在那一刻,我也说不清是怎么回事,我洞

---

① 佩雷斯·希门内斯(Marcos Evangelista Pérez Jiménez, 1914—2001),委内瑞拉总统、军事独裁者。

② 沃尔夫冈·拉腊萨巴尔(Wolfgang Enrique Larrazábal Ugueto, 1911—2003),委内瑞拉海军少将、政客,1958年推翻希门内斯之后就任委内瑞拉第36任总统。

悉了权力为何物。通过极微妙的交涉而离开的那个家伙是怎样缺乏权力的,如果那种交涉没有让那个家伙失望,他和整个国家的故事是会怎样改变的。

因此,权力是怎么产生的? 权力是什么? 太神秘了! 我的作品中的那位独裁者说,权力就像是"一个热闹的星期六"。

现在我试着回忆你问我的东西,关于那个形象的来源,独裁者独居宫中,身边围着母牛的……

贝梅霍:为什么是母牛呢?

马尔克斯:嗯,母牛,是的,显然是的。它写的是拉丁美洲的独裁者,是封建的、畜牧业的独裁者,他们喜欢牲口。此外,我觉得宫中的母牛的形象很美。书中甚至有一个场景,写一头母牛从阳台上探出脑袋,下面街上的人说:"哦,该死,总统府里的母牛。"拉丁美洲的独裁者就像是牧牛人。

贝梅霍:小说是独裁者的独白?

马尔克斯:不是,但它写得仿佛是独白那样,因为叙述者从不与那个独裁者的角色分离,而独裁者是书中唯一的角色,因为所有其他的角色都是因他而存在的,他们是通过和他的接触而存在的。由于他是一个消息极不灵通的人,读者就一直和他一样消息不灵通了。

贝梅霍:你能具体指出此书故事发生的那个国家吗?

马尔克斯:是加勒比地区的一个国家。它所面对的大海(是此书开始时的大海,因为独裁者后来把它卖给一个外国政权了,剩下的国土是一片硝石沙漠)是加勒比海,从宫殿的各个窗口都可以见到。但它是西语加勒比和英语加勒比的混合物,因为建筑物有圣多明各、波多黎各和卡塔赫纳的许多特点。但同时有印度商店,有荷兰人,有海盗。

贝梅霍:因此你就一点儿都不关心时间概念了?

马尔克斯:一点儿都不关心。下面是一个例子:有一天,独裁者醒来。他是海军陆战队扶植的一位独裁者,海军陆战队签署了一项协议,确保他们永久管理海关,而且万一黄热病再次爆发,就有权回来占领这个国家,签完协议之后,有一天他们就离开了。他们迅速离去,留下那艘海军驱逐舰在港口腐烂。有一天,独裁者醒来,下了床,发现宫中人人都戴着红软帽,扫地的侍女啦,送牛奶的人啦,卸载绿色农产品的传令兵啦。于是他就问道:"所有那些人及其红软帽是怎么回事啊?"

他们说:"噢,您瞧,有一些奇怪的家伙载着成批的红软帽到来了,他们想要用红软帽交换一切东西:蜥蜴蛋啦,鳄鱼脂和皮革啦,烟草啦,巧克力啦,所有的东西,所有你有的东西他们都想用红软帽来和你交换。"

于是,那位说任何话之前都要认真琢磨一番的独裁者想要弄明白:"到底是怎么回事?"他打开那扇面临大海的窗子,看到了海洋,看到了那艘海军陆战队的驱逐舰,在那艘战舰后面,他看到了三艘抛锚的轻快帆船。克里斯托弗·哥伦布到达了。

因此你可以说出我是如何处理时间问题的。对我来说重要之处在于,这一切都是在一个瞬间中。年月日的时间顺序对我来说一点儿都不重要。

我以同样的准则处理物件。如果独裁者是坐着一辆装甲凯迪拉克外出,这让我觉得合乎诗意,那么他就会坐一辆装甲凯迪拉克出去。如果我在诗意上更在意他是乘坐一辆 19 世纪的四轮马车,那么他就会乘坐一辆 19 世纪的四轮马车。这没多大关系,有很多种写法。

贝梅霍:这书写起来难吗?

马尔克斯:很难写的一本书。

贝梅霍:为什么?

马尔克斯:因为我想把它写成一首关于权力之孤独的长诗。于是我就不得不像人家写诗那样来写:逐字逐句,逐字逐句。

贝梅霍:每天进度多少?

马尔克斯:现在我感到幸福。现在我几乎一天写两页。我已经写了三年了,但是——哦,老兄——我有一星期只写一行的时候呢。直到我习惯了那种方法,不管是把它叫作方法还是叫作别的什么吧,总之和我之前的任何方法都不一样。

贝梅霍:你不会将不完全满意的句子暂时搁置起来吗?

马尔克斯:不会。你知道是为什么吗?因为此刻我在写它,所以那个句子对我来说是重要的。如果我把它暂时搁置起来,留到以后再来看它,那么在作品的上下文中它就会失去重要性,就会一直是这样了。因此我不会放过一个句子,我感到不完全满意的任何一个句子我都不会放过。

贝梅霍:今天你写了什么?

马尔克斯:啊,我非常喜欢的一个片段。有关孩子们的插曲。

贝梅霍:说给我们听听吧。

马尔克斯:关于这部小说,这是我最后要说给你听的东西。

贝梅霍:为什么? 你觉得否则我就不会读到它了吗?

马尔克斯:你和任何其他人都不会读到它的!

独裁者一直在出售彩票中奖的方法。有个家伙露面说："我有万无一失的彩票中奖的方法。"他向他做了解释，方法是那么简单，简直让独裁者晕倒。这是一张只有三位数的彩票，值两百万比索，抽奖是在总统府的阳台上公开进行的。

总统府前面的武器广场挤满了前来观看抽奖的人。主办者要求人群随机选出三个纯真无邪的孩子，年龄是五岁到七岁之间。人们把三个孩子送到阳台上抽取那三个数字。

球上的数字总是和独裁者的彩票一致。他中了头彩。

一切都吉祥如意。几个月过去了，又过去了几个月。直到有一天才有人上前问道："那么，将军，长官，我们拿那些孩子怎么办呢？"他答道："什么孩子？"他们说道："彩票孩子啊。安全局为了您的利益，于是决定对他们严加监视，不放他们出去，免得他们瞎说八道。我们关了两千个孩子，我们说我们并没有关押，那些孩子的父母造反了，我们就用子弹喷射他们。您夜间听到的那些音乐都是为了不让您听见枪声啊，我们向那些前来索要孩子的父母亲开的枪。"

独裁者思忖道,嗯,为什么呢？他便开始调查,发现那个把方法卖给他的家伙,那个收取头奖四分之一金额的家伙,把二等奖也卖给了安全局局长,把余下的奖项卖给了参谋部的各位首长。整个参谋部都卷入这个事件中了,因此,独裁者每次问他们那个人怎么样,那个家伙怎么样,他都会得到关于某个圣徒的无可挑剔的报告。结果是那个家伙拥有一连串的妓院和赌场。于是独裁者便面临一个重大的问题:美洲国家组织发来了电报,教皇发来了电报。独裁者召集参谋长联席会议,从把他们召集起来的那一刻他便意识到,他们害怕了,什么事都做得出来。在众人面前他感到形单影只,便告诉他们说,不要担心,这儿不会出什么事的,我会承担责任的,照常工作吧,现在要紧的是武装部队的美名和荣誉。我会担不是的,你们就别管了。

他们便告诉他说:"是的,将军,长官,您会负责的,不过,我们如何处置那些小孩呢？"

"是的,我们如何处置那些小孩呢?"他说道。

美洲国家组织、红十字会和那些父母亲组成的一个委员会要来同您交涉了。他说道:"嗯,别让那些孩子跑了,把他们送到最南边去。"委员会来了,四处搜寻,得出结论说没有孩子,说值得做的事情就是在适当期限内举行选举,为了民主。独裁者答应了,他们便走了。

另一边的参谋人员觉得很好。可是他们说道:"是的,将军,长官,不过,我们如何处置那些小孩呢?""把他们送到北方去。"独裁者担心起来,下令给他们空运玩具。不过,我们如何处置那些小孩呢? 翻来覆去就是这句话。

独裁者最好的顾问是他母亲,她从前是养鸟的,会给鸟儿涂上别的颜色,然后当作珍禽出售。她住在总统府的一间屋子里,仍在给鸟儿涂色,给鸟儿的羽毛着色,它们是怪物,她把黄鹂扮成鹦鹉,把公鸡扮成……于是……独裁者把孩子和彩票的事情瞒着不和她说,这是他对她隐瞒的极少的几件事情之一。直到有一天他再也忍不住了,才对她说道:"我碰上了这样一个问题。"他的母亲答道:"让我想想办法,实话告诉我究竟是怎么回事。"他全都说了,说完后他母亲便告诉他说:"你不明白吗? 除了把他们杀掉,你别无选择。"他说道:"可是有两千个孩子呢。"她说道:"反正他们是要死于战争的。"于是独裁者便下令把他们杀死。他们被弄上一艘大船,被迫唱着歌,这样就不会哭泣了。他们沉入了水中。

这就是我刚刚写到的地方。

（录音机在沉默中继续转动着。）

与孩子们相关的问题拖得太长了点。

贝梅霍：甚或构成了此书的一个重要方面？

马尔克斯：不是的，你瞧，这正是问题之所在。书中有很多很多类似这样的故事。我刚刚跟你说的这一切在小说中占了五页！有比我跟你说的更细的细节。这是书中并不重要的一个插曲；这是一本能够吞噬素材的书……

贝梅霍：嗯，《百年孤独》吞噬了……

马尔克斯：……但这一本胃口更大。这让我很烦恼，因为有大量我寄予厚望的素材，它们在三四页里就被吞吃了。

贝梅霍：显然是因为你想要让它们被吞吃的。

马尔克斯：确实，我是这样想的。为了避免以描写为乐，避免以诸如此类的东西为乐，我始终想要抓住事情的实质。我对孩子们的那个插曲不感兴趣,对彩票的那种聪明把戏也不感兴趣。我感兴趣的是独裁者对这些事情的反应方式和处理方式。

贝梅霍:你对这部小说已经有完整的想法了吗?

马尔克斯:啊,有的,就像读过它似的,心里早就有数了。

贝梅霍:那么问题就是写作了。

马尔克斯:问题就是写作了,而我觉得语法就像是一件紧身胸衣。

贝梅霍:那你是怎么做的呢?

马尔克斯:我刚刚把它送进了地狱。

贝梅霍:你在写作过程中更改之前拟定的方案吗?

马尔克斯:嗯,这本书不一样,因为它是在写作的过程中成形的。

贝梅霍：你为小说最终选择的解决方案就是你一开始处理的那个方案吗？

马尔克斯：你知道，写这本书我有许多种形式，其中一种我放弃了，那就是古巴对索萨·布兰科的审判①。审判时我在场，我想要想象我的独裁者处在和索萨·布兰科相同的境地里，通过审判，提供角色的真实性。但是我没有这么做，因为这么做给不了独裁者的主观性，他是怎么想的，他是怎么反应的——这是让我感兴趣的东西。

后来我想，可以写成独裁者在被告席上的独白，但是这让我碰到了另一个问题：独裁者必须用一种不属于他的语言说话。独裁者不会读也不会写。他是后来才学会的，但从海军陆战队的时代起他就一直是用拇指的指纹签名的，他感到疲倦了的时候，便让人做了一枚刻有他拇指指纹的橡皮图章，他会用这枚图章签名。但是他目不识丁，却将不得不用叙述者的那种文学语言说话，这会显得虚假。

---

① 1959年古巴革命政府对前陆军少校赫苏斯·索萨·布兰科(Jesús Sosa Blanco)的审判。

　　此外,对我来说最重要的不是独裁者知道的东西,而是他不知道的东西。这一点他是不会在独白中说出来的,因为独裁者不能谈论他不知道的东西。

　　贝梅霍:可你刚才说,其他那些角色偏离独裁者时,叙述者却并不跟着他们偏离。那么你如何能够表现独裁者并不知道的东西呢?

　　马尔克斯:有信息流,间或流到他这里。有时候,他会像在彩票事件中那样亲自调查。可他越是巩固权力,就越是变得隔离,因为整个机构开始自我完备了,当组织达到了这样一种完备的程度,即他获得绝对的权力时,他就完全隔离了,再也没有什么事情到他这儿来了。

　　贝梅霍:多米尼加人曾对我解释特鲁希略①的一个特点:他的镇压手段是完全不可预测的。当事实证明那种镇压活动是变化莫测和不可预料时,人民的不安全感

---

① 拉斐尔·特鲁希略·莫利纳(Rafael Leónidas Trujillo Molina,1891—1961),多米尼加政治家、总统、大元帅、独裁者。

就要大大增加了。你笔下的独裁者有这种特点吗？

马尔克斯：有的。他说过这样一句话："人民懂得越少，就越是害怕。"

贝梅霍：是否存在这样一个节点，在这个点上，他极度脱离现实，竟然相信他自己的谎言了？

马尔克斯：这是我眼下面临的一个问题，因为本质上，我的独裁者并不是那样……但是……

贝梅霍：……但是他所参与的那种游戏似乎要把他带到……

马尔克斯：是的，可是他从来没有完全相信过，因为他是那种真正怯懦的人，非常犹豫，总是怀着极大的不确定感，而且总是处在永久性的危机之中。也就是说，这个家伙的生活限制在这样一个层面上，他幻化出一场危机，结果却陷入另一场危机，有着两百多年的永久性的危机。

他在何种程度上认为他就是他本人的性格，这我并不确切地知道。但是小说家比历史学家有优势。历史学家必须摈弃独裁者身上神奇的方面，对我来说，这是最让人感兴趣的方面。

问题是,我只是通过写这本书才从中学到很多东西的。今天我在跟你讲的这种东西,三个月前我是讲不出来的,一年半之前我还云里雾里的,完全没有着落呢。我有的只是信念,相信那个形象,相信来日我能到达那个地方,在那儿,那个老得不可思议的人最终是和母牛一起独居宫中的。现在我才真正有了完善的方案,我知道它即将到来的那一刻。

贝梅霍:你相信你创造了一个活生生的角色,这个角色会用他自己的生活向你解释他是什么样的一个人?

马尔克斯:嗯,这在我写的每一部小说中都会出现。正如我之前解释过的那样,我并不知道奥雷良诺·布恩地亚上校是出生在马孔多的,当我确实搞清楚这一点时,我并不知道马孔多创始人的儿子当中哪一个是上校。

贝梅霍:是他们自己决定的?

马尔克斯:是他们决定的。瞧,我这样说听起来很像是作家的戏剧性夸张,可是,根据我的笔记,俏姑娘雷梅苔丝是和一个家伙私奔的,布恩地亚家族为保全面子,说她是肉体升天了。可是当真相来临的时候,我觉得如果她真的肉体升天了,那就更好了。

贝梅霍:不知道你是在何种程度上有权利把那个奇特的女孩带离尘世的。

马尔克斯:写作之妙恰恰莫过于此:去发现那本书,发现那些人物,看到他们是怎样创造他们自己的。

贝梅霍:你笔下的独裁者,他一开始就真的老了吗?

马尔克斯:一直是老的。我对老独裁者的形象感兴趣,我对他的演变过程不感兴趣:他在二十岁、三十岁、四十岁的年龄上是个什么样的人。这会让我卷入我不想卷入的历史学家的那种难题里去的。

贝梅霍:有什么还需要解决的严重的问题吗?

马尔克斯:在书中找到一种困难的平衡。这部小说是对权力的沉思;为权力而权力。此刻,我碰到了一个重大的良心问题,担心所有那些沉思会为独裁者开脱罪责,就这种意义而言,也许会让人觉得他是某种机制和一系列境遇的受害者,某种我认为缺乏历史真实性的东西。因此,平衡就是我需要去寻找的东西。

贝梅霍:难道不正是独裁者决定了事件的进程吗?

马尔克斯:是的,是他决定的,可他是凭不良信息做出决定的。

贝梅霍:他做决定的原则是什么?

马尔克斯:仅仅为了继续执政。

贝梅霍:他可曾考虑过人民的利益?

马尔克斯:没有。曾经有人告诉他说,为了改善穷人的境况他可以做诸如此类的事,他说那是废话,穷人没有指望的,他说了这样一句话:"到了臭大粪也值钱的时候,穷人生下来就会没有屁眼了。"

贝梅霍:那么,他想要权力的原因就很清楚了:他要的是权力本身,而非别的东西。

马尔克斯:为权力而权力。

(录音机里又一次短暂的沉默,伴随着打火机的声音和酒杯里冰块的声音。)

还有别的什么要问的吗?

贝梅霍:有一个问题是留到我们谈你的书谈得差不多的时候再提的。我想要知道加西亚·马尔克斯个人的摩西十诫,他的准则,他的原则。

马尔克斯:嗯,瞧。你在做了那些决定(是文学性质的,而非如我们所说的是由你的政治背景所限制的决定)之后,就会发现自己是处在我目前的境地之中——被新闻记者追逐,被出版商追逐,总之,被我们所知的此种境况所导致的一切东西追逐。

接着就会出现一个我没料到的问题:生活在这个资本主义世界里的一个进步而非好战的作家的行为问题。

也就是说,它迫使你创造一种你必须依靠自己去慢慢创造的伦理观,因为你在学校里没有学过这个东西。你是从日常生活中逐渐学会的,对我来说,那种伦理观是和金钱密切相关的。我相信金钱的那种腐蚀力量,我在这方面活得小心警惕,对自己负责。

我没有金钱上的野心,或者说,我只在容许自己购买创作时间方面有金钱上的野心。我相信,在资本主义体系内,我能挣到的唯一干净的金钱就是从自己作品的销售中获得的金钱。我对钱没有兴趣,但我不允许出版商剥削我一分钱,因为,你知道一本书的赢利是怎么分配的吗?

贝梅霍:不太清楚。

马尔克斯:我们作家是产奶的母牛啊,老伙计。人人都靠我们生活。此刻我坐下来写这本书,我不知道有多少人要靠它生活。干活的那个人是我,可有那么一些绅士闲坐在那儿,等着我把它写出来,这样他们就能拿它去印刷、发行和销售了,书价因此而上涨了。书籍是昂贵的。

书价的百分之九十是在出版商、批发商和零售商之间分配的,具体如何分配我不知道。剩下百分之十,作者的税要从这里面扣除,你得将这个数额的百分之十付给你的经纪人。那么,算算看吧。在西班牙,买一本《百年孤独》要花一百八十个比塞塔。我拿到(约整数)十八个比塞塔。扣除给经纪人的,比方说还剩十六个比塞塔。如果我想带妻子和两个孩子去看电影,票价要多少? 每人五十个比塞塔,共两百个比塞塔。我每本书挣十六个比塞塔。为了带他们去看电影,我需要卖多少本书呢?我不知道:是十二本还是十三本。你明白吗? 我还得为别的东西付款:住宅,千百种开销。与此同时,出版商和其他中间人挣多少? 瞧,一切都归结为这样一句话,颠扑不破的一句话:出版商个个有钱,作家个个没钱。

所以我不让他们糊弄我。因为这是我自己的干干净净的成果。我看护我金钱的来源。我反对一切写作补贴,任何种类的津贴:不管是基金会经费还是资助,甚至奖金。我认为,这种钱无论如何都会限制和损害作家的。我相信这一点有很长时间了。很久以来,任何时候我都没有接受过一项写作补助金,没有接受过一个官职或外交职位。

贝梅霍:最近你拒绝了请你担任哥伦比亚驻巴塞罗那领事的提议。

马尔克斯：是的，他们发电报请我出任这个工作。我自己发了回电，拒绝那个提议，说是很忙之类。我不想去仔细考虑其他东西。我以为事情就结束了，但此后不久哥伦比亚政府将此事公开了，我便意识到那个提议不像我认为的那样纯真，意识到这显得像是我写完小说就会接受似的。于是我便写了一封公开信，解释说我回绝这个职位是有政治动机的：我拒绝的是我国那种落伍过时的体制的长度、宽度和深度。不用说，这就被解释为我求名心切，不把巴塞罗那的领事职位放在眼里。我一点儿都不在乎，因为我相信，而且可以毫不犹豫地这么说，对拉丁美洲来说有米格尔·安赫尔·阿斯图里亚斯①担任那个职位就足够了。我觉得，既然你并不积极好战，你就需要在消极好战中变得非常小心谨慎。他们不许我进入美国，我并不想要那个签证。我认为，拒绝给我去美国的签证这一点成了我政治资本的一部分，恰恰是因为古巴流亡分子在猪湾登陆时，我是拉丁美洲通讯社的记者。

---

① 米格尔·安赫尔·阿斯图里亚斯（Miguel Ángel Asturias，1899—1974），危地马拉诗人、小说家，诺贝尔文学奖得主。

贝梅霍:刚才你在解释你对金钱来源的关注,可我却让你偏离了话题。

马尔克斯:我意识到,我必须做的就是继续从事相关的工作,在我能够靠自己的作品养活之前。我从事新闻工作、宣传推广、电视电影,不接受别人提供的任何帮助。现在我是用我的版税来购买时间,好让我专心从事写作。

然后有趣的方面就来了:我关心的是,在社会主义社会中,这个作家独立的问题将如何得到解决,因为我相信,在社会主义社会中这仍然会是一个问题。苏联的解决办法是危险的,就是作家靠一份专门用来写作的国家工资为生的那种办法。首先就已经有了对作家的一种限制,因为作家或许会尽其所能地取悦官方,他要依靠他们持续发薪水呢。或者他写他觉得应该写的东西,结果没有取悦官方,于是就当不成作家了,哪怕或许仍然是一位作家,他也会当不成的。在某些社会主义国家中,这个问题是一样的。

现在古巴的情况是最有趣的,因为从供我使用的极少的信息中我得到了那种印象,就是它在这个方面还没有出现一项明确的政策,或许很快就会出台的,能够依靠其他社会主义国家的经验。因为我相信,要想出一个积极的办法来解决这个问题,古巴是有着极好的机遇的。

贝梅霍:我相信,正如你相信,解决的办法会在古巴找到。但金钱肯定会不重要了。古巴有一种去除金钱作为价值尺度的倾向。重要的是作家的使命、工作和产出,他和革命打成一片,有创作自由的保障,就不必为基本需求的供给方式而忧虑了。但是坦率地说,我不认为这是一个迫在眉睫的问题。投身革命的古巴作家几乎没法考虑把所有的时间都用来搞文学。其他需要执行的迫切任务和他们的工作分去了搞文学的时间。我会毫不犹豫地说,街上太吵闹了,没法开始那样写作的。但我们讨论的这件事让我想要问你作家的战斗性的问题。你认为作家的战斗性会以写作而告终吗?

马尔克斯:这恰恰是一个良心问题。我不认为作家的战斗性会以写作而告终。我认为无论如何都是有时间进行别种类型的战斗的。但这把我们引向了另一个问题,使命和信念之间的冲突。所以我确信,作家的政治活动是不会以这种文学工作而告终的,他反而能投入更多。

但我的使命是全身心投入文学,我就是这么做的。解决这种冲突的办法也许取决于每一个个案。

贝梅霍:最近你在访谈中声称,这个世界上最让你感兴趣的东西是滚石乐队、古巴革命和四位友人。总结一下你和古巴革命的关系。

马尔克斯:我没有一天不相信古巴革命。

贝梅霍:这场革命的哪个方面对你来说是最重要的?

马尔克斯:对我来说,重要的是它通过对其自身状况的考虑来创造它的社会主义,一种看起来像古巴而且只像古巴的社会主义:人道,富于想象力,令人快乐,没有官僚主义的锈蚀。这对整个拉丁美洲来说好极了,拉丁美洲和古巴的状况非常相像。

贝梅霍:你什么时候去古巴呢?

马尔克斯:随时都会去。到12月我会把作品的初稿写好的,我希望在来年的头几个月里去古巴。之前没有去古巴,纯粹是出于实际的原因:我得把小说写完。

贝梅霍：嗯，我觉得我们什么都谈了。现在我问你：还有什么别的要谈的吗？

马尔克斯：还有别的要谈的。我不打算再写小说了。

贝梅霍：这是怎么回事？

马尔克斯：我已经枯竭了，伙计。《族长的秋天》结束了孤独的循环：一位年迈的独裁者独居宫中，处在他的母牛中间。不再需要孤独了。我脑子里没有写新小说的主题了。

贝梅霍：那你写什么呢？

马尔克斯：短篇小说。我有上百个点子，我会写出不少的。还有别的东西要写：小说化的报道。有点像是杜鲁门·卡波蒂①写过的那种，但是，怎么说呢，不那么煞费周章，不那么戏剧化吧。我的报道会写得实事求是并

---

① 杜鲁门·卡波蒂(Truman Capote, 1924—1984)，美国小说家、报告文学作家。

且被赋予整个历史、神话、人民……瞧,上次我在哥伦比亚,在波哥大附近的一个镇上时,许多人吃面包中了毒。你知道这是一个多棒的题材吗?逐点追踪这个真实的故事:面包是怎样有毒的,谁吃了面包,谁没有吃,死亡就这样随机选择,那个镇上的生活,它的传奇和面包,面包里的毒物……

磁带又都录完了。我们重新开始。录音机要冒烟了。面对这个用形象和语言变戏法的人,你想要不停地听他说下去。但在某一时刻你需要打住,因为和看上去相反,这个访谈竟用了二十四个昼夜。以雪茄、纸烟、鼻烟和烟斗烟丝的形式,我们把几天前从加勒比海某港口驶达巴塞罗那的三艘帆船装载的烟草全都抽光了,我们用完了从荷兰进口的大约十英里长的磁带。

当最后一天夜幕降临时,奥雷良诺·布恩地亚上校和我们说再见,俏姑娘雷梅苔丝抓起床单从窗子里逃走,只剩下几头母牛在扶手椅中间寻觅残剩的青草,加西亚·马尔克斯的妻子梅塞德斯(Mercedes Barcha)进来了,我松了一口气,因为从外表看,她和乌苏拉·伊瓜兰长得不像。她是一个从马孔多朝你凝望的沉静的美人。这对夫妇的两个儿子,罗德里戈和贡萨洛,胳膊上刺着文身,有动物、花卉和他们告诉我的名字,而我想要相信它们是贴花纸。我也告辞了,其实我在离开时,却草草看了一眼他们臀部上的裤子,我可以作证:他们没有猪尾巴的。家族的香火在快乐地延续着。

"And Now, Two Hundred Years of Solitude" by Ernesto González Bermejo / 1971 from *Triunfo* (Madrid) vol. 25 no.441 (November 1971), pp.12 – 18. Reprinted in Alfonso Rentería Mantilla, ed. *García Márquez habla de García Márquez* (Bogotá: Rentería Editores, 1979), pp.49 – 64. Translated by Gene H. Bell-Villada.

加夫列尔·加西亚·马尔克斯

丽塔·吉伯特/1971年

　　我对加西亚·马尔克斯的追逐（专程从巴黎到巴塞罗那的旅行，在一家加泰罗尼亚酒店里两周的等待，从纽约到西班牙的长途电话、电传和信件）事实上是在巴塞罗那的里兹酒店，我们第二次即上一次会面期间，在我将一份按照他本人的建议准备好的问卷交给他之后才真正开始的。你瞧，加西亚·马尔克斯是以他对记者的抗拒而著名的，那个时候他只愿接受书面采访。喝茶时他允诺会在几天之内把答卷做好的，建议说，如果我等在那儿，就可以进行深入采访，在他书面陈述的基础上提出新的问题。可从那时起，我联系不上加西亚·马尔克斯了，尽管在我离开前,他确实是通过他的妻子给我带话,说他会把手稿邮寄给我的——而那份手稿我根本就没有收到。

六个月之后,加西亚·马尔克斯来纽约接受哥伦比亚大学授予他的荣誉学位,这时他毫不迟延地接了我的电话。次日上午我们在他下榻的广场酒店里见了面。先是劝说酒店的餐厅侍者总管让我们入内——不是由于加西亚·马尔克斯的黑手党胡子,而是由于他没有系领结,然后我们在那儿用了早餐。接着便借用空在那儿的波斯厅,这一次,在转动的磁带中,我们用了不到三小时便做完了等待已久的采访。

加夫列尔·加西亚·马尔克斯(朋友们叫他加博)于1928 年出生在阿拉卡塔卡①,一个很小的哥伦比亚镇子,临近一座香蕉种植园——在一个叫作马孔多的地方,即便在偏远地区也是一座较小的镇子,这是加西亚·马尔克斯儿时常常探索的地方。

多年以后,他将他的某些故事发生的那块神话般的

① 年表中说马尔克斯生于 1927 年,但访谈中有几处说是 1928 年,具体说明见第 274 页脚注。

土地命名为马孔多,用他十八岁就开始写作的小说《百年孤独》结束了那个循环。但是作为青年作家,"既无至关重要的经历又无文学手段"来完成这样一部作品(当时叫作《家》),他便转而决定写他的第一本书《枯枝败叶》。但在 1967 年,经过创作上多年的挣扎和挫折之后,《百年孤独》(他的第五本书)在布宜诺斯艾利斯出版,竟引发了——正如秘鲁小说家马里奥·巴尔加斯·略萨所写的那样——"一场拉丁美洲的文学地震。批评家们将此书视为虚构艺术的杰作,公众支持这个观点,有条不紊地将新版本抢购一空……一夜之间,加西亚·马尔克斯几乎变得与足球巨星和波列罗①名歌手一样著名了"。1969年,此书的法语译本被法兰西学院选为年度最佳外国图书,其他语种的译本也获得了同样热烈的反响。但是根据作者的说法,他看到的最好的评论来自美国:"他们是专业读者……有些是进步人士,有些则非常反动,正如其应该所是的那样;但作为读者,他们好极了。"

---

① 波列罗(bolero)是一种三拍子的舞曲,气氛热烈,节奏鲜明,男女成对,舞姿生动,有特殊的手臂动作,常用西班牙响板伴奏。

加西亚·马尔克斯并没有把自己看作知识分子,而是看作"像公牛那样冲进文坛并发起攻击的作家"。对他而言,文学是个很简单的游戏,而"在胡里奥·科塔萨尔①的《跳房子》(Hopscotch)、莱萨马·利马(Lezama Lima)的《天堂》(Paradiso)、卡洛斯·富恩特斯②的《换皮》(A Change of Skin)、吉列尔莫·卡夫列拉·因凡特(Guillermo Cabrera Infante)的《三只忧伤的老虎》(Three Trapped Tigers)所主宰的文学全景图中",埃米尔·罗德里格斯·莫尼加尔(Emir Rodríguez Monegal)写道,"所有实验作品都达到了实验的极限;所有作品都让读者劳神费力",加西亚·马尔克斯在其《百年孤独》中,"用一种奥林匹亚式的漠然态度对待不相容的技巧,挣脱叙述的束缚,用一种惊人的速度和显见的纯真,用一个完全是线性的编年的故事……有开头、中间和结尾"。正如加西亚·马尔克斯本人所说的那样,这是他作品中"最不神秘"的一部,因为"我试图牵着读者的手引导他,免得他随

---

① 胡里奥·科塔萨尔(Julio Cortázar,1914—1984),阿根廷小说家。
② 卡洛斯·富恩特斯(Carlos Fuentes,1928—2012),墨西哥小说家。

时迷路"。

　　加西亚·马尔克斯在某种程度上同样是被他的友人引向成功的——因为正是他的友人将《枯枝败叶》(1955)的手稿送进了印刷厂,他作为哥伦比亚《观察家报》的记者1954年去了意大利之后,他们在他的书桌上发现了这部手稿。接着是1957年的巴黎,独裁者罗哈斯·皮尼利亚[①]关闭了这家报社之后,在拉丁区一家旅馆里赊账度日的加西亚·马尔克斯完成了《没有人给他写信的上校》;但他认为这是一部失败之作,便将手稿"用一根彩缎扎上,埋进手提箱的底部"。随后他便回到哥伦比亚,和未婚妻梅塞德斯——就是《百年孤独》中和加夫列尔订婚的那个"眼神迷离"的梅塞德斯[②]——结婚,搬去委内瑞拉住了几年,他在那儿做新闻记者工作,写了《格兰德大妈的葬礼》。他从加拉加斯去了纽约,担任拉丁美洲通讯社的通讯员,这是一家古巴革命者的新闻机构。数月后他辞去职务,开始陆路旅行,于1961年经美国南部到达

---

① 　古斯塔沃·罗哈斯·皮尼利亚(Gustavo Rojas Pinilla,1900—1975),哥伦比亚军人、工程师、总统,1953—1957年进行独裁统治。
② 　见《百年孤独》最后一章对梅塞德斯和马尔克斯的描写。

墨西哥,在那儿住了几年。在那儿,又是加西亚·马尔克斯的友人,他们安排他的两部近作在1961年和1962年出版,而他写于墨西哥的小说《恶时辰》,在赢得了哥伦比亚的文学大奖赛之后,也在此期间出版了。朋友们劝他将原先的题目《这狗屎的镇子》换掉,然后逼他向大奖赛投稿。"事实是,"马里奥·巴尔加斯·略萨说道,"没有朋友们的固执,加西亚·马尔克斯如今仍然会是一个不知名的作家。"

如今,加西亚·马尔克斯能够让自己像"职业作家"那样生活了,主要是靠《百年孤独》所取得的成功,那个关于马孔多和布恩地亚家族的长篇冒险故事,始于一个"如此之新,许多东西尚未命名,提起它们时还须用手指指点点"的世界:那儿有飞毯;死者会苏醒;一场大雨正好是下了四年十一个月零两天;第一个布恩地亚被绑在果园的一棵栗子树上,叨咕着拉丁文,度过他最后的岁月;他死去时,小黄花从天而降;他的妻子乌苏拉,历经数代人而仍然活着;奥雷良诺发现,文学是发明出来嘲笑公众的最佳玩具……这部编年史终止于那个时刻:为了避免古老预言的实现,家族经过一百多年的挣扎之后,因乱伦的婚姻而生出一个长着猪尾巴的男孩,他被一群蚂蚁吃掉了,布恩地亚家族的香火便断绝了。作者用这个长篇冒险故事证实了他不久前说过的话:"只要作家能够让人相信他所讲的故事,他写什么都是许可的。"

附言:离开纽约之前,在我们的访谈结束之后,加西亚·马尔克斯从他此前下榻的酒店搬到了一个未公开的地址,他打电话说要送给我"一个表示温柔的亲吻"。于是我便问他,这些天他在城里是怎么过的。"过得好极了,梅塞德斯和我在纽约购物,美美地过了三天。""去参观博物馆了吗? 去看乡下了吗?""当然没有去了,关于我告诉你的一切,你都可以补充说:我既不喜欢艺术也不喜欢自然。"

丽塔·吉伯特(以下简称吉伯特):你对新闻记者的抗拒是众所周知的,拿这次采访来说吧,必须有许多说服工作和数月的等待才能克服这种抗拒。

加西亚·马尔克斯(以下简称马尔克斯):瞧,我完全没有反对新闻记者的理由。我本人就是干这活的,我知道它是怎么回事。但是在我人生的这个阶段,如果我要回答他们想要问我的所有问题,那我就没法工作了。再者,我应该也没什么可说的了。你知道,我意识到正因为我对新闻记者抱有同情,对我来说访谈才最终变成一种虚构了。我想让记者带着点新的东西离开,于是就努力给同样的旧问题找到不同的回答。人们再也不实话实说了,访谈就变成了小说而非新闻业。它是文学创作,是纯粹的虚构。

吉伯特:我并不反对作为现实组成部分的虚构。

马尔克斯:那样就能做成一篇不错的访谈了!

吉伯特:1955 年为波哥大的《观察家报》撰写的、1970 年在巴塞罗那出版单行本的那篇新闻报道《一个海难幸存者的故事》,你在里面讲述了一个水手乘坐竹筏漂流十天的艰难历程。这个故事中有虚构的元素吗?

马尔克斯:整篇报道中没有一个编造的细节,因此才那样惊人。如果是我编造了那个故事,我就会说是编造的,而且也会十分为之骄傲的。我采访了哥伦比亚海军的那个男孩——正如我在该书导言中说明的那样——他详尽无遗地跟我讲了那个故事。由于他的文化水平只是还不错而已,他就没有意识到他不由自主地告诉我的许多细节极为重要,并且对我如此被这些细节触动而感到惊讶。通过实施一种精神分析,我帮他回想起种种事情(例如,一只他看见从筏子上面飞过的海鸥),我们就重现了他的整个历险过程。这篇报道大获成功!本来计划是要在《观察家报》上分五到六期发表的,但大概是连载到第三期读者就轰动了,报纸的发行量猛增,以至于编辑对我说道:"你要怎么处理我不知道,但你必须从这里面至少弄出二十期的连载。"于是我就开始充实每一个细节。

吉伯特:当记者当得和作家一样好……

马尔克斯:这是我多年来的生计,对吧?……现在是当作家了。我在这两个行业中谋生。

吉伯特:你怀念新闻工作吗?

马尔克斯:嗯,我确实非常怀恋做记者的岁月。现在事实证明我成不了我曾经喜欢的那种精明强干的记者……哪里有新闻就去哪里,不管是一场战争、一次战斗,还是一场选美比赛,必要的话就用降落伞着陆。虽说我作为作家的工作,特别是我现在所做的工作,和我的新闻工作出自同一个源头,但作家的精工细作完全是非应用性的,而新闻工作却是当场完成的。如今,我阅读我作为记者写下的一些东西时,满怀钦佩之情,比对我的小说家工作钦佩得多,尽管我现在能够把全部时间都投入小说工作。新闻工作是不同的;我过去到报社上班,编辑会对我说:"我们只有一个小时的工夫就得交出这篇新闻稿。"我想如今我要写出其中的一页都是做不到的,即便是花上一个月的时间。

吉伯特:为什么?是你对语言更自觉了吗?

马尔克斯:我认为,要成为作家就需要在一定程度上不负责任。那时我二十岁左右,几乎觉察不到手里捧着的是什么样的炸药,写出的每一页上有什么样的炸药。现在,尤其是《百年孤独》出版以来,我对此变得非常自觉,由于此书引起的巨大兴趣……数量暴涨的读者。我不再把我写的东西想成好像只有我的妻子和朋友才会阅读似的,我知道很多人在等待着它呢。我写下的每一个字母都让我焦虑,你都无法想象焦虑到什么程度!于是我差点死于那种嫉妒,嫉妒那个旧日的新闻记者的自我,嫉妒曾经轻而易举地处理业务的岁月。能够那样做真是太好了……

吉伯特:《百年孤独》的成功对你的生活有什么影响?记得你在巴塞罗那说:"我厌倦了做加西亚·马尔克斯。"

马尔克斯:它完全改变了我的生活。曾经有人问我,记不得是在哪儿了,在那本书之前和之后我的生活是如何不同的,我说,在它之后"有了四百多个人"。换句话说,在那本书之前我有我的朋友,可现在却有大量想要见我、和我说话的人——记者、学者、读者。很奇怪……绝大多数读者对提问题不感兴趣,他们只想聊聊那本书。分开来看是非常让人得意的,但合起来他们就开始成为你生活中的问题了。我想要让他们都高兴,但这是不可能的,所以我就不得不表现得吝啬了……你明白吗?例如,说是我要离开城里了,其实只是要换一家酒店。这是名角儿的做法,我向来是厌恶的,我并不想扮演名角儿。再说,欺骗人们,躲避人们,这么做是有一个良心问题的。

尽管如此，我还是必须过自己的生活，于是就有了撒谎的时候。嗯，这可归结为一句话，比你提到的那句话更粗鲁些。我说："我真他娘的受够了加西亚·马尔克斯。"

吉伯特：是的，但你不怕那种态度最终会把你隔离在象牙塔里，甚至会违背你的意愿吗？

马尔克斯：我始终意识到有那种危险，每天都在提醒自己有那种危险。因此几个月前我就去了哥伦比亚的加勒比海沿岸，从那儿一个岛屿接着一个岛屿地探索小安的列斯群岛。我意识到，从那些接触中逃脱出来，我就能让自己在任何地方生活都要交往的朋友减少到四五个。例如，在巴塞罗那，我们总是和四对左右的夫妻结交，我们和这些人事事都有共同之处。从我的私生活和我的性格来看，这是很奇妙的——这是我喜欢的，但有一刻我意识到，这种生活是在影响我的小说。我生活的顶点——成为一名职业作家——是在巴塞罗那达到的，我突然意识到，这是一件非常有害的事情。我过着那种全职作家的生活。

吉伯特：职业作家的生活是什么样的，能描述一下吗？

马尔克斯：听着，我告诉你典型的一天是什么样的。我总是醒得很早，早上六点左右。我在床上读报，起床，喝咖啡，同时听收音机里的音乐，九点左右——小孩上学之后——坐下来写作。没有任何干扰地写到下午两点半，这是小孩子回家的时间，屋子里开始吵闹起来。整个上午我都不接电话……我妻子在那儿过滤电话。两点半和三点之间用午餐。如果前一天晚上睡得迟了，次日午饭后就会睡一小时的午觉。下午四点到六点，读书，听音乐——不写作时都在听音乐，写作时不听，因为要分散注意力的。然后出门去和约好的人喝杯咖啡，夜里朋友们总是到家里来。嗯，对职业作家来说，这似乎是一种诸事理想的状态，是他所追求的一切事物的顶峰了。但是，一旦到达顶峰你就会发现那儿是贫瘠的。我意识到，我会卷入一种完全是贫瘠的生活方式——和我做记者时所过的那种生活完全相反，和我想要成为的那种人完全相反。我意识到，这对我正在写的小说有影响——一部基于冷淡体验的小说（在它不再引起我太大兴趣的意义上），而我的小说却通常是基于结合着新鲜体验的旧故事。这就是我去巴兰基亚的原因,那个我长大的城市,我最老的老朋友都住在那儿。但是……我走访了加勒比海的所有岛屿,不做笔记,什么都不做,在这儿过两天,然后接着在别处过两天……我自问:"我是干什么来的?"我对我做的事情不是很清楚,但我知道我是试图在给某个停止运转的机械装置加油呢。是的,当你解决了一系列物质问题时,就有一种要变成中产阶级、要把你自己关进象牙塔里的自然倾向,可我有一种冲动,也有一种本能,要从那种境地里逃脱出来——我的内心进行着那种拉锯战。即便是在巴兰基亚(我会在那儿住上一小段时间,而这大大关乎不被隔离的状态),我也意识到,由于我那种将自己局限于一小群朋友的倾向,我是在忽视让我感兴趣的一大片领域。但这可不是我,这是媒体强加的,我必须捍卫自己。如你所见,这只是另一个理由,可以让我为自己的工作毫无戏剧性地说:"我真他娘的受够了加西亚·马尔克斯。"

吉伯特:你的问题意识会让这场危机的处理变得更

容易些的。

马尔克斯：我感觉好像危机持续的时间比我想象的要长，比我的出版商想象的要长很多，比批评家想象的要长很多。我一直在接触那种正在读我作品的人，和四年前的读者有一样反应的人。读者似乎像蚂蚁那样从洞穴里冒出来。这确实是惊人的……

吉伯特：但这也不会让你觉得不受用呀。

马尔克斯：是的，我确实觉得非常受用，但难的是实际如何应付这个现象。这不仅是指那种体验——接触读过这本书的人啦，听听它对他们意味着什么啦（我被告知稀奇古怪的东西），这是指受到欢迎的那种体验。这些书带给我的更像是歌星或影星而不像是作家的人望。这一切都变得非常奇妙，奇怪的事情发生在我身上：从我在报社上夜班的那个时候起，我和巴兰基亚的出租车司机就一直很友好，因为我时常去和那些在街对面的出租车候客处泊车的人喝杯咖啡。他们不少人还在开车，现在我坐他们的车，他们是不想让我付钱的。但前天一个显然不认识我的人载我回家，我付钱时他悄声跟我说道："你知道加西亚·马尔克斯住在这儿吗?""你怎么知道的?"
我问道。"因为我经常让他坐我的车。"他答道。你看到
了,现象在发生逆转,狗在咬自己的尾巴……神话赶上
了我。

　　吉伯特:一部小说的轶事……

　　马尔克斯:这将是一部关于小说的小说。

　　吉伯特:批评家对你的作品已经评论得很充分了。
哪些是你最为赞同的?

　　马尔克斯:我不想让我的回答显得不识抬举,但事实
是——我知道这让人难以相信——我并不怎么关心那些
批评家。不知道为什么,但我不把我的想法和他们的说
法相比较。因此,我确实不知道是否赞同他们……

　　吉伯特:你对批评家的观点不感兴趣?

　　马尔克斯:起初他们曾让我很感兴趣,但现在不那么
感兴趣了。他们说的有新意的东西好像非常少。有一刻
我就不再阅读他们了,因为他们对我造成制约——他们

在某种程度上告诉我,我的下一本书该是什么样的。批评家一开始据理解释我的作品,我就老在发现那些对我来说是不宜发现的东西了。我的作品就不成其为直观的了。

吉伯特:《生活》杂志的麦尔文·马多克斯(Melvin Maddocks)对《百年孤独》有这样的说法:"马孔多是否意味着要被理解为拉丁美洲的一种超现实主义的历史?抑或加西亚·马尔克斯是想让它成为所有现代人及其病态社区的一个隐喻?"

马尔克斯:根本不是那么回事儿。我只想讲一个家族故事,这个家族一百年里竭尽所能地防止生出一个长着猪尾巴的儿子,正是由于他们努力避免生出这个儿子,他们最终就生下了一个。综合起来讲,这就是该书的情节,但是关于象征主义的所有那些东西……根本就不是的。某个不是批评家的人说,小说引起大家兴趣或许是由于这一点:这是首次真实地描述了一个拉丁美洲家庭的私生活……我们走进卧室、浴室、厨房,走进家中的每一个角落。当然了,我从未对自己说过,"我要写一本由于这个缘故而显得有趣的书",但既然写了,而且有人这么说了,那么我想可能就是这么回事吧。这至少是一个有趣的概念,不是那种关于人的命运之类的胡说八道……

吉伯特:我觉得孤独的主题在你的作品中是一个主要的主题。

马尔克斯:这是我写的唯一主题,从我的第一本书到目前在写的这本书为止,目前这本书是孤独这个主题的顶峰。关于绝对的权力,我认为这必定是完全孤独的。我从一开始就在描写那种作用了。奥雷良诺·布恩地亚上校的故事(他打过的仗,他逐步取得的权力)确实是逐步通向孤独的。不仅是他家族的每一个成员都孤独(如我在书中经常重复的那样,或许不应该重复那么多吧),而且存在着反团结,连睡在同一张床上的人都是如此。我认为,得出下述结论的批评家差不多最切中要害,即,马孔多的整个灾难(也是生自土地的灾难)是源于这种团结的缺乏——人人都自行其是,就导致了孤独。那就是一个政治概念了,其本身是让我感兴趣的——赋予孤独以政治内涵,我相信它应有的政治内涵。

吉伯特：你写作时想要自觉地传达一种寓意吗？

马尔克斯：我从不考虑传达寓意。我的精神特质是意识形态的特质，我无法摆脱这一点——也不试图或是想要摆脱这一点。切斯特顿①说，他可以从一只南瓜或一条电车轨道出发，讲解天主教教义。我认为，人们可以写《百年孤独》，或是写一个水手的故事，或是描写一场足球比赛，仍然保持其意识形态的内容。是我戴着的那副意识形态的眼镜在做出解释——在这种情况下不是天主教教义，而是别的我无法确切地解释的东西。我并没有先入为主的倾向，要在我的作品中说这说那的。我只对角色的行为感兴趣，对那种行为是否典型或是否应受谴责不感兴趣。

吉伯特：你对从精神分析的角度看待你笔下的人物感兴趣吗？

① G. K. 切斯特顿（Gilbert Keith Chesterton，1874—1936），英国作家、诗人、文学评论家。

马尔克斯：不感兴趣，因为那样就需要一种我并不具备的科学训练。出现的是相反的情况。我展开我的角色，作用于他们，相信我只是在利用其诗性的方面。当一个角色组装起来时，有些专家告诉我说，这是一种精神分析学的分析结果。于是我便面对一系列我并不持有的并且连做梦都从未见过的科学假设了。在布宜诺斯艾利斯（精神分析之城，如你所知），他们有些人举办会议分析《百年孤独》。他们得出结论，说它代表了一种妥善升华的俄狄浦斯情结，天晓得还有什么别的玩意儿。他们发现，那些角色从精神分析的角度看是完全相干的，他们看起来几乎就像是病历。

吉伯特：他们也讨论了乱伦。

马尔克斯：我感兴趣的是姑妈和侄儿应该上床，而不是这件事情的精神分析的根源。

吉伯特：这一点似乎仍然很奇怪，虽然大男子主义是拉丁美洲社会的一个典型特征，但在你的书中，是那些妇女才具有坚强稳定的性格——或者，如你本人所说，她们是具有男子气概的女人。

马尔克斯:这并不是有意为之的,批评家让我看到了这一点,由此给我设置了一个难题,因为眼下我在处理那个题材时觉得更加困难了。但毫无疑问,是妇女在家中——尤其是在拉丁美洲的社会构成中——的那种权力才使得男人能够大搞其怪诞奇异的冒险,而这一点造就了我们拉丁美洲。我是从外祖母过去常常讲的一个19世纪内战的真实故事中想到这一点的,那些内战几乎可以等同于奥雷良诺·布恩地亚上校的战争。她告诉我说,有个男人去参军,对他妻子说道:"该拿你的孩子们怎么办,你决定吧。"在一年多的时间里,妻子便成了那个养家糊口的人。从文学的角度讲,我明白,如果不是妇女负责殿后,19世纪的邪恶战争,在我国历史上如此重要的战争,就根本打不起来了。

吉伯特:这表明你并不是一个反对女权主义的人。

马尔克斯:我这个人肯定是反对大男子主义的。大男子主义是怯懦的,是缺乏男子气概的。

吉伯特：回到批评家这个话题……你知道，有些批评家含沙射影地说，《百年孤独》剽窃了巴尔扎克的《绝对之探求》(*La Recherche de l'absolu*)。1970 年，冈瑟·劳伦兹(Günther Lorenz)在波恩召开的一次作家会议上提出了这个说法。路易斯·科巴·加西亚(Luis Cova García)在洪都拉斯的评论刊物《爱丽儿》上发表了一篇文章，题为《巧合还是剽窃？》("Coincidence or Plagiarism?")。巴黎的一位巴尔扎克专家马塞尔·巴尔加斯(Marcelle Bargas)对两部小说做了研究，注意到这样一点，一个社会和一个时期的恶习，如巴尔扎克所描绘的，被转移到了《百年孤独》中。

马尔克斯：这很奇怪；某个听说过这些评论的人把巴尔扎克的这本书给我送来，这书我还从未读过。尽管巴尔扎克是够激动人心的，我一度将能读到的他的作品都读了，但现在巴尔扎克引不起我的兴趣——不过，我还是把它匆匆翻了一遍。我突然觉得，说一本书取自另一本书是相当轻薄肤浅的。另外，即使我做好准备接受这一点，我以前读过这本书并决定对它进行剽窃，那我的作品大概也只有五页可能是来自《绝对之探求》，而且说到底是一个角色，那个炼金术士。嗯……你说说看，五页和一个角色，比起并非来自巴尔扎克作品的三百页和两百左右的角色。我觉得批评家应该继续搜索两百本别的书，弄明白其余的角色是从什么地方来的。除此之外，我一点儿都不怕剽窃的想法。假如我明天必须写《罗密欧与朱丽叶》，那我就会写它的，我会觉得有机会再写一写它是很奇妙的。关于索福克勒斯的《俄狄浦斯王》，我已经谈了不少，我相信这是我生活中最重要的书；从第一次读它到现在，我都惊诧于它那种绝对的完美。有一次，在哥伦比亚海岸的一个地方，我碰到和《俄狄浦斯王》的戏剧情境很相似的一个情境，我考虑写篇叫作《俄狄浦斯镇长》的东西。既然这样，我就不会被指控为剽窃了，因为我应该是以称他为俄狄浦斯开始的。我认为剽窃的想法已经结束了。我自己就能说明我在《百年孤独》的什么地方发现了塞万提斯或拉伯雷——不是关于品质技能，而是由于我从他们那儿拿来放在里面的东西。可我也能逐行指着这本书——这一点是批评家根本就做不到的——说明每一行源自真实生活中的哪个事件或回忆。和我母亲谈这种东西是非常奇特的体验。她记得许多插曲的起源,描述起来自然比我更忠实,因为她没有把它们当作文学来精心加工。

吉伯特:你是什么时候开始写作的?

马尔克斯:从我有记忆的时候就开始了。我记得最早是"画漫画",现在我意识到这可能就是了,因为我还不会写字。我总是试图找到讲故事的方法,我执着于文学,因为它是最容易接近的。但我认为,我的天职与其说是作家,不如说是讲故事的人。

吉伯特:这是因为与写作相比你更喜欢口头说的话吗?

马尔克斯:当然是了。最精彩的事情就是讲一个故事并且为了那个故事而当场死去。我觉得理想的事情应该就是把我在写的这部小说的故事告诉你,我确定它会产生我通过写作而试图获得的那种效果,但用不着费那么多力气。在家里,在一天中的任何时间,我讲述我的梦,发生在我身上的或是没有发生在我身上的事。我不跟我的孩子们讲假想的故事,而是讲已经发生的事,他们很喜欢听这种东西。巴尔加斯·略萨在他正在撰写的关于文学职业的那本书中，即在《加西亚·马尔克斯:弑神者的故事》中，以我的作品为例，说我是趣闻轶事的温床。因为讲了一个好故事而受人喜爱:这是我真正的抱负。

吉伯特:我读到的文章说，写完《族长的秋天》你就打算写短篇小说而不是长篇小说了。

马尔克斯:我有一个笔记本，我把想到的故事草草记在里面，为它们做笔记。我已经有了六十个左右的故事，我的设想是要达到一百个。奇妙之处在于内在的细化过程。故事——它大概是源于一个短语或一个事件——要么是刹那间有头有尾地出现在我脑海中，要么根本就不是这样。它没有起点;角色只是到来或离开。我给你讲一则趣闻吧，它可以让你知道我是如何神秘地到达一个故事的。在巴塞罗那的一个晚上，我们有客人在，这时灯突然熄灭了。由于是局部故障，我们便派人去叫电工。他在修理时，我举着蜡烛为他照明。我问他:"这灯到底出了什么鬼毛病?""灯光就像水，"他说道，"你拧开龙头它就出来了，它流过去的时候，仪表就将它显示出来。"刹那间,一个有头有尾的故事来到了我身边——

在一个远离大海的城市里——这城市兴许是巴黎、马德里或波哥大——在一幢楼房的第五层楼上住着一对年轻的夫妇和他们的两个孩子,孩子一个是十岁,一个是七岁。有一天,孩子们请求父亲送给他们一艘划艇。"我们怎么能够送给你们一艘划艇呢?"父亲说道,"在这个城市里你们能拿它做什么? 夏天我们去海滨时,就可以租用一艘的。"孩子们很固执,坚持想要一艘划艇,父亲这才说道:"只要你们学习成绩名列前茅,我就送你们一艘。"他们名列前茅,父亲便买了划艇,他们把它搬到五楼时,他就问他们:"你们打算拿它怎么办?""不怎么办,"他们答道,"我们只是想要拥有它。我们要把它放在我们房间里。"一天晚上,父母亲去看电影了,这时孩子们打碎了一只电灯泡,灯光开始流泻出来——就像水那样——流满了整个屋子,有三英尺深。他们取了船,划了起来,穿过卧室和厨房。到了父母亲要回家的时候,他们就把它收起来,放在自己的房间里,拔出插头,好让灯光流干,把灯泡放回去,然后……什么都没有发生。这变成了如此美妙的一个游戏,以至于他们逐渐让灯光积得更深,戴上墨镜,穿上脚蹼,在床铺和桌子底下游泳,练习水下捕捞……一天晚上,街头过路人注意到从窗子里流出来、泛滥于街道上的灯光,便派人去叫消防队。消防队员把门打开,这时他们发现,孩子们太专注于他们的游戏,竟然让灯光漫到了天花板,他们漂浮在灯光中,淹死了。

这个有头有尾的故事,就像我告诉你的那样,是怎样在刹那之间出现在我的脑海里的,你能告诉我吗?不用说,像我经常做的那样,每一次我都会找一个新的角度来讲述它(把一件事换成另一件事,或是加上一个细节),但想法仍然是一样的。这里面毫无深思熟虑的东西,毫无可预料的东西,我也不知道它什么时候会发生在我身上。我任想象力摆布,是它在说"是"或"不是"。

吉伯特:你把这个故事写出来了吗?

马尔克斯:只是做了笔记:7号,"淹死在灯光中的孩子们"。仅此而已。不过,我把这个故事装在脑子里,像所有其他的故事那样,时不时地做些修改。例如,坐上一辆出租车,想起57号故事。我把它彻底做了修改,意识到,在我突然想到的一个小插曲中,我想象中的那些玫瑰根本就不是玫瑰,而是紫罗兰。我把这个改动纳入我的故事,在脑子里记下它。

吉伯特:记性真好!

马尔克斯:不是的,我只是把对我而言没有文学价值的东西忘掉罢了。

吉伯特:刚开始想到的时候为什么不把它写出来?

马尔克斯:如果我在写一部长篇小说,那我就不能把别的东西和它搅和在一起,我必须只致力于那本书,哪怕它要花去我十年以上的时间。

吉伯特:会不会无意之中把这些故事并入正在写的那部长篇小说中呢?

马尔克斯:这些故事是在完全分离的区间中,和有关独裁者的那部作品无关。在写《格兰德大妈的葬礼》《恶时辰》和《没有人给他写信的上校》时发生过那种事,因为它们大部分内容几乎是同时进行的。

吉伯特：你就从未想过当演员吗？

马尔克斯：我在摄影机或麦克风前面拘谨得要死。但无论如何我都会是作家或导演。

吉伯特：你曾经说道："我是出于胆怯而成为作家的。我真正的爱好是做魔术师，然而，每当我试图变戏法时，我都会变得那么困窘，以至于不得不逃到文学的孤独中去避难。就我而言，当作家是一项艰巨的任务，因为在写作上我是一个傻瓜。"

马尔克斯：你引这段话真是引得蛮有意思！我真正的使命是成为一名魔术师，这一点和我告诉你的完全一致。在沙龙里把故事讲好，就像魔术师从帽子里扯出兔子来，这会让我开怀的。

吉伯特：写作对你来说真有那么费劲吗？

马尔克斯：这活儿太难做了，向来都是难上加难。我说我是出于胆怯而成为作家的，这是因为，我应该做的就是把这个房间填满了，出门去讲我的故事，但我的胆怯不让我这么做。如果有两个以上的人坐在这张桌子旁，我就没法进行我们这场对话了；我会觉得我控制不了听众。因此，每当我想要讲故事时，我就以书面形式来讲述，独自坐在房间里，努力工作。这是痛苦不堪的工作，但是令人激动。攻克写作的难题是如此让人开怀，如此让人兴奋，足以补偿工作中的一切……这就像是生孩子。

吉伯特：从1954年和罗马的电影实验中心初次接触以来，你写了剧本，导演了片子。这种富于表现力的媒介不再让你感兴趣了吗？

马尔克斯：不再感兴趣了，因为我在电影这一行所做的工作向我表明，作家能圆满做成的东西是很少的。涉及那么多利益，那么多妥协，到头来原版故事留下很少的一点点。然而，我如果把自己关在屋子里，就可以写我真正想写的东西。我就不必忍受编辑说的话："把那个角色或那个小插曲去掉，另外加一个进去。"

吉伯特：难道你不认为电影的视觉冲击力比文学的要强？

马尔克斯：我曾经是这么认为的，但后来我意识到了电影的局限。和文学相比，那种视觉外观恰恰使它处于劣势。它太直接，太强劲，以至于观众很难超越它。在文学中，人们可以走得更远，同时产生一种视觉、听觉或任何其他类型的冲击。

吉伯特：难道你不认为长篇小说是一种正在消亡的形式？

马尔克斯：如果它要消亡，那是因为写它的那些人正在消亡。很难想象人类历史上的任何一个时期像目前那样有那么多的小说被人阅读。发表在男女都阅读的所有杂志上以及刊登在报纸上的所有长篇小说，与此同时，对几乎是文盲的读者来说，有那种美化小说的连环漫画可以读。我们可以开始讨论的是那些被阅读的小说的质量，但这和大众读者无关，只和国家赋予它们的文化水准有关。回到《百年孤独》这个现象（我不想知道造成这个现象的原因，也不想去分析它，目前也不想让其他人去分析它），我听说读者，未受智力训练的人，他们直接从"漫画"转到这本书上来，就像对待他们被给予的其他事物那样，饶有兴趣地阅读它，因为他们在智力上低估了它。是那些出版商,他们低估大众,出版文学价值极低的书籍;稀奇的是,那种水准也会消费像《百年孤独》这种书。因此我认为,小说读者多如牛毛,小说在任何地方、任何时刻都被阅读,在全世界都被阅读。讲故事永远会是有趣的。丈夫回到家中,开始跟妻子讲他经历的事……或是没有经历的事,结果妻子相信确有其事。

吉伯特:在和路易斯·哈斯(Luis Harss)的访谈中你说道:"我有固定不变的政治观点……而我的文学观念却是随着我的消化而变化的。"你今天早上八点钟的文学观念是什么呢?

马尔克斯:我说过,任何不自相矛盾的人都是教条主义者,每一个教条主义者都是反动派。我时时刻刻都是自相矛盾的,尤其是关于文学的问题。我的工作方法是这样的,如果没有持续不断地自相矛盾,自我纠正,犯下错误,我就绝不会走到文学创作这一步的。如果我没有这样做,我就永远会是写同一本书了。我没有秘诀……

吉伯特:你有写小说的方法吗?

马尔克斯：方法并不总是相同的，我也没有一种寻找小说的方法。写作的行为是最不重要的问题。困难的是将小说组装起来，根据我对它的看法来解决它。

吉伯特：控制这个过程的是分析、经验还是想象，这你是否知道？

马尔克斯：如果我试着做这样的分析，我想我就会丧失大量的自发性了。如果我想写点东西，原因就在于我觉得它值得表达。更有甚者……如果我写一个故事，原因就在于我会喜欢读它的。实际上，我是着手给自己讲故事的。这就是我写作的方法，然而，尽管我有一大堆这些东西——直觉、经验或分析——发挥着更大的作用，我却避免深入探究这个问题，因为不是我的性格就是我的写作系统会使我尽量防止把工作变得机械呆板。

吉伯特：你的小说的出发点是什么？

马尔克斯：一个完整的视觉形象。我想有些作家是以一个短语、一个想法或一个概念开始的吧。我总是以一个形象开始的。《枯枝败叶》的出发点是一个老人带着孙子去参加葬礼,《没有人给他写信的上校》是一个老人在等待,《百年孤独》是一个老人带着孙子去集市探寻什么是冰。

吉伯特:它们都是以一个老人开始的……

马尔克斯:我幼年时期的守护天使就是一个老人——我的外祖父。我的父母亲没有养育我,他们把我留在了外祖父外祖母的家中。外祖母过去常常给我讲故事,外祖父带我去看东西。这些就是我的世界从中得以构成的环境。我总是看见外祖父向我展示事物的那个形象,现在我能意识到这一点。

吉伯特:那个初始的形象是如何展开的?

马尔克斯:我让它炖着……这不是一个很自觉的过程。我所有的作品都是孵化了好多年的。《百年孤独》是十五年或十七年。我现在写的这部作品是很久以前就考虑起来了。

吉伯特:用多长时间写它们呢?

马尔克斯:那是相当快的。《百年孤独》写了不到两年——这我认为很好。从前,我总是在疲劳的时候写作,在其他工作完成后的空闲时间里写作。既然我没有经济压力了,除了写作就无事可做了,我就喜欢在我想写的时候,感到有那种冲动的时候,奢侈地享受一下它了。关于活了两百五十岁的老独裁者的那本书,我是在用不同的方式工作——离它远点儿,看它要往哪儿去。

吉伯特:你的写作修改得多吗?

马尔克斯:这个嘛,我不断地在做更改。我把初稿痛痛快快地一口气写出来,之后就在手稿上做很多修改,制作副本,再修改。现在养成了一个我认为不好的习惯,我一边写作一边逐行修改,这样到了一页完成时,实际上它就可以交付出版了。即便是一个污渍或一个笔误,那都是不允许的。

吉伯特:我不敢相信你是这样有板有眼的。

马尔克斯:特别有板有眼!你都无法想象那些稿纸有多整洁。我有一台电动打字机。我唯一有板有眼的事情就是我的工作,但这几乎是一个情感问题。刚完成的那一页显得那么漂亮,那么整洁,用一处修改毁了它,那就可惜了。但在一周之内我就不在乎那么多了——我只在乎我真的在做的事情——然后就能对它进行修改了。

吉伯特:那校样呢?

马尔克斯:《百年孤独》只改动了一个字,不过,南美洲出版社的文学编审帕科·波鲁阿(Paco Porrúa)跟我说,喜欢改动多少就改动多少吧。我相信,理想的事情就是写书,交付出版,之后进行修改。当你把东西寄给印刷厂,然后阅读这个印成铅字的东西时,你似乎就迈出了极端重要的一步,不管是前进还是后退。

吉伯特:作品出版之后你会阅读吗?

马尔克斯:第一个排印本送达时,我会搁下手头要做的一切事情,立刻坐下来——通读一遍。它已经变成和我熟悉的那本书不同的一本书了,因为作者和作品之间有了一个距离。这是我作为读者第一次读它。眼前那些字母不是我的打字机打出来的,它们不是我的文字,它们是走进外部世界、并不属于我的别样之物。第一遍读过之后,我就再也没有读过《百年孤独》了。

吉伯特:你是如何定下书名的?会在什么时候决定?

马尔克斯:书迟早会找到书名的。这不是一件我认为很重要的事。

吉伯特:你和朋友谈论你正在写的东西吗?

马尔克斯:如果我和他们讲点什么东西,原因就在于我对此不太有把握,通常我不会让它留在小说里的。我从听众的反应——通过某种奇异的电流——知道它是行还是不行。虽然他们会诚恳地说"太妙了,棒极了",但他们眼里有某种东西告诉我说,它不行的。我写小说时,我对朋友们来说就是一个可恶的人,比你想象的还要可恶呢。他们必须容忍这一切,之后,读到那本书时,他们会感到吃惊——正如写《百年孤独》时那些和我在一起的人感到吃惊的那样——因为他们在书中找不到我告诉他们的那些小插曲。我把被弃之物拿出来谈论了。

吉伯特：你写作时考虑读者吗？

马尔克斯：我写作时考虑的是四五个特定的人，他们组成我热心的读者群。考虑什么会取悦他们或什么不会取悦他们，我增加一些东西或删减一些东西，作品就是这样缀合起来的。

吉伯特：你工作时积累的材料通常会保留下来吗？

马尔克斯：什么都不保留。出版社通知我说，他们收到了《百年孤独》的第一稿，这时梅塞德斯便帮助我将一抽屉的工作笔记、图表、速写和备忘录扔掉。我把材料都扔了，这样不仅成书的方式不会让大家知道——这是绝对私密的东西——而且防止那些材料被人出售。出卖它就是出卖我的灵魂，我不打算让任何人这么做，连我的孩子们也不可以。

吉伯特：你最喜欢自己的哪个作品？

马尔克斯：《枯枝败叶》，我写的第一本书。我认为从那时起我写的很多东西都来自它。它是最具有自发性的，是我写得最困难、技术性资源较少的作品。作家的把戏,下流的把戏,当时我懂得少一些。在我看来是一部相当笨拙、暴露弱点的作品,但完全是自发的,而且有着在其他作品中找不到的一种脆生生的诚意。我完全知道《枯枝败叶》是如何发自肺腑地倾泻于纸上的。其他的作品也发自肺腑,但是我做过学徒了……我写它们,我煮它们,我撒上盐和胡椒粉。

吉伯特:你意识到了什么影响吗?

马尔克斯:影响的观念是批评家的问题。这我不是很清楚。我不知道他们说的影响究竟是什么意思。我认为对我写作产生根本影响的是卡夫卡的《变形记》,不过,我不知道分析我作品的批评家是否在那些书中发现了什么直接的影响。我记得我买那本书的那一刻,记得我在阅读时是怎样开始渴望写作的。我最初的短篇小说是始于那个时候——1946年左右,当时我刚刚获得学士学位。备不住我对批评家这么一说(他们没有探测器,他们必须从作者本人那儿获得某种东西),他们就会发现这种影响了。然而,是什么样的影响呢? 他使我想要写作。那种决定性影响,或许更明显的影响,是《俄狄浦斯王》。

它是一个完美的结构,其中侦探发现凶手是他本人……
一个技巧完美的典范。所有的批评家都说起福克纳的影响,我承认是有的,但不是在他们认为的那种意义上,即,他们把我看作一个阅读福克纳的作家,吸收他,被他所感动,有意无意地试图仿效他的写作。这差不多就是我所理解的一种影响。我欠福克纳的是完全不同的东西。我出生在阿拉卡塔卡,成立了联合果品公司的那个香蕉种植区。正是在果品公司建起城镇和医院、给一些地带排水的这个地区,我成长起来并获得了最初的印象。然后,多年以后,我读到福克纳,发现他的整个世界——他写到的那个美国南方的世界——和我的世界很相像,发现它是由同一批人所创造的。而且,后来我在南方各州旅行时,我在那些满是尘土的炎热的道路上——有着相同的植被、树木和大房子——找到了我们两个世界相似的证据。我们不应该忘记,福克纳在某种程度上是一位拉丁美洲作家。他的世界是墨西哥湾的世界。我在他身上发现的是我们经验之间的类同,它们并非如第一眼所见的那样不同。嗯,这种影响当然是存在的,但是非常不同于批评家指出的那种东西。

吉伯特：其他一些人讲起博尔赫斯和卡彭铁尔，认为他们看到了同罗慕洛·加列戈斯（Rómulo Gallegos）、埃瓦里斯托·卡莱拉·坎波斯（Evaristo Carrera Campos）或阿斯图里亚斯一样的大地和神话的创作方法……

马尔克斯：是否遵循相同的大地路线，这我确实不知道。这是同一个世界，同一个拉丁美洲，对吧？博尔赫斯和卡彭铁尔，不是的。我读他们时我已经写了很多了。这就是说，没有博尔赫斯和卡彭铁尔，我无论如何都会写出我写的东西，但没有福克纳就不行。而且我相信，过了某一时刻（通过寻找我自己的语言，完善我的作品），我选择了一条旨在消除福克纳的影响的路线，这种影响在《枯枝败叶》中非常明显，在《百年孤独》中却并非如此。但我并不喜欢做这种分析。我的位置是创作者的，而非批评家的。这不是我的事儿，不是我的工作，我不认为自己擅长做这个。

吉伯特：如今你在读什么书呢？

马尔克斯：几乎什么都不读，对读书不感兴趣。出于职业兴趣，针对我正在写的这本书，读些纪实作品和回忆录——权势人物的生平、秘书写的回忆录和揭露真相的书，哪怕它们并不真实。我的问题在于，我是个很差劲的读者，向来都是。一本书一让我厌烦我就把它丢弃。孩提时开始读《堂吉诃德》，感到厌烦，读到一半就停了下来。自那以后读了又读，但只是因为读起来享受，而不是因为非读不可。这一向是我的阅读方法，我在写作时就抱着这种阅读观念。我总是害怕，唯恐读者会在某一页感到厌烦，把书扔下。因此我试图不让他感到厌烦，免得他对待我像我对待别人那样。现在我只看朋友写的小说，因为我很想知道他们在做些什么，而非出于文学兴趣。多年来，我读了、吞噬了大量小说，尤其是里面有许多事情发生的冒险故事。但我根本就不是个有条理的读者。既然没钱买书，我过去常常就碰到什么读什么，读朋友借给我的书，他们几乎都是文学教师或是与文学有关的人。我经常读的，几乎比小说读得多的，是诗歌。我实质是从诗歌起步的，尽管从未写过韵文诗，而我总是试图寻找诗性的解释。我想我最近那部小说确实是一首极长的诗，关于一个独裁者的孤独寂寞。

吉伯特:你对图像诗有兴趣吗?

马尔克斯:我和诗歌完全失去联系了。我恰恰不知道诗人在往何处去,他们在做什么,乃至他们想要做什么。做各种描写的实验,寻找新的自我表现方式,我想这对他们来说是很重要的吧,但对实验阶段的事物做出判断是很困难的。我对它们没有兴趣。我已经解决了以自身的方式表达自我的问题,我现在无法参与其他事情。

吉伯特:你说起你总是在听音乐……

马尔克斯:我喜爱音乐胜于喜爱其他的艺术表现,甚至胜于喜爱文学。随着日子一天天过去,我对它的需求在增加,我有这样一个感觉,它对我的功效类似于药物。旅行时我总是带上有耳机的手提式收音机,我以我听到的音乐会来丈量世界——从马德里到波多黎各的圣胡安,人们能够听到贝多芬的第九交响曲。记得和巴尔加斯·略萨在德国坐火车旅行(在一个极炎热的日子里,当时我的情绪十分不好),当时我是如何突然之间,或许是下意识地,将自己封闭起来,听音乐。后来马里奥对我说:"叫人难以相信,你的情绪变了,平静下来了。"在巴塞罗那,我在那儿有一套装备齐全的音响设备,在极度忧郁的时刻我听音乐,有时从下午两点听到凌晨四点,不曾移动过。我对音乐的爱好像是一种隐秘的恶习,我几乎从不谈论它。它组成我最深切的一部分私生活。我一点儿都不依附物品(我并没有把家里的家具和其他东西看作我的,而是看作我的妻儿的),我喜爱的物品只有我的音乐设备。我的打字机是必需品,要不然我就会把它给清除出去了。我也不拥有藏书。读完一本书我就会把它扔掉,或是把它留在某处。

吉伯特:回到你说的那句话吧,你声称你"拥有固定不变的政治观点"。能具体谈谈是什么样的政治观点吗?

马尔克斯:我认为这个世界应该是社会主义的,我认为它将是社会主义的,我们应该帮助它尽快地实现这一点。但苏联的社会主义让我极为失望,他们通过特殊的经验和条件达到他们那种品牌的社会主义,试图把他们自己的官僚政治、他们自己的威权主义以及他们自身历史视野的缺失强加给别的国家。这并不是社会主义,这个问题是当前的大问题。

吉伯特：当古巴诗人埃贝托·帕迪亚①遭到关押并发表一份签名的"供认状"时，国际知识分子——他们一直支持古巴革命——在一个月期间给卡斯特罗发出了两封抗议信。第一封信——你也签名的那封——发出之后，卡斯特罗在其五一节讲话中说，那些签字人是假革命的知识分子，他们在"巴黎的文学沙龙中说长道短"，对古巴革命评头论足；他说古巴不需要"资产阶级的阴谋贩子"的支持。照国际评论的说法，这一点显示了知识分子和古巴政权之间的决裂。你自己的立场是什么？

马尔克斯：当这整件事情曝光时，国际上的以及哥伦比亚的新闻机构自然就开始催促我，让我发表意见了，因为我在某种程度上是参与这整件事的。在掌握完整的信息并读到讲话的速记报告之前，我不想那么做。只凭新闻处发布的那些说法，我是无法对这么重要的事情发表

---

① 埃贝托·帕迪亚（Heberto Juan Padilla，1932—2000），古巴诗人，因批评卡斯特罗政府而遭关押。

意见的。再者,当时我知道我正打算接受哥伦比亚大学的文学博士头衔。对那些不知道我在此前已经做出这个决定的人来说,这可能会让他们相信,我打算去美国是因为我和卡斯特罗决裂了。因此我就对新闻界发表了一项声明,彻底澄清我的立场,关于卡斯特罗,关于我的博士头衔以及十二年之后我重返美国这件事,而在那期间我一直是被拒绝签证的。声明如下:

（加西亚·马尔克斯致哥伦比亚新闻界的声明摘要,1971 年 5 月 29 日）:

哥伦比亚大学并非美国的政府,而是不墨守成规、理智健全……欲战胜该国腐朽体制的那些人的要塞。我理解,我主要是以作家的身份被授予此项荣誉的,但授予此项荣誉的人并未意识到,我对美国的主流秩序怀有无限的敌意……我只和我的朋友们,尤其是和巴兰基亚那些维护常识的出租车司机讨论那些决定的,你们知道这一点就好……一群拉丁美洲作家和菲德尔·卡斯特罗之间的冲突是新闻机构的短暂胜利。我这里有和此事相关的文件,包括菲德尔·卡斯特罗讲话的速记报告,尽管它确实含有一些很严厉的段落,但没有一段是支持国际新闻机构所做出的那种阴险解释的。我们当然是和这个讲话相干的,菲德尔·卡斯特罗在讲话中就文化问题提出了基本的建议,但驻外记者对此不置一词,反而是挑选某些松散的说法,精心提取,再进行拼凑,以便看起来像是菲德尔·卡斯特罗说了他实质并未说过的话……我没有在抗议信上签名,因为我并不赞成他们发出这封信。事实是,我相信这种公开的信息作为达到预期目的的手段是不足道的,但对敌对的宣传而言是很有用处的……然而,对在信上签名的人,其中包括我的一些最要好的朋友,我绝不怀疑他们的理智健全和革命诚意……当作家意欲参与政治时,他们实质是道德的而非政治的,这两个方面永远是不相容的。就政客而言,他们是反对作家干预其事务的,当我们支持他们时,他们大体上就接受我们,当我们反对他们时,他们就排斥我们。但这并不是一场灾难。相反,这是一种很有用、很积极的辩证矛盾,它会持续到人类末日,纵使政客暴怒而死,作家被剥皮抽筋……唯一悬而未决的事情是诗人埃贝托·帕迪亚的事情。就个人而言,我还没有说服自己去相信帕迪亚的自我批评是自发而由衷的。我不明白,经过这么多年和古巴实验的接触,每天都生活在革命的戏剧性事件中,像埃贝托·帕迪亚这样一个人怎么会经受不了在狱中而突然站在证人席前面作证。他的供认状的语气是那么夸张,那么下贱,以至于这份供认状像是通过可耻的手段获得的。我不知道是否埃贝托·帕迪亚的态度损害了革命,但他的自我批评肯定是造成了极大的损害。这方面证据可以在拉丁美洲通讯社披露的原文在敌对的古巴新闻界引起轰动的样子中找到……如果古巴确实存在着斯大林主义胚芽,那我们很快就会见到的,菲德尔·卡斯特罗本人会正式宣布的……有人在1961年就企图强制采用斯大林的方法,菲德尔·卡斯特罗对此公开加以谴责,将它扼杀在萌芽状态。没有理由认为同样的事情不会在今天发生,因为古巴革命的活力和安康从那时起是不可能减损的……我当然是不会和古巴革命决裂了。再说,就我所知,抗议帕迪亚案件的作家没有一个是和古巴革命决裂的。马里奥·巴尔加斯·略萨继他那封著名的信件之后在一份声明中亲自对此做了评论,报纸却把它归入看不见的新闻一角。不,古巴革命对拉丁美洲和全世界而言是一个具有根本重要性的事件,我们和它的团结不能由于一个文化政策方面的错误而受到影响,即使是当这个错误和嫌疑犯埃贝托·帕迪亚的自我批评一样大、一样严重时……

吉伯特:知识分子的希望是让古巴革命实现了?

马尔克斯:我认为真正严重的是,我们知识分子往往只是在自身受到影响时才会抗议和反应,而同样的情况发生在渔夫和牧师身上时我们却无所作为。我们应该做的是将革命视为一个完整的现象,看到积极面是如何极大地胜过消极面的。当然了,像帕迪亚案件那样表现出来的东西是极为危险的,但它们并不是克服不了的障碍。要是克服不了,那就真的是可悲了,因为所做的一切事情——教人识字、让人受教育、经济独立——都是不可取消的,都将比帕迪亚和菲德尔持久得多。这就是我的立场,我是不会让步的。我不准备每隔十年就把革命扔到垃圾堆里去。

　　吉伯特:你赞成智利人民阵线①的社会主义吗?

　　马尔克斯:我的夙愿是让整个拉丁美洲都变成社会主义,但如今人们受到和平与制度化的社会主义的诱惑。为便于选举,这一切似乎都很好,但我认为它完全是乌托邦式的。智利正走向暴力和戏剧性事件。如果人民阵线继续往前走(颇具聪明才智,步子相当踏实和迅疾),那么这个时刻将会来临,他们会遇到一堵严重反对的墙。眼下美国并没有干预,但它不会总是袖手旁观的。它不会真的接受智利是社会主义国家。它不会允许的,别让我们对这一点抱有幻想吧。

　　吉伯特:你认为暴力是唯一的解决办法吗?

　　马尔克斯:我倒并没有把它看作一种解决办法,但我

---

①　智利人民阵线是智利激进党、共产党、社会党、民主党和劳工联盟于1936年组成的左翼政治联盟。

认为那个时刻将会来临——那堵反对之墙只会被暴力越过。很遗憾,我认为那是不可避免的。我认为智利正在发生的事情作为改革是很好的,作为革命却是不好的。

吉伯特:你谈到了帝国主义的文化渗透,在让-米歇尔·福西(Jean-Michel Fossey)对你的采访中说,美国正试图通过颁奖和设立宣传活动频仍的机构吸引知识分子……

马尔克斯:我深信金钱导致腐败的力量。如果一个作家,尤其是在其职业的起步阶段,被授予奖项或基金(不管是来自美国、苏联,还是来自火星),他在某种程度上就妥协了。出于感激,乃至为了表明他没有妥协,这种帮助就会对其作品产生影响。这一点在作家应该为国家工作的那些社会主义国家中尤为严重。这本身就是他那种独立性的重大妥协。如果他写他想写的,或是写他感受到的,他就要冒这样的风险,某个官员——几乎肯定是一个失败的作家——会决定是否出版其作品。因此我认为,只要作家不能靠自己的作品养活,他就应该去从事某种边缘工作。就我来说是新闻和广告工作,但从来没有人付钱让我去写作。

吉伯特：你也没有接受哥伦比亚驻巴塞罗那领事的职位。

马尔克斯：我一向拒绝担任公职，而我没有接受那个特殊的职位，是因为我不想代表任何政府。我想我在一次访谈中说了，拉丁美洲有一个米格尔·安赫尔·阿斯图里亚斯就够了。

吉伯特：为什么那么说呢？

马尔克斯：他的个人行为竖立了一个坏榜样。作为诺贝尔奖和列宁奖金的获得者，他以大使的身份前往巴黎，代表危地马拉那样一个反动政府。这个政府和游击队开战，而后者代表了他所说的他终身为之奋斗的一切。帝国主义没有因为他接受反动政府的大使职位而抨击他，因为这么做很明智，苏联也没有抨击他，因为他是列宁奖金得主。最近有人问我如何看待聂鲁达成为大使。我没有说作家不能做大使——尽管我本人是决不会做的——但代表危地马拉政府和代表智利人民阵线不是一回事。

吉伯特:你肯定经常被问到,你是如何设法生存在西班牙这样一个独裁国家中的?

马尔克斯:在我看来,如果让作家选择生活在天堂还是地狱,那他是会选择地狱的……那儿有更多的文学素材。

吉伯特:地狱——以及独裁者——同样存在于拉丁美洲。

马尔克斯:我想澄清这件事。我四十三岁了,我在西班牙过了三年,在罗马过了一年,在巴黎过了两三年,在墨西哥过了七八年,余下的岁月是在哥伦比亚度过的。我离开一个城市,并不只是为了住到另一个城市里去。比这更糟。我哪儿都不住,而这造成了某种痛苦。我也不赞成最近出现的一个观念——而且是讨论得比较多的观念——作家住在欧洲以便过上逍遥快活的日子。不是那样的。人们不会去寻找那种东西的——想去寻找那种东西的人在任何地方都找得到它——而且生活经常是很困难的。对拉丁美洲作家来说,在某个特定时刻从欧洲的角度看拉丁美洲是很重要的,对此我没有丝毫怀疑。我理想的解决办法是能够来回变换,但是,首先,这样做开销很大,其次,我受制于这一点,我不喜欢空中旅行……虽说我是在飞机上度过我这一生的。事实是,眼下我不在乎住在什么地方。我总是会找到关心我的人,不管是在巴兰基亚、罗马、巴黎,还是在巴塞罗那。

吉伯特:为什么不是纽约呢?

马尔克斯:纽约对撤回我的签证负有责任。1960年我作为拉丁美洲通讯社的记者住在这座城市里。虽然我除了充当通讯员(收集新闻,发回报道)之外什么都没有做,但在我启程去墨西哥时,他们拿走了我的居民卡,把我登记在他们的"黑皮书"中。每两三年我都会再要求签证,可他们一再自动拒签。我想这主要是一个官僚主义的问题吧。现在我获得签证了。作为城市,纽约是20世纪最伟大的奇观,因此,不能每年来这儿,哪怕是住上一星期,这就严重限制了一个人的生活。不过,我怀疑我是否有足够坚强的神经住在纽约。我觉得它是如此让人无所适从。美国是一个非凡的国度；是创造了纽约这样一个城市的国家，或者说，这个国家的其他地区——这和制度或政府不相干——无所不能。我相信，他们是制造一场社会主义伟大革命的人，而且是一场良好的社会主义革命。

吉伯特：对哥伦比亚大学授予你那个庄严称号有什么看法？

马尔克斯：真是不敢相信……让我感到十分困惑和窘迫的，不是荣誉也不是认可——虽说这种东西可能是真的——而是像哥伦比亚那样一个大学会决定从全世界十二个人当中选择我。这个世界上我最没有期待过的东西就是文学博士了。我的路子一向是反学院的；我从未大学毕业成为法学博士，因为我不想成为"博士"——突然间我发现自己处在学术世界的风口浪尖了。但这对我来说很陌生，和我是不合拍的。这就像是给斗牛士颁发诺贝尔奖。我的第一个冲动是不接受这个荣誉，但我让朋友们搞一个公民投票，他们没有一个能理解我有何理由拒绝。我本可以给出政治理由，但那些理由不会是真诚的,因为我们都知道,而且我们在大学演讲中听到过声明,帝国主义并不是他们的主导体系。因此,接受那个荣誉不会让我在政治上和美国发生牵连,没有必要提及这个话题。这在相当程度上是一个道德问题。我一向反对典礼(别忘了,我来自世上最讲究仪式的国家),我自问:"穿着典礼的礼服,我应该在一个文科学院做什么呢?"在朋友们的坚持下,我接受了那个荣誉博士的称号,现在我很高兴,不仅是因为接受了它,而且是因为代表我的国家,代表拉丁美洲。这种你自称是并不在乎的爱国主义突然真的都变得重要了。在最近这些日子里,更多是在典礼期间,我想着发生在我身上的那些奇怪事情。有一刻我想,死亡肯定就是那样的……是在你最意想不到的时候发生的事情,是和我毫不相干的事情。另外,有人和我接触,要出一套我的作品全集,可我断然拒绝在我有生之年做这件事,因为我一向把这看作一种死后的荣誉。典礼期间我有同样的感觉……这种事情是在一个人死后发生的。我一向渴望和欣赏的那种认可,是读我并和我谈论我作品的那些人的认可,不是怀着钦佩和热情,而是怀着喜爱。在大学典礼期间真正触动我的——你都难以想象这种触动有多深——是在排队退场期间,那些几乎接管了校园的拉丁美洲人,悄悄地站出来说:"起来拉丁美洲!""向前拉丁美洲!""前进拉丁美洲!"那一刻,是第一次,我被打动了,并为接受这个荣誉而感到高兴。

"Gabriel García Márquez" by Rita Guibert / 1971. Interview conducted 3 June 1971. Reprinted from *Seven Voices: Seven Latin American Writers Talk to Rita Guibert*, by Rita Guibert, Alfred A. Knopf, Inc., 1973, pp. 305 – 337. Copyright © 1973 by Rita Guibert. Reprinted by permission. Translated by Frances Partridge.

巴塞罗那的黄色电车：
一次访谈

威廉·肯尼迪/1973年

"你会说英语吗?"我问他。

"Nada(只会一点点),"他在电话里说道,"Nada, nada。"

嗯,这不是真的,可他喜欢坚持这样认为,于是我就挖出一些生锈的西班牙语,问我们什么时候聚一下,他住在什么地方。"住在一座房子里。"他说道,补充说他会在五点钟到我下榻的酒店来接我,酒店在巴塞罗那老城区的大道,兰布拉街。我告诉他,我妻子达娜是 puertorriqueña (波多黎各人),所以我们双方都能够弄懂语言的精微处,他说 bueno(好的),就这样吧。

十分钟后，他改变了主意，说是中午过来。在书展日的正午时分，加夫列尔·加西亚·马尔克斯沿着熙熙攘攘的兰布拉街走来，穿着一件双排扣海军蓝运动夹克、一条灰色宽松长裤、一件棕白佩斯利图案的开领蓝衬衫，满头黑色卷发，蓄着一部不够茂盛的山羊胡子，是最近外出一个月忘了带剃须刀时开始蓄的。

Hallo（哈啰），哈啰，招呼致意，你好吗，cómo está（你好吗），真高兴，握手，然后他问道："买书了吗？"

"当然买了。你的书。"

他的书，意思是指他的大作《百年孤独》，关于布恩地亚家族百年生活的半是超现实的长篇传奇故事，那个在神话般的南美小镇马孔多、有着神话般丰功伟绩和荒谬行径的家族。加西亚那部百年马孔多的夸张喜剧，屡屡获得杰作的称号，像是在暗示从创世之后到航空时代人类的各种悲欢离合。《泰晤士报文学增刊》把它说成"喜剧杰作，肯定是拉丁美洲迄今最好的小说之一"。它获得了1969年法国最佳外国图书奖，当年意大利的基安奇安诺奖。自从1967年在布宜诺斯艾利斯的南美洲出版社问世以来，在二十一次印刷期间，在二十三个国家出版，西班牙语版售出了一百万册。它被译成十八种语言,在巴西售出六万册,在意大利售出五万册,在匈牙利售出三万册,在美国售出精装本一万八千六百五十册,平装本四万六千六百五十册,荣登美国畅销书榜单。这一切给了他长期追求的经济自由和创作自由,但是新闻记者和编辑所带来的、如今他视为"烦扰"的那种东西也因而使他负重。

他在一封致朋友的信中哀叹说,向记者所做的两个小时的自我表露,被记者缩减为一页半的报刊文章,这两个小时都浪费了。至于说编辑,有个编辑来找加西亚的妻子梅塞德斯,索要他的个人信件。有个姑娘跑来找他,想要弄一本叫作《向加西亚·马尔克斯提的两百五十个问题》的书。加西亚在给朋友的信中写道:"我带她去喝咖啡,解释说,如果我答完两百五十个问题,这书就算是我的了。"另一个编辑请他给切·格瓦拉在马埃斯特腊山①撰写的日记作序,加西亚答复道,他乐意作序,但要花八年

---

① 马埃斯特腊山,古巴山脉,位于古巴东南部、跨格拉玛和圣地亚哥两省的山岭。

时间，因为他想要把它写好。

因此，每当有外地人造访时，他都不请他们到家里来，而是在别处见面，例如，在兰布拉街一家酒店前面，出于礼貌待得久一些，然后便告辞。如果访谈进展不错，他就会让它继续下去。他说，他的问题是要尽量少见人。即便是朋友，有时也是复杂的。他接受一个朋友共进午餐的约请，结果有二十个陌生人被请来和他见面。

"那我就没法开玩笑了，"他说道，"我必须在他们面前摆出聪明的样子。这太可怕了。"

尽管有这些压力，巴塞罗那的生活却并未失控。"我做成了一件事，"他说道，"我没有成为一道公共奇观。我知道该如何避免这种东西。"

我们不惹人注意地走在兰布拉拥挤的街道上，看到处处都是鲜花，加西亚便又问道："你们买书的时候买玫瑰了吗？"

达娜给他看一束玫瑰，证明我们买了。在书展日，城里的出版社和书店是在大街上临时搭建的木头棚屋里售书的，这是惯例。照传统，你为你的女士买一束玫瑰，她为你买一本书。

"我们应该去一个安静的地方。"我说道,在人群的喧哗声中几乎听不见加西亚说话。

"在西班牙很难找到那样的地方,"他说道,但接着便指点说,"瞧,我们可以去那家酒吧。是美国人开的。没有人去那儿。"

于是在那家以其质朴和空洞而令人至今难忘的酒吧式饭店里,在铺着胶木板的桌子旁,加西亚给他自己点了咖啡,为两位访客点了红酒,向侍者指定要 1956 年的特级品,这样我们的味觉就不会被普通的丹魄红酒给损害了,这种酒他自己是不喝的。他为他本人不喝酒而道歉。太早了点。他喜欢天黑时喝。另外,在我们谈话的两小时里,他只喝了一杯咖啡。体重控和平衡值。

"现在喝了咖啡,"他说道,"晚上威士忌就少喝了。"

我告诉他,我去欧洲旅行前写的最后一篇东西是一篇短评,为他最近在美国出版的那本书《枯枝败叶》而写的,实际上这是他的第一部小长篇,1955 年出版于哥伦比亚。我解释说,即便他的另一部小长篇和许多短篇小说在美国出版了,他的个人信息也极少能找到。他表示同意。

再者,尽管该国批评界对一个拉美作家的接受度仅次于20世纪60年代的博尔赫斯热,文学杂志却相当不关心这个写出了一部杰作的人。这看似奇怪,实质不然。我记得若干年前在纽约州奥尔巴尼的一家爱尔兰酒吧里的交谈,当时拉丁美洲的两个国家爆发了革命。那位无聊的酒吧侍者用这句评论结束了关于两场剧变的讨论:"那两个国家都不咋地。"从那时起到现在,这句话一直留在我脑海里,作为美国在文学上、政治上、军事上对次大陆的国家和人民那种无所谓的态度最简明扼要的总结。

对加西亚作为文学人物的这种不甚热情的接受已经表明是有政治基础的,是他从1959年到1961年作为共产主义记者在波哥大、哈瓦那和纽约为菲德尔·卡斯特罗的拉丁美洲通讯社工作的结果。他于1961年离开美国,直到1971年被哥伦比亚大学授予荣誉学位时才获准返回。但是,如果说他的共产主义往事确曾渗透到了特约编辑的层面上——而这一点是可疑的——那么,很可能那种"不咋地"的典型表现,而非反共态度,才是起抑制作用的因素。又一个拉美文学左派。嗬—哼嗯。

西班牙语文学界对加西亚的态度就不同了。去年4

月,在哥伦比亚大学,巴勃鲁·聂鲁达把《百年孤独》称为"可能是自塞万提斯的《堂吉诃德》以来最伟大的西语启示录"。加西亚已经成为一部优秀评传的传主,是马里奥·巴尔加斯·略萨的评传《弑神者的故事》,1971年由巴塞罗那的巴拉尔出版社出版。巴尔加斯是教师和小说家(《城市与狗》《绿房子》),在加西亚的通力合作下写成此书,加西亚说这是迄今关于他的几本书中最好的。但他只为前八十四页讲述生平那部分的真实性担保,说是害怕阅读其余的部分,这是在恭维巴尔加斯呢。

"马里奥的书可能包含着解剖我的线索。"他说道。

为什么要害怕别人的分析呢?

"这是赌博,"他说道,"是游戏。如果我读了,我可能不会由于变化而受到伤害的。但我何必冒这个险呢?"

加西亚既在批评界赢得口碑又成为畅销书作者,这里面存在着富于启发性的文学讽刺。("如果我没有写《百年孤独》的话,"他说道,"那我是不会读它的。我不读畅销书。")他放弃了写作,在五年多时间里不写一个字。这是对其早年作品所抱的消极情感的过激反应,是对其处理素材的风格和手法所造成的令人迷惘的变化的过激反应，是对电影施加于他的那种影响深远但令人沮丧的控制的过激反应。

他说，从能记事的时候起他就一直是个作家。他于1928年3月6日出生在哥伦比亚北方小镇阿拉卡塔卡，这是加西亚想象中神话般的村落马孔多的原型，在其杰作中，马孔多的生活历经百年的痛苦和叹息。直到1947年他才发表了第一批短篇小说，当时在波哥大大学攻读法律，他厌恶法律专业的学习。政治暴力关闭了学校，他转学至卡塔赫纳，继续写作。随后在做客巴兰基亚期间，与一小群知道他作品的作家和记者有了来往。他从法学院退学，搬到了巴兰基亚，做一份报纸专栏作者的工作。1954年回到波哥大，为《观察家报》撰写影评和新闻报道。

"作为记者，"他说道，"我处于报纸上最低下的栏目，而且就想如此。其他作家总是想要去社论版，可我想要报道火灾和犯罪。"

传记作者把他从新闻记者进入小说家的职业和海明威的相比，两者是有相似之处的。但也存在着实质性的差异。海明威是现实主义、印象主义、严肃认真的记者。加西亚对他的工作则不那么一本正经，更倾向于把它视为经验的来源而非表达意见的渠道，似乎他身上海明威的成分和本·赫克特①的成分一样多。在读了加西亚致友人的一封信后至少会有这样的感觉，他在信中回忆起在哥伦比亚的基布多市曾经报道的一则新闻。《观察家报》的一名通讯员用电报报道了基布多的激战，加西亚和一名摄影师便大老远赶过去，好不容易才到达战场，结果却发现一座冷冷清清、满是尘土的村子，什么战斗都没有。他们确实找到了那个躺在吊床上消暑的通讯员。那人解释说，基布多什么事都没发生，他便发送电报以示抗议。辛辛苦苦走了一趟，不想空着手回去，加西亚、摄影师、通讯员便在警报和鼓声的协助下，召集了一群人，拍摄战斗照片。加西亚连续两天发回战地报道，很快就有一群记者赶来做全程报道了。于是加西亚便向他们说明了基布多事件，导演了一场他们能够报道的规模更大的

---

① 本·赫克特（Ben Hecht，1894—1964），美国编剧、导演、制片人、记者、小说家。

新演出。

他新闻生涯的最高点是在 1966 年出现的，当时有一位名叫路易斯·阿莱杭德罗·贝拉斯科（Luis Alejandro Velasco）的水手来到《观察家报》，提议将其海难余生的著名故事整个都讲出来。

一艘哥伦比亚海军驱逐舰从新奥尔良取道回国，被暴风雨击中，贝拉斯科在一条救生筏上度过了十天。八名水手在船舷外失踪了，只有贝拉斯科活了下来。这已经让他成为民族英雄，让他变得很富裕了。但只有哥伦比亚独裁者古斯塔沃·罗哈斯·皮尼利亚喜欢的报纸才准许和他交谈。在公众的兴趣达到高潮之后很久，他向《观察家报》提出重新讲述这个故事，加西亚说，起初是被当作了"una noticia refrita"——一个略加修改的老故事——但一位编辑考虑了一下，便将贝拉斯科交给加西亚处理。

结果是一篇十四个章节组成的第一人称的故事，由那位二十岁的海员署名。故事披露说，那艘驱逐舰根本就没有遭遇暴风雨——气象学家证实了这一点——而是装载着违禁货物，将它们胡乱地堆放在甲板上。那艘船在几场大风中几乎倾覆,货物散了开来,八名船员被撞落水中。公众觉得这个故事很有趣,《观察家报》的发行量增长。尴尬的独裁政府否认一切,但报纸随后用其他船员拍摄的照片证实了这件事,照片显示船员站在驱逐舰的甲板上,傍着一箱箱标记清晰的美国电视机、电冰箱和洗衣机。罗哈斯·皮尼利亚政府对报社发起报复,几个月后,当加西亚在巴黎担任《观察家报》驻欧洲巡回记者时,将它查封了。

1970年初,那些文章署上加西亚的名字在巴塞罗那以平装本重新出版,他首次和它们公开联系起来。他给此书定名为《一个海难幸存者的故事:他在没有食物没有水的救生筏上漂流了十天,被宣布为民族英雄,被选美皇后亲吻,因名声而致富,随后遭到政府的憎恶,被世人永远遗忘》。在原作的再版序言中,加西亚认为贝拉斯科有讲故事的天赋才能,对细节有惊人的记忆力,并补充道:"让我沮丧的是,编辑对文本的优点不像对作者的名字那样感兴趣,因为让我深感遗憾的是,这使我成为一名时髦作家了。幸好有些书并不属于写它们的人,而是属于忍受它们的人,此书便是其中的一本。"他声明道,此书的版权属于贝拉斯科,不属于加西亚。

认为不该做新闻工作的正是海明威,他断言道,倘若能够及时抽身,它便是一个良好的训练场地,但作家在那里面逗留过久,便会受到损害。加西亚没法接受这类箴言,因为他写新闻报道是为了糊口,从 1948 年到 1961 年都是在做这份工作。他在心理上和威廉·福克纳要合拍多了,福克纳觉得,什么都无法毁掉一个好作家。就像世纪中期的众多严肃作家,加西亚深受福克纳作品的影响,这种影响造成的结果是如此之多,弄得他现在都不想再多谈这种关系了。或许是由于这个原因,他再也没法读福克纳了,不过,他把这一点归因于福克纳那种热情迸发的修辞,1971 年他回头去读福克纳时为之反感的东西。但在 20 世纪 40 年代晚期,加西亚创作《枯枝败叶》时,福克纳对他是很重要的。

《枯枝败叶》找一个愿意接受它的编辑,找了将近七年,最终出版于 1955 年,和海上遇难的文章是同一年出版。为阿根廷一家出版社审稿的一位批评家不接受这本书,提供意见说,加西亚没有做作家的才能,应该投身于别的事情。《枯枝败叶》的故事是由父亲、女儿和外孙三个人交替讲述的,他们是一位医生的葬礼上仅有的哀悼者,那位医生曾经和他们住在一起。医生后来闭门不出,因一个行为而招致全镇居民的敌意,如今他们想要羞辱他的尸体。福克纳式的措辞是显而易见的,医生和《八月之光》中的盖尔·海托华牧师有几分相似。

尽管有福克纳的影响,《枯枝败叶》却并不是一个派生的作品。它自己的语言是丰富、稠密的,却并无福克纳许多作品的那种难度。它偶尔是超现实的,某种程度上这是福克纳的作品所没有的。虽然它仿效福克纳的约克纳帕塔法县建立了马孔多,但它这么做有着如此强的原创性,和拉丁美洲的生活如此相关,以至于马孔多成熟到完全确定为《百年孤独》的村落时,无数拉丁美洲读者把它认作其共同精神的居所。

加西亚想象的世界总是牢固地根植于现实的世界,但这是有欺骗性的,因为现实屡屡成为超现实。

《枯枝败叶》中那位老医生在中产阶级造作的晚宴上坐下来,对仆人说的话令在场的人大吃一惊:"嗯,小姐,就煮一点草,当作是汤那样给我端上来吧。""什么样的草，大夫?"女仆问道。"普通的草，女士，"医生说道，"驴子吃的那种。"

超现实? 对加西亚来说不是。"我家里的一个人就是那么说的。"他说道。

他相信在这个问题上福克纳和他是不一样的，因为福克纳的奇特是伪装为现实的。

"福克纳对生活中发生的某些事情感到惊讶，"加西亚说道，"但他不是把它们写成惊奇之事，而是写成每天发生的事情。"

加西亚不那么感到惊讶。"在墨西哥，"他说道，"超现实主义在街上流淌。超现实主义来自拉丁美洲的现实。"

大约在我们谈话前的两周，一个记者打电话给加西亚，问他对哥伦比亚一个乡镇里发生的一件事有何看法。大概是上午十点钟，在一所小学校前，有两个人从一辆卡车上跳下来说："我们是来搬家具的。"没有人知道他们是怎么一回事，但校长点头同意，家具便装到了卡车上，他们把车开走了。只是后来很久才弄明白，那两个卡车司机是窃贼。

"正常的。"加西亚说道。

"有一天在巴塞罗那,"他继续说道,"我和妻子正睡着,门铃响了。我打开门,有个人对我说:'我是来修熨衣板电源线的。'我妻子躺在床上说:'我们的熨衣板没有任何毛病。'那个人问道:'这是二号寓所吗?''不是的,'我说,'二号在楼上。'稍后我妻子走到熨衣板那里,把它插上,它烧坏了。事情颠倒了过来。那个人在我们知道它要修理之前就来了。这类事情始终会发生的。我妻子已经把它给忘了。"

加西亚喜欢超现实主义原理,但不喜欢超现实主义本身。如果要他选择,他是会重画家而轻诗人的,可他并不认为他和他们中的任何一个人相似。确实,他的作品与其说是基于超现实主义者非常看重的象征性事件或随机流动的事件,不如说是基于趣闻轶事;同样确实的是,他的目标是要做到容易被人理解,而非晦涩难懂。然而,一种超现实的质地,一种对未必会有和不可能发生的事情的真实再现,却渗透了他的作品。自《枯枝败叶》中吃草的那种微温的超现实以来,超现实之于他的重要性显然是得到了强化。在《百年孤独》中,他取得的突破是吃土,是失眠症的蔓延,是会变老的幽灵,是一个年轻女人抓着两张床单冉冉升天。他笔下的奇迹通常会延伸为一种日常现实。例如在《百年孤独》中，乌苏拉的儿子何塞·阿卡迪奥进了卧室，关上房门，传来一声枪响。接着：

> 一道血线从门下涌出，穿过客厅，流到街上，沿着起伏不平的便道径直向前，经台阶下行，爬上路栏，绕过土耳其人大街，右拐又左拐，九十度转向直奔布恩地亚家，从紧闭的大门下面潜入，紧贴着墙边穿过客厅以免弄脏地毯，经过另一个房间，划出一道大弧线绕开餐桌，沿秋海棠长廊继续前行，无声无息地从正给奥雷良诺·何塞上算术课的阿玛兰塔的椅子下面经过而没被察觉，钻进谷仓，最后出现在厨房，乌苏拉在那里正准备打上三十六个鸡蛋做面包。
>
> "圣母在上！"乌苏拉喊了起来。
>
> 她沿着血流溯源而上，穿过谷仓，经过秋海棠长廊——奥雷良诺·何塞正在那里念诵三加三等于六、六加三等于九——又穿过饭厅和一个个房间，径直走到街上，先右拐再左拐到了土耳其人大街，忘了自己还穿着烤面包的围裙和家居拖鞋，来到广场，走

进一户从未登过门的人家,推开卧室的门,险些被火药燃烧的气味呛死,发现何塞·阿卡迪奥趴在地上,身下压着刚脱下来的靴子,这就看到了血流的源头,而血已不再从他右耳流出。

我们是从关乎此书的超现实的角度谈到这个段落的,但加西亚对它那种不可能的性质几乎不予考虑,只是说:"这是脐带。"我们继续谈别的问题。

《枯枝败叶》之后,加西亚遭遇了某些会改变其小说风格的强烈影响,使他尽可能接近于社会主义现实主义。波哥大的共产党人在《枯枝败叶》出版之后争取他的支持;但他们尽管希望他成为作家和才智之士,却不接受他的风格,认为过于艺术而不能传达严峻的社会主义现实。关于这一点,马里奥·巴尔加斯·略萨写道:"虽然加西亚·马尔克斯从未陷入社会主义现实主义的粗糙的观念,可在几个月后他开始写第二部小说时,还是对他的叙述语言得出了相似的结论。"他随后在创作上的改变很难判定为糟糕的改变,因为他以新的风格创作了三部备受赞誉的作品。可他并不满意,因为那种改变限制了他的想象力。

他在波哥大经历了一连串党派斗争,但它很快就消歇了,随后他为《观察家报》去了欧洲。他在罗马报道了教皇庇护十二世的打嗝,在电影实验中心注了册,打算成为一名导演,自己将《枯枝败叶》搬上银幕。学了几个月之后便去了巴黎,在那儿得知,罗哈斯的独裁政府关闭了他的报社,他失业了。

他留在了巴黎,动手写一个短篇小说,写他儿时记忆中的某次暴力事件,把地点从马孔多改为"El Pueblo"(那个镇子),这是给他各种作品的背景造成混乱的一个改变。他的语言变得更为跳跃,对话扮演着更重要的角色。他着手创作的那个短篇小说迅速扩展开来,形成了一部长篇小说,然后是两部长篇小说。最后的一个衍生品最先完成,它变成了《没有人给他写信的上校》,写的是一个老兵在他及他参加的战争被政府遗忘了很久之后,无休无止地等待着他的退伍金。

"他写了一部小型的杰作,"巴尔加斯·略萨写道,"然而,他不仅不知道这一点,而且体验到和写完《枯枝败叶》时相同的失败感。"

接着他完成了有关同一个小镇上的暴力事件的小说——由公共场所的墙壁上神秘出现的匿名帖子而引发的暴力事件。此书名为《恶时辰》。

加西亚在巴黎写这些作品时的生活是难忘的,但并不快乐。他说,他靠"日常生活中的奇迹"过日子,穷困潦倒,由于外国人不允许工作,法语说得不好,一度捡拾空瓶子去换取现金。钱花完时,房东让他住在阁楼上,他在那儿写作不辍。1968年他功成名就重返巴黎,回顾三年贫穷的岁月,他总结道:"要是我没有经历那三年的生活,我就成不了作家。我在这儿懂得,没有人会饿死的,人们是能够睡在桥底下的。"

我和妻子刚从巴黎来到巴塞罗那,我们讲述了我们刚刚在那座城市里度过的美妙时光。

"我回到那儿去的时候,我有了钱,"加西亚说道,"我想要吃所有我没有吃过的东西,喝所有我喝不起的酒。我恨它。我恨巴黎。"

1957年,通过在波哥大和加拉加斯卖报纸,他摆脱了贫困,那些报纸上刊有十篇关于铁幕国家的系列文章。

在那次漫游中与他同行的一位记者，普利尼奥·阿普莱约·门多萨①，在那一年的晚些时候成为加拉加斯的《时刻》杂志的编辑，立刻雇用了加西亚。正是在加拉加斯，在休息日面对其小说世界，在佩雷斯·希门内斯独裁政府的末日期间进行报道，他才创作了几篇新的短篇小说。1962 年在墨西哥结集出版时题为《格兰德大妈的葬礼》。这些作品也有着断奏的特质，除了那篇标题故事，它是用稠密的语言写成的，讽刺了哥伦比亚的政治和社论版的华丽文辞。这是唯一将背景设置在马孔多的小说，又一次让人困惑的安排。集子里的其他作品都是以"那个镇子"为背景，没有提到马孔多。

　　加西亚作品的那些漫不经心的读者想当然地认为，他所有的小说都是以马孔多为背景的。但是，当他和《枯枝败叶》的华美风格划清界限，和共产党的现实主义者交往时，他不仅采用了一种海明威式的现实主义，而且离开了他小说的故园。只是在那篇回到马孔多的标题故事

---

① 普利尼奥·阿普莱约·门多萨（Plinio Apuleyo Mendoza，1932—　），哥伦比亚记者、作家，与马尔克斯合著《番石榴飘香》。

中，他才回归他那种自然的风格，一种高蹈却并非虚饰过度的散文。

加西亚说，关于"那个镇子"他很难说服人们。"《枯枝败叶》和《百年孤独》是在马孔多，没有别的了，"他以决然的口气谈他的作品，"其他三部（《上校》《恶时辰》《格兰德大妈》）是在那个镇子上。"他打开美国版的《上校》，翻到第四十二页，援引内部证据：上校记得马孔多并提到他是在 1906 年离开那儿的。

"可有些人，"他说道，"却不接受任何证据，那我跟这些人就没什么好说的了。"

另一个传闻说他现在不写马孔多了，可他就此谈了看法："这是瞎说。我并不左右未来的。"事实上，过去一年他完成了一个中篇小说，将《百年孤独》中创造的人物的生活加以拓展。这篇小说的名字叫作《纯真的埃伦蒂拉和她残忍的祖母的难以置信的悲惨故事》，眼下正由格列高利·拉巴沙（Gregory Rabassa）译成英语，《百年孤独》和《枯枝败叶》均是由他翻译的。

在委内瑞拉期间，加西亚作为小说家的生涯表面上

维持不变,可他的新闻工作出现了意外的转折:他离开了
《时刻》杂志去为《委内瑞拉画报》工作,在加拉加斯,这份
杂志通常被叫作《委内瑞拉色情报》。严肃的小说家可能
会对这种工作感到厌恶,可加西亚在那个时候是接受它
的,现在仍是接受它的。

"我对个人的生活感兴趣,"他说道,解释说眼下他在
巴塞罗那读杰姬·肯尼迪[1]的司机撰写的回忆录,"各种
杂志上的八卦我全都读。而且我全都相信。"

他平生第一次被古巴革命从新闻工作的肤浅娱乐中
解放出来,成为革命的拥护者。他在波哥大为拉丁美洲
通讯社开设了办事处,稍后去了哈瓦那,1961 年成为纽
约办事处副主任。过了半年就在一场宗派主义的风波中
辞职,声援他那位快快不乐的上司;和妻子梅塞德斯(那
位等了他三年,直到 1958 年才被他迎娶的巴兰基亚姑
娘)还有两岁的儿子罗德里戈一起离开了纽约,但对这座
城市不无热带的记忆。

"它和其他任何地方都不像,"他说道,"它在腐败,但

---

① 杰姬·肯尼迪,即杰奎琳·肯尼迪(Jacqueline Kennedy Onassis,
1929—1994),美国第三十五任总统约翰·肯尼迪的夫人。

也处在重生的过程中，就像丛林。它让我着迷。"

加西亚一家乘坐"灰狗"长途公共汽车前往新奥尔良，途经福克纳所在的地区。加西亚注意到一块牌子上写着"狗和墨西哥人不得入内"的通告，发现旅店不让他入住，那些店员以为他是墨西哥人。他计划是要回哥伦比亚去，但墨西哥作为电影之都吸引了他，在墨西哥朋友的催促下，他改变了计划，缓慢而艰难地开始编剧的新生涯。他在墨西哥写了一个短篇小说，随后便陷入持续数年的沉寂。

沉寂的部分原因是做编剧，但他认为自己作为小说家的失败也是一个原因。他写电影脚本，有些是和墨西哥小说家卡洛斯·富恩特斯合写的，有几个拍成了电影，如今还值得纪念，主要是因为他为它们付出过努力。在低产期，他又当了编辑，一度为智威汤逊广告公司驻墨西哥城办事处做宣传。

"对我来说这是一段非常糟糕的时期，"他说道，"是一段让人窒息的时期。我在电影中做的东西没有一样是属于我的。它是一种合作，包含着每个人的想法，导演的想法，演员的想法。我能做的是非常有限的，那个时候我领会到，作家在小说中拥有完全的控制权。"

朋友们记得他遭受窒碍的样子，在一个严厉的自我批评时期，对自己所做的一切都不满意，不想重返任何诸如此类的事情。

正是在1965年1月，从墨西哥城驱车前往阿卡普尔科①的时候，他才预见了将要变成《百年孤独》的那本书的第一章。后来他告诉一位阿根廷作家，如果有一台录音机，他可以当场口述整个章节。接着他便回到家里，告诉梅塞德斯不要打扰他，尤其是不要因为钱的事情打扰他。他到他称为"黑窝"的桌子旁工作去了，在墨西哥城的拉洛马街六号的一所房子里，每天工作八到十个小时，持续干了十八个月，写成了那部小说。

"我不知道太太是怎么做的，"他说道，"我什么都不问。但家里总是有威士忌。上好的苏格兰威士忌。打那些日子以来我在这方面的生活都没怎么变过。我们总是过得像是有钱的样子。可我一写完，太太就说：'你真的

---

① 阿卡普尔科（Acapulco）是墨西哥南部太平洋沿岸港口，格雷罗州最大城市。

写完了吗？我们负债一万两千美元。'她在一年半的时间里向朋友们告贷。"

他说，他太太一度在肉店里有权按月付款，她是个好主顾。她不肯那么做，但后来，每天弄到钱都比较困难的时候，她便表示愿意接受，向肉店按月分期付款了。另一个时刻没钱付房租了，她便跟房东说她付不起六个月的房钱，不晓得什么缘故，他说没关系的；于是他们就不必操那份心了。

"她很了不起的。"加西亚说道。

我们在兰布拉的酒吧里聊了将近两个小时，现在加西亚得去赴约了。可他说，我们可以五点钟上他家去继续聊，我们便去了。

他和梅塞德斯向我们问候致意。她是一个苗条、恬静的美人，齐肩黑发在中间分开，印第安特色的脸庞让人想起高更笔下的某些塔希提女子。她说起话来轻言细语，说西班牙人告诉她，她讲一口甜美的西班牙语，和卡斯蒂利亚人的刺耳语调形成对照。她雇了一个日间女仆帮她料理家务，与加西亚写《百年孤独》的时候形成了鲜明的对比。她说，那些日子里她尽量不去想他们那种不稳定的生活，因为一旦想了，她就会变得很焦虑。

"那样的生活我不想再过一遍了。"她说道。

她根本就不可能再过一遍了。

加西亚家的公寓是当代风格的陈设，地面全都铺地毯，垂挂着落地帷帘，颜色主题是米色、棕色和橙色。那套高保真音响，除了加西亚别人都不得操作，是屋子里的重要物件，是加西亚生活中的重要物件。他对待他的唱片像是对待纯净的水晶似的，用完后每一张都要擦拭一遍。他的儿子，十岁的贡萨洛和十二岁的罗德里戈，有他们自己的留声机，这样就不会去妨碍爸爸的音响了。晨间工作时段结束后，一边读书一边听音乐照例构成了他一天的第二块内容。晨间工作时段一般是在十点开始的，到下午两点左右结束。（一天写一页，二十四行字，是他的平均工作量，一天五页是创纪录。）除了唱片——他为北美访客播放了莱昂纳德·科恩[1]的唱片——另有一

---

[1] 莱昂纳德·科恩(Leonard Cohen，1934—2016)，加拿大演员、歌手、词曲作者、编剧、小说家、艺术家、诗人。

大套整齐排列的古典音乐的盒式磁带占据了沙发旁的一个架子。

"我成长的地方是没有唱片的,"他说道,"如今这一切都在盒式录音带里了。想想!"

客厅架子上摆放着加西亚的一些书籍,由此引发了一场关于他的文学趣味的讨论。

"他搬来巴塞罗那时把绝大部分书都留在哥伦比亚了,"梅塞德斯说道,"但康拉德、普鲁塔克和卡夫卡他不管去哪儿都会随身带着的。弗吉尼亚·伍尔夫他只要看到就一定会买的。"

这些书架子上全都有,加上斯蒂芬·茨威格和 A. J. 克罗宁①的全集,十四卷博尔赫斯,拉伯雷的作品,另外还有弗里德里克·福赛斯的《豺狼的日子》。哈哈! 畅销书。

"从文学上讲,"加西亚说道,"它并不重要。但这是常有的事。虚假报道是好的。"

他突如其来地问道:"你觉得格雷厄姆·格林怎

---

① 克罗宁(A. J. Cronin,1896—1981),英国小说家。

样?"他的态度暗示,我的回答会受到评判的。我说我对格林评价很高。

"他教你怎样写作,"加西亚评论道,"他的叙述技巧非常出色。在《权力和荣耀》《喜剧演员》《一个自行发完病毒的病例》那样的作品中,他也教我们去看见热带地区,那些作品是以非洲为背景的,但是像拉丁美洲。人们认为热带地区的生活是茂盛、快乐、丰裕的。但格林展示了它的元素——炎热、植物、雨水、动物、大海。他展示的生活是贫穷而悲哀的。这就是那个地方的真相。"

格林让加西亚想起他的一个偏见。"知识分子想要喜欢格林,"他说道,"可他们认为他们不应该喜欢他。他会写一本像《生活曾经这样》那样的好书,接着便会写出《与姑妈同游》而把他们搞糊涂。知识分子是最糟糕的东西。他虚构了事物,然后他便相信那些东西。他裁定小说已死,但随后他发现一部小说,便说他发现了它。如果你说小说已死,那么死的不是小说。死的是你。"

他谈起他喜欢雷·布莱伯利①,但是有所选择。"有

---

① 雷·布莱伯利(Ray Bradbury,1920—2012),美国科幻小说家。

两个雷·布莱伯利。一个是写科幻小说的，一个是人。我不喜欢写科幻的那个。"

他说从"迷惘的一代"以来，他没有读到过伟大的美国作家，而他所谓的"迷惘的一代"是指福克纳、多斯·帕索斯[1]，以及欧斯金·考德威尔[2]和海明威的短篇小说。海明威的长篇小说他一部都不喜欢。"《太阳照常升起》是一部拉长的短篇小说。"他说道。福克纳的作品他最为倾倒的是《押沙龙，押沙龙！》，但有些开玩笑地补充说，《村子》是"有史以来最佳南美小说"。

"到二十岁左右为止，"他说道，"你什么都读，你喜欢它，就因为你在读它。然后是二十岁和三十岁之间，你会挑选你想要的东西，你会读最好的，你读所有了不起的作品。这之后你会坐下来，等着它们被写出来。可你知道，最鲜为人知的作家，最不出名的作家，他们是更好的作家。"

当代拉丁美洲小说家中，特别是其中的两个，在美国

---

[1] 约翰·多斯·帕索斯（John Dos Passos, 1896—1970），美国左翼作家。

[2] 欧斯金·考德威尔（Erskine Caldwell, 1903—1987），美国作家。

都很知名，是《百年孤独》最早的拥护者：卡洛斯·富恩特斯和阿根廷的胡里奥·科塔萨尔。加西亚把头三章寄给了富恩特斯，后者惊叹不已，忍不住为一家墨西哥杂志撰文评论：

> 我刚读完《百年孤独》的前七十五页。它们是绝对权威的……整个"虚构的"历史和真实的历史并存，梦想的事物与记录在案的事物并存，由于传奇、谎言、夸张、神话……马孔多被制成一块普遍性的领地，在一个就其根基、就其生成与退化而言几乎是《圣经》般宏大的故事中，在一个讲述人类时间的起源和命运以及人类由于梦想和欲望而得到拯救或毁灭的故事中。

科塔萨尔，此书完成稿的最初的读者之一，同样热情洋溢，说加西亚的想象力把南美小说从其枯燥乏味的创作方式中赎回了。科塔萨尔的小说《跳房子》，由于英译者格列高利·拉巴沙而获得 1967 年的全美图书奖。加西亚对《没有人给他写信的上校》的英译本不满意，读了拉巴沙的《跳房子》的译本后，便要求出版商让纽约城市大学皇后学院的罗曼语教授拉巴沙来翻译《百年孤独》。出版商查明拉巴沙在一年的时间里都是不得闲的。

"我可以等。"加西亚说道，这是每一个习惯于英译本的读者都必定会表示感谢的决定。

拉巴沙把加西亚的西班牙语描述为"经典的西班牙语，非常清晰。他并不搞乱句法。某些本地话确实是悄悄混了进来，混进了对话当中，可他并不是一个实验者。他的用词恰到好处。我会把他的语言和塞万提斯的相提并论"。

拉巴沙毫无疑问会翻译加西亚的下一部大作的，巴尔加斯说它的书名叫作《族长的秋天》。加西亚在写《百年孤独》之前就一直在写它了，灵感得之于他和委内瑞拉的希门内斯独裁政权的接触，而他在逗留古巴期间从巴蒂斯塔独裁政权所了解到的东西，以及从哥伦比亚的罗哈斯独裁政权所了解到的东西则提升了那种创作灵感。中心人物是一位活到两百七十岁的拉丁美洲独裁者。

加西亚对右翼政治的疏离导致了这样的疑问：如今他为何要生活在佛朗哥独裁统治下的西班牙？我问他对

西班牙政治有何感受。他发出痛苦的呻吟，双手捧住脑袋，作为对问题的反应，而公开回答这个问题可能会危及他在巴塞罗那的居住权，他在巴塞罗那生活在与政治无关的平静之中。

"如果我要选择一个我喜欢其政治的国家，"他说道，"那我就什么地方都住不了了。"

"聪明的回答，"我说道，"我就不再问个没完了。"

"你是一个绅士。"他说道。

我们谈到作为寓居之地的巴塞罗那，我表达了对其富丽堂皇和生命活力的短期爱慕。我还讲了一个有轨电车的故事：当我们在波乌港进入西班牙时，我们在旅游窗口索要有关巴塞罗那的资料，得到了一本小册子，其中有城市有轨电车线路的编号和终点站的详细说明。在哥伦布广场，我们试图找一辆有轨电车，载我们去巴塞罗那的奇观之一，安东尼奥·高迪①的圣家族教堂，广场上一个卖新鲜椰子的小贩解释说，巴塞罗那不见有轨电车都十

① 安东尼奥·高迪（Antonio Gaudi，1852—1926），西班牙建筑师。

四五年了。那他们为什么还要在旅游资料里面提到它们的名字呢？卖椰子的小贩答不上来，于是我们便登上一辆公交车而非有轨电车，前往高迪的巨制丰碑。我们站在公交车的后部，注视着宅第和公寓楼在街上形成锦绣峡谷，有时看着像是我想象的 19 世纪最优雅之时的第五大道必定会有的景观。接着我便对达娜说道："瞧，有一辆有轨电车。"

她没有瞧见，情有可原。它的移动和我们自身的移动成直角。它穿过一个十字路口，大约三个街区后面，从右到左，只能看到一秒钟左右，接着便消失在峡谷的崖壁后面。

"什么样的有轨电车仍在巴塞罗那运行呢？"我问加西亚。

他和他太太都说巴塞罗那没有有轨电车。梅塞德斯记得一辆驶往某处的缆车。

"这一辆是黄色的，"我说道，"而且是老式的设计。"

"不，"她说道，"那辆缆车是蓝色的。"

加西亚打电话给他的经纪人卡门·巴尔赛斯（Carmen Balcells）。"巴塞罗那是否有一辆黄色的有轨电车?"他问道,"我这儿正和肯尼迪做一个访谈,他看见了一辆黄色的有轨电车。"

他听电话,接着便转过身来对我们说道:"往昔所有的有轨电车都是黄色的。"

他问起了蓝色的有轨电车,但卡门说那是在城外,离我们去过的地方远着呢。几分钟后她打回电话说,大概两年前有过一个公开的仪式,为巴塞罗那的最后一辆有轨电车举行了正式的葬礼。

我看到的是什么? 我不知道。

"对我来说,"加西亚说道,"这种事情完全是自然的。"

接着他便说起在这之前不久他在巴塞罗那叫的士,可当他看见后座有人时,他便放下了胳膊。的士司机总之是停了下来,加西亚接着便看到后座上并没有人。他向的哥解释这一点,的哥感到愤慨。"人们总是看见车里有人和我在一起。"他对加西亚说道。

我们小心喝着苏格兰威士忌,喝了大概五个小时了,迷失在东拉西扯和两种语言的自由交换之中,起初通过中间人达娜寻求表达方式的一丝不苟的翻译变得放松起来,到了那种地步,我用西班牙语向达娜提问,她用英语和加西亚交谈。加西亚对我冒出越来越多的英语短语,我流利地说着洋泾浜西班牙语。不存在理解的问题。我们赞美威士忌酒的解脱效应,但我对它作为写作的工具评价很低。加西亚表示赞同,但支吾道:"在某种程度上还是起作用的。"

十一点差一刻了,巴塞罗那看戏的时间到了,这时加西亚决定我们去吃晚饭。他冷静地开车穿过老街,把车停在附近一条巷子里,接着便把我们带到他所谓的"巴塞罗那的最佳秘密餐馆"。我戴上钢框眼镜阅读菜单,但加西亚说,"我有比这副更好的眼镜",便掏出一副半钢框的老花镜。

"不戴上就什么都看不见吗?"我问道。

"不完全是,"他说道,把菜单拿得尽可能远,"我的胳膊还是够长的。"

我点了蒜蓉小鱿鱼,并且顺从加西亚的挑选,点了佩尔蒂斯(perdiz),我们最后搞明白这是山鹑的意思。他点了法国红酒,我想是罗讷河谷葡萄酒吧,是装在一只灰扑扑的歪脖子瓶子里端上来的。他咀嚼一片面包,在品尝红酒之前把苏格兰威士忌的旧味蕾清理一下。

我们在晚宴上又做了一次文学讨论。前面我们谈到了政治和小说,他提到过一个作家,他觉得那位作家是由于过分强调政治而伤害了他自己,他的作品改变了。加西亚认为这是一个损失。接着我就问,他所认为的政治在小说中的恰当位置是什么。他借了我的笔,在我的笔记本上画了一些交叉的纵横线,形成了十二个格子。在格子下面写上"小说"一词,画出指向左边和右边的垂直边线的箭头。然后在左边中央的方格里写上"政治"。他停顿了一下。空白方格促使他做进一步的陈述,他用两种语言将这些字眼随机填入:"悲伤""热爱""幽默""金钱""希望""死亡""怀旧""生命"以及三个问号。

我的笔记本里有加西亚画的另一幅图画;画了一株两叶盆栽植物上头一朵盛开的花儿,一条张开嘴巴的鱼儿正要咬住一个悬垂的鱼钩,在一条波浪形的地平线后面,一颗独眼太阳正在升起,或者说不定是正在落下。为了向肯尼迪表示敬意,他还在上面画了一辆二轮有轨电车,在其左近注明"旧时黄色"的字样,他在两处签了名,把我本人的名字和 1972 年的年份也签上了。

我们终于在一点半左右离开了餐馆。我发现我把巴尔加斯的那本传记落在加西亚的寓所里了,不过,他们让我别着急,兰布拉街会有书摊的,我们可以再买一本。加西亚把车开到一家书摊那儿,但跳下车买书的却是梅塞德斯;因为,加西亚说,凌晨一点半他下车去买他自己的传记会是个什么样子?

有一场对话,地点我不记得了。大概是在美国人酒吧,大概是在公寓或是在巴塞罗那的最佳秘密餐馆。但它和加西亚每隔两三年回哥伦比亚、重返阿拉卡塔卡有关。

"每年都要少掉一些。"加西亚说起他的故乡,意思是说,他熟知的那个世界每年都要消失一点。但是有所更新。因为,随着《百年孤独》的声誉逐年增长,阿拉卡塔卡日益成为这样一个地方,读过此书的游客去将它的现实和他们心目中的现实加以比较。他们想要看到那棵栗子树,马孔多的缔造者、死于极乐的疯子何塞·阿卡迪奥·布恩地亚,经年累月被绑在树干上,看见他往昔的鬼魂和他一起变老了。他们想要看到那幢古老的布恩地亚大宅,看到那个广场,数千名罢工的香蕉工人在那儿遭到军方屠戮,尸体被装进世上最长的列车,被运到一个遥远的地方,倒进大海里,这样不仅是他们的死亡不会留下任何证据,而且还会把谎言交给那些吵闹着说有一场大屠杀发生的人。

若干年后,那场大屠杀不过是个传说了,其真实性如同特洛伊木马,或是我的黄色有轨电车,会变得可以接受却无法证实了。这件事情是加西亚小时候在阿拉卡塔卡作为传说偶然听到的,后来他进行了再创作,正如马孔多的绝大部分内容都是根据阿拉卡塔卡的零散材料、根据尽人皆知的或纯然是想象的历史再创作的那样。他创造的马孔多如今在阿拉卡塔卡几乎是不存在了,但这并不妨碍镇上那些有进取心的小男孩,用他们的想象力,将游客想要看到的东西再创作出来。游客花上几枚硬币就会找到何塞·阿卡迪奥·布恩地亚的那棵树,找到布恩地亚家族最后一名新生儿被蚂蚁吞噬的那个地方,那个为乱伦所孕育、出生时长着一条猪尾巴的婴儿。想象力的循环并不依赖于任何像是五金商店里可以买到的七十八美分一把的改锥那样的现实。

一位朋友曾经告诫我说，如今写小说的意义是和打桥牌一样了。对居住在"不咋地的国度"里的人来说，也许这是真的。也许对他们来说，别的东西已经取代它了。但面对马孔多的创造这样一个原始事件，这个论点眼下却值得一驳。不管数字是多少，数字根本不重要，都仍然存在着宁愿在那儿停留一段时间的人，乘坐或许存在、或许并不存在的黄色有轨电车，利用独眼太阳的热量欣欣向荣，从一本充满真实和问号的书中汲取养料。那些感觉到这一点的人无须为其偏爱的东西辩护。

1969 年，一位波哥大的记者去了阿拉卡塔卡，发现加西亚的祖宅要被蚂蚁蛀空了，正如加西亚所预言的尘暴，它将永远埋葬布恩地亚的家园和市镇。那位记者在镇上发现了废墟和孤独，很可能就是他去寻找的东西，如果凑近看，它们始终存在于每个地方。但阿拉卡塔卡的逐渐消亡并不是那种可憎的宿命预言的结果。这是加西亚·马尔克斯预言的结果，不是由于他以小说家全知全能的角色选择了那样的预言，而是由于（像吉卜赛人墨尔基亚德斯，他在《百年孤独》中将"家族的第一个人被绑在一棵树上，最后一个人被蚂蚁吃掉"这句话写在了密码羊皮纸上)他破解了历史的秘密,懂得事情发生是因为它们不得不发生,懂得时间的转折是周而复始的,懂得每一个生命的血气洋溢的温热不仅包含着灰扑扑的不测事件,也包含着再生的种子。

加西亚的小名叫加博,其昵称是加比托。在阿拉卡塔卡的一家酒吧,那位波哥大的记者听见人们在唱一首歌,而它确实是关于这位小说家、这个人的再生之歌:

这是在马孔多的土地上,

这是小加比托出生的地方。

人人都认识他,

都叫他加比托……

Riding the Yellow Trolley Car: Selected Non-Fiction, pp. 246-267. "The Yellow Trolley Car in Barcelona: An Interview" by William Kennedy. Copyright © WJK, Inc., 1993, used by permission of The Wylie Agency (UK) Limited.

回归本源之旅

波哥大《宣言》杂志/1977 年

　　《宣言》:批评家当中有一种普遍认可的看法,认为你欠缺文学底子,认为你只是根据一己的体验和想象在写作。这方面你能跟我们说些什么呢?

　　(加西亚·马尔克斯的眼睛亮了起来。好像我们按下了一个隐藏的按钮,那个角色——难免让人想起《希腊人左巴》①中的安东尼·奎恩的形象——在一阵大笑、手势和叫喊声中显现出来。咒语念出了。我们触及了他的阿喀琉斯之踵:文学。)

----

① 希腊导演迈克尔·柯杨尼斯 1964 年的电影。

加西亚·马尔克斯(以下简称马尔克斯):是的。我开的玩笑大概是促成了那种看法,认为我缺乏文学教育,我只是根据个人的体验写作,我的来源是福克纳、海明威以及其他外国作家。我在哥伦比亚文学方面的知识则鲜为人知。我受到的影响,特别是在哥伦比亚受到的影响,很可能是在文学之外。我认为打开我眼界的是音乐,是巴耶纳托歌曲①,比任何书本都要多。我谈的是许多年前,至少是三十年前,当时巴耶纳托音乐在玛格达莱纳山谷的一个角落之外几乎无人知晓。最为引起我注意的是歌曲使用的形式,它们那种讲述事实、讲述故事的方式……一切都很自然。随后,当巴耶纳托变得商业化的时候,更重要的是感觉、节奏……那些巴耶纳托歌曲的叙事像我外祖母的叙事,我记得……后来,我开始研究西班牙的《歌谣集》时,发现那是相同的审美观,它在《歌谣集》中又全都找到了。

《宣言》:我们不能谈论音乐吗?

---

① 哥伦比亚北部最具本土色彩的歌曲和舞曲的流派。

马尔克斯：是的，但在过后，不是为了录下来……不，并不是说我不能谈论音乐。只是我会陷入一种不会完结的纠结当中。这是……一种很亲密的东西，甚至是一个秘密，如果你交谈的对象是懂音乐的……对我来说，能发出声音的东西都是音乐。我频繁更换……例如，巴托克，我非常喜欢的作者，早上听他就太可怕了。早上听莫扎特要容易得多了。但是过后，我平静下来……我就什么都听了，丹尼尔·桑托斯、米格利托·瓦尔德斯[①]、胡里奥·哈拉米约[②]，所有那些在知识分子中间不名誉的歌手。你看，我不做区分，我认识到一切皆有其价值。只有在音乐方面我才是无所不包的。我每天总要听不少于两小时的音乐。只有这件事才能让我放松，让我情绪正常……我就会顺利通过各种阶段。

他们说，家是你的书籍所在之处，可对我来说，家是我的唱片所在之处。我拥有五千多张唱片。

---

① 米格利托·瓦尔德斯（Miguelito Valdés，1912—1978），古巴拳击手、波列罗歌手。

② 胡里奥·哈拉米约（Julio Jaramillo，1935—1978），厄瓜多尔导演、演员、歌手。

你们当中谁听音乐呢？嗯，作为习惯？你们听吗？
听多久？能走多远？例如，你们去听海滨赌场管弦乐
队①了吗？米格利托·瓦尔德斯和海滨赌场是你们的参
照吗？

《宣言》：是的，当然是的。

马尔克斯：从那儿开始听波列罗舞曲了？

《宣言》：是的，从1940年起的丹尼尔·桑托斯。

马尔克斯：从弗洛雷斯四重唱小组②开始？

《宣言》：对！……《别了》《在赛拉尼亚》……

马尔克斯：那是萨尔萨舞曲的起源，海滨赌场管弦乐
队。钢琴师是萨卡萨斯（Sacasas），此人以他的叫作"蒙托
诺斯"的独奏最为著名。这是我和古巴人的争吵，旧时的

---

① 海滨赌场管弦乐队（the Casino de la Playa Orchestra），1937年组建
于古巴哈瓦那的乐队，是古巴的第一支爵士乐乐队。
② 弗洛雷斯四重唱小组（Cuarteto Flórez），波多黎各作曲家佩德罗·
弗洛雷斯于20世纪30年代组建于纽约的演唱热带音乐的乐队。

战斗,尤其是和阿曼多·哈特(Armando Hart)……
嘿!……那个东西(录音机)是在转动吗?

《宣言》:对,是在转动。

马尔克斯:把它关了!

我的文学底子基本上是在诗歌中,不过,是歪诗,因为只有借助歪诗你才能懂得好诗。我是从那种叫作通俗诗的玩意儿、印在年历上或散页上的那种东西开始接触诗歌的。它们有些受胡里奥·弗洛雷斯[①]的影响。上高中时我开始接触语法书里出现的诗歌,我意识到,我最喜欢的是诗歌,最讨厌的是西班牙语课,语法课。我喜欢的是所举的例子。绝大多数是西班牙浪漫主义作家的例子,那种东西可能和胡里奥·弗洛雷斯——努涅斯·德·阿尔塞[②]、埃斯普隆塞达[③]最接近。然后是西班牙经典作品。但是当你真的进入哥伦比亚诗歌——多明戈

---

① 胡里奥·弗洛雷斯(Julio Flórez,1867—1923),哥伦比亚诗人。
② 努涅斯·德·阿尔塞(Nuñez de Arce,1834—1903),西班牙诗人、戏剧家。
③ 何塞·德·埃斯普隆塞达(José de Espronceda,1808—1842),西班牙诗人。

斯·卡马戈①的时候,启示才出现了。那时你学到的第一个要点就是世界文学。太可怕了!没有机会看到书。老师说它们好,因为这个或那个。很久以后我读到它们,觉得它们了不起。我是指那些经典作品。

可它们了不起,并不是由于老师说的那些东西,而是由于所发生的事情:尤利西斯被绑在桅杆上,这样他就不会屈从于塞壬的歌声了……发生的全是这种事。后来,我们要学西班牙文学,而哥伦比亚文学是到高中最后一年才学的。因此我上那个班的时候,知道的比老师还多!那是在锡帕基拉。我无所事事,为躲避无聊,我就龟缩在学校图书馆里,那儿有阿尔德亚纳(Aldeana)的作品集。我全都读了!……从第一卷到最后一卷!我读了《卡内罗》、回忆录、旧闻抄……我全都读了!到了中学最后一年,我自然就比老师要懂得多了。在那种情形下我意识到,拉法埃尔·努涅斯②是这个国家最蹩脚的诗人……国歌!……因为这是努涅斯所作的伟大诗歌,所以它才

① 多明戈斯·卡马戈(Domínguez Camargo, 1606—1659),哥伦比亚诗人。
② 拉法埃尔·努涅斯(Rafael Núñez, 1825—1894),哥伦比亚诗人。

被选为国歌歌词,你能设想这样的事情吗?它首先被选为国歌,这你也许会同意,但因为它是诗歌才把它选为国歌,这就让人感到恐怖了。

就文学而言,加勒比海沿岸地区是并不存在的。当文学脱离了生活,把它自己关在封闭的圈子里时,缺口也就随之出现了,就会由外省人来填补了……当文学变得华丽空洞时,他们就会来拯救文学。

二十岁时我就已经有了足以使我写出我所写的任何东西的文学底子了……我不知道我是怎么发现小说的。那时我认为吸引我的是诗歌……我不知道……什么时候我才意识到小说是我要用来表达自我的东西,这我记不得了……你们这些人无法想象,对一个来自沿海地区的拿奖学金的孩子来说,在锡帕基拉高中注册,以便有机会看书,这意味着什么……也许卡夫卡的《变形记》是一个启示……那是在 1947 年……我十九岁……在法学院上一年级……我记得开头的句子;原文是这样写的:"一天早晨,格列高尔·萨姆沙从不安的睡梦中醒来,发现自己在床上变成了一只大甲虫。"……我操! 读到这个句子时我暗自思忖:"这不对啊! ……没有人告诉我可以这么做！……因为真的可以这么做！……那我就可以做！……我外祖母就是那样讲故事的……最疯狂的事情，用最自然的方式。"

次日我便着手，就那样，次日早上八点钟，我试图弄清楚从人类开端到我本人为止小说究竟做了些什么。于是我就严格按照顺序，一门心思扑在小说上，比如说，从《圣经》到那时所写的东西为止。从那时起，六年里，我没有自己做文学；我停止学习，放弃了一切。我开始写一系列完全是智性的短篇小说。它们是我的第一批短篇小说，发表在《观察家报》上。我开始写那些小说时碰到的主要问题和其他作家的问题是一样的：写什么？

可4月9日波哥大骚乱之后——当时我除了背包里的几件衣服之外便一无所有了——我出发去沿海地区，开始在那边工作，在一家报社。接着题材便开始向我袭来。我开始遭遇我丢弃在沿海地区的那整个现实，我由于缺乏文学底子而没法诠释它。那是最初的侵袭，竟然使我像是在极度兴奋中写作。

我对《枯枝败叶》颇为钟爱。对写它的那个家伙甚至怀有深深的同情。我能够清清楚楚地看见他。一个二十二三岁的毛孩子,他觉得这一生不会再写其他东西了,觉得这是他仅有的机会,试图把记得的一切东西、把从每一个他见过的作家那里学到的一切文学技巧和复杂巧妙的东西都添上。那时我正在追赶,正热衷于英国和北美的小说家。当批评家开始发现福克纳和海明威对我的影响时,他们所发现的(这倒不是说那些发现是不对的,而是说它们是以某种别的方式起作用的)是我遭遇沿海地区的那整个现实,我开始在文学上和我的经验联系起来的那个时候……讲述那种现实的最佳方式,我意识到,并不是卡夫卡的方式……我意识到那种方法恰恰就是美国小说家的方法。我在福克纳那里发现的,是他诠释和表达的现实非常像阿拉卡塔卡的现实,非常像香蕉种植区的现实。他们给我的是工具……

当我重新审视《枯枝败叶》时,我确切地找到了进入那部作品的那些读物……我的意思就是那样!……那是我丢弃所有那些智性的短篇小说的时候,那个时候我意识到它就在我的手中,在日常生活中,在妓院里,在小镇上,在音乐中……恰好,我重新发现了巴耶纳托歌曲。那正是我遇见埃斯卡洛纳的时候,你知道。我们开始共事了,在瓜希拉省做了一次地狱之旅,我现在能把在那儿获得的体验极为自然地重新发掘出来。埃伦蒂拉的一段旅程就是我和埃斯卡洛纳在瓜希拉省经历的旅程……我的作品中没有一行字我不能告诉你它对应着哪一种现实体验。始终涉及具体的现实。没有一部作品不是这样!有朝一日,随着时间的推移,我们可以证实这一点,我们可以开始玩这个游戏,也就是说:这个和这个是对应的,那个和那个是对应的,我能确切地回想起那个日子和所有的事情……

《宣言》:如果对《族长的秋天》这么做,那就会很有意思。

马尔克斯:《族长……》是我最能这么做的作品,因为,作为一本书,它完全是用密码编写的。

《宣言》:回到你的影响问题上来,"巴兰基亚小组"对你的文学教育意味着什么?

马尔克斯:意味着最为重要的方面,因为在波哥大这边时,我是以抽象的方式学文学的,通过书本。我阅读的东西和外面街上发生的事情之间并无关联。下楼去街角喝一杯咖啡时,我会感觉到一个全然不同的世界。当我为4月9日的情势所迫前往沿海地区时,那是一次彻底的发现:我的阅读和我正在经历的以及向来所经历的生活之间能够有某种关联。对我来说,"巴兰基亚小组"最重要的一点就是我可以读到各种各样的书了。因为阿方索·富恩马约尔①、阿尔瓦罗·塞佩达②、赫尔曼·巴尔加斯(Germán Vargas)在那儿,他们是贪婪的读者。他们什么书都有。我们通宵达旦喝得醉醺醺的,谈论着文学,某一夜会有十本书我不知道,但次日我就有了这些书。赫尔曼会带给我两本,阿方索,三本……老人拉蒙·宾耶斯③会让我们卷入各种阅读冒险,但他不会松开那条经典的锚索,那个老家伙。他会说:"很好,你们可以读福克纳,读英国、俄国或法国的小说家,但别忘了——始终要和这个保持联系。"他觉得,没有荷马,没有古罗马,那可

---

① 阿方索·富恩马约尔(Alfonso Fuenmayor,1917—1994),哥伦比亚记者、作家。

② 阿尔瓦罗·塞佩达(Alvaro Cepeda Samudio,1926—1972),哥伦比亚记者、小说家、电影人。

③ 拉蒙·宾耶斯(Ramón Vinyes,1882—1952),西班牙作家。

不行，他不让我们恣意妄为。我们那些宴饮狂欢和我当时阅读的东西正好是相符的，真是太神奇了。那儿没有裂缝。于是我就开始生活了，会意识到我所过的生活，意识到它具有的文学价值，以及表达它的方式。于是你们会在《枯枝败叶》中发现，我有那种感觉，我的时间怕是不够，我有那种感觉，我需要把一切都添加进去，这是一部巴洛克小说，非常复杂，非常扭结……我试图在做我后来在《族长的秋天》中做得远为沉静的东西。要是你留神看就会看到，《族长》的结构和《枯枝败叶》的结构是一模一样的；它们的视角都是围绕着一个死者的尸体组织起来的。《枯枝败叶》的结构较为系统化，因为那时我二十二三岁，不敢单飞。于是我就采用了一点儿福克纳的《我弥留之际》的方法。福克纳，事实上，当然是把名字分派给了独白。我嘛，只是为了避免雷同，便从三个视角来讲述了，它们很容易识别的，因为它们是老人、男孩和女人。在《族长的秋天》中，我自始至终都是笑得前仰后合的，那时候我能做我想做的一切了。我不在乎谁在说话谁没在说话，我在乎的是表达存在的现实。但这么说吧，这并不是无缘无故的。我终究是一直试图在写同一本处女作，这并非偶然。《族长》清楚地表明了一个人是如何回到那个结构的,不仅是那个结构,而且是那些戏剧性事件。

就是这样。真是太神奇了,因为我在经历我试图创造的那种文学。那是一段奇异的岁月,因为你瞧……有一件事情欧洲人特别对我抱有成见——就是说,我不想对我写的东西进行理论化的表述,因为每一次他们提出问题,我都是以一段奇闻轶事或是用一个与现实相符的事实作答的。这是我可以支撑所写的东西和他们问我的东西的唯一做法。

记得当时我在《先驱报》工作。我写一篇文章,他们会付给我三个比索的报酬,写一篇社论也许再加三个比索。事实上,我并没有住在任何地方,只是住在报社附近,那儿有一些供临时旅客住的旅馆。那个地方到处都是妓女。她们会去一些小旅馆,正好在公证处的上面。公证处在楼下,旅馆在楼上。交一个半比索,他们就让人进去,允许你住二十四小时。于是我就开始做出最大的发现了:不知名的一个半比索的旅馆!这是不可能的。我要做的事情只有一件,照管好正在创作中的《枯枝败叶》的草稿。我会把稿子装在一个皮包里。我去任何地方都会带着它们，夹在胳膊下面……我每夜都会到的，付一个半比索，那个家伙就会把钥匙交给我。应该提一下，门卫是个小老头，我知道他眼下在哪儿。我每天下午、每天晚上都会到的，付给他一个半比索。

两个星期后这自然就变得呆板了。他会攥着钥匙，始终是同一个房间，我会付给他一个半比索……有一天晚上我没有一个半比索……我到了，就对他说："瞧，你看见这东西了吗？它们是一些文件，是我最重要的东西，比一个半比索值钱多了。我会把它们留在你那儿的，明天我来付账。"这几乎成了惯例，我有一个半比索时，我就付账，我没有一个半比索时，我就进去……"嗨，晚上好！"然后"啪嗒！"……我把文件夹放在他桌上，他就把钥匙给我。我那样过了一年多。经常惹得那个家伙吃惊的是，省长的司机时不常地会来接我，因为，既然我是记者，他就会派车来接我了。那个老家伙对所发生的事情一无所知！

我住在那儿，次日起床时，身边的其他人当然只有那些妓女了。我们是好朋友，我们会做让我永远难忘的早餐。她们会把肥皂借给我用。我记得，我的肥皂总是要用完,她们就借给我用。那就是我写完《枯枝败叶》的地方。

说起"巴兰基亚小组"所有那些事,问题在于……嗯,我说了很多事,但结果总是错的,我没法把那些事儿说正确! 对我来说,这是一个让我完全眼花缭乱的时期,这真的是一个发现……不是发现文学,而是发现适用于真实生活的文学,这最终是文学的大问题。发现确实重要、适用于某种现实的文学。

我非常清楚我在做什么,因此意识到我必须启程,沿着玛格达莱纳河,去里奥阿查①远游,去瓜希拉半岛②远游。这和我的家庭采用的那条路线恰好相反,因为他们是从里奥阿查,从瓜希拉省搬到香蕉种植区的……这就像是他们的归程……就像是他们的回归本源之旅。我脑子里想的就是要做那次回归之旅,因为我在里面不停地寻找其他的参照物,寻找所有对我讲述我外祖父外祖母的东西。那是我心目中的一块朦胧的天地,当我到达那

---

① 哥伦比亚北部港市,瓜希拉省首府。

② 南美洲大陆西北部向加勒比海伸出的一个半岛,分属哥伦比亚和委内瑞拉两国。

些城市——巴耶杜帕尔①、拉巴斯②——的时候,我发现,这是他们过去经常谈论的东西,这就是他们为什么经常要对我谈起这个……

我外祖父杀了一个人,我记得那件最可怕的事情发生了……我在巴耶杜帕尔,突然有一个高个子,真的很高,戴着一顶牛仔帽,对我做自我介绍。他说:"你是马尔克斯吗?"我说:"对!"然后……他……像这样瞪着我……对我说道:"你外祖父杀了我祖父!"我吓得屁滚尿流! 我看着他,不知说什么才好……他命令……我可以说是坐好了,靠着墙……他开始对我讲述。他的名字叫何塞·普卢登肖·阿基拉尔③! 我就不多说了。

全是那种事。整个旅行持续了一年,我东游西逛,走遍了那个地区,你们知道我是怎样筹措旅行费用的吗?正是在那次旅行中我才最终找到了《百年孤独》和其他一切事情的根源。我卖百科全书! 我卖的是《乌特哈》百科

---

① 哥伦比亚北部城市,塞萨尔省首府。
② 玻利维亚西部城市,政府所在地。
③ 见《百年孤独》第二章,何塞·阿卡迪奥·布恩地亚在决斗中杀死了普卢登肖·阿基拉尔。

全书辞典。它有医药方面的书。什么方面的书都有！

离开瓜希拉省，我便迁往《观察家报》。我想说的是，在此迁移之时，我不必再读什么了，或者说不必为了写我所写的东西而再做什么了。我的教育完成了。其后我就开发另一种东西了，意识形态的开发，如果你愿意那样说的话……这是另一个问题，是对所有那些东西的阐释进行深度挖掘的一种方式。但我完全是成形了。我到了巴黎，到了欧洲，我在欧洲……我操！我在巴黎的一家旅馆里写了《没有人给他写信的上校》。那玩意儿有各种气味，各种滋味，有气温，有炎热，什么都有。那是在冬天写的，外面的雪是真他娘的厚，屋里冷冰冰的，我穿着外套，那个作品有着阿拉卡塔卡的炎热。因为要是我在作品里不把气候搞热的话，我就觉得不对劲……这费了很多力气！

《宣言》：就你的文学教育而论，你作为新闻记者的经验起了什么作用？你能跟我们谈谈这个吗？系列报道《拉西埃尔佩的小侯爵夫人》就是突出的一例。所报道的是看上去完全不真实的国度里的一个地区。

马尔克斯：嗯，在未经核实的意义上，是不真实的，那些事件未被证实。它们讲述得就像是经过核实似的。那些事情我讲得极其自然。不知道我是否阐明了……换句话说……我了解拉西埃尔佩，我去过拉西埃尔佩，不过，我当然没有见过"金葫芦"或"白鳄鱼"或诸如此类的东西了。但那是活在大众意识中的一种现实。他们讲述现实的方式让你觉得事情毫无疑问就是那样的。这在一定程度上就是《百年孤独》的方法。不会耍花招你就成不了作家。重要的是那些花招的合法性，在于把它们用在什么地方，用到什么程度。

我记得很清楚，那时候我在墨西哥，在写作，描写俏姑娘雷梅苔丝升天。这是那些段落中的一段。我意识到，首先，没有诗歌，她是升不了天的。我会说：她必须上升到诗歌——然而，有了诗歌和一切，她也是升不上去的。我绝望了，因为这是作品中的现实。我不能将它摒弃，因为这是我强加给自己的那些准则之中的现实。因为主观专断是有严格的法则的。一旦将那些法则强加于自身，我就不能将它们打破。我不能说车在棋盘上是这么走的，然后只要合我的意，就让它换一种走法。如果确立了车和马的走法,那我就被钉死了!……不管我会怎么做,它们都必须那样走下去的。否则就全乱套了。在作品的现实之中,俏姑娘雷梅苔丝升天了,但即便是有了诗歌,她也是升不上去的。记得有一天我绝望了,因为我陷进去了,束手无策。我走到外面院子里,有个女人在那儿做家务,大个子的漂亮黑人妇女,试图用一只晒衣夹把床单挂起来……吹来了一阵风……因此,要是她把床单挂在这边,风就会把它吹到那边……那些床单让她彻底抓狂了……直到她再也受不了了,便"啊—啊—啊!啊—啊—啊!"……拼命叫喊起来!……裹进了床单!……她升上去了……事情整个就是这样。

《宣言》:"……于是他向栗树走去,心里想着马戏团。小便的同时,他仍努力想着马戏团,却已经失去了记忆。他像只小鸡一样把头缩在双肩里,额头抵上树干便一动不动了……"①

马尔克斯:这个插曲是先定的,在写《百年孤独》之前

---

① 记者引述《百年孤独》描写奥雷良诺·布恩地亚上校临终的段落。

就定下来了。我始终知道有一个角色，一个打过内战的老上校，在一棵树下小便时死去。这就是我所知道的。我不知道事情究竟是怎样发生的，最终是以什么方式发生的。这就是布恩地亚上校这个人物的形成。

在写《百年孤独》时，有一度我以为，奥雷良诺·布恩地亚上校会夺取政权。那就是《族长的秋天》中的那位独裁者了。但这会彻底搞乱作品的结构，把它变成别的东西了。此外，在人物和书中现实的轨迹之内，对我来说真正重要的是他出卖战争，从……意识形态的角度，如果你愿那样说的话……来出卖它。那家伙不敢继续为权力而战，除了因为自由党人的某些东西，而那些自由党人在 19 世纪这个国家的一切内战中都会吓得屁滚尿流的。

我就继续写那本书，突然我就想起来了，在所有那些事情中有一个问题在等候着：布恩地亚上校和他那些小金鱼。我不知道何时将不得不把他杀死。我怕那个时刻到来。我平生最艰难的一个时刻也许就是我写到奥雷良诺·布恩地亚上校死去的那个时候了。我记得很清楚……有一天我说道："今天他死到临头了！"……我始终想写一篇故事,细致地描写一个人在寻常的一天中的每一个时刻,到他死去为止。我试图把这个文学方案用在奥雷良诺·布恩地亚上校的死亡上面,但我发现,如果我走了这条路,那我就会改变这个作品了。于是我便抛开了这种可能性,盘算起有关上校的那笔交易来,直到……(他敲了一下桌子。)

（加博陷入了沉默。他注视着自己的手,慢慢地、十分缓慢地讲了起来。）

我上了楼。到楼上梅塞德斯睡午觉的那个房间里……我在她身边躺了下来,告诉她说:"他死了!"……我哭了两个小时。

但关于上校还有更稀奇的事情呢。我长疖子长了五年。你们知道疖子是什么吗?根本就治不好的东西。各种治疗手段我都试过。在纽约的一家医院里,他们把疖子给摘除了,他们在这一边给我抽血,在另一边给我注射,各种各样的东西。五年内对它根本就是无计可施。疖子会消失,然后又会长出来的。嗯,写《百年孤独》时,我开始想到奥雷良诺·布恩地亚上校,一个我痛恨的、始终痛恨的人物,因为这个杂种只要愿意就可以夺取政权的,可他纯然出于骄傲而没有这么做。于是我就说,好吧,什么样的病痛能够折磨这个畜生却不至于把他弄死呢?……于是我就让他长了疖子。你知道,从奥雷良诺·布恩地亚上校让脓肿弄得不得安生的那一刻起,我的疖子就治好了。这是十年前的事了,我再也没有长过疖子。

另一个例子是关于乌苏拉。在我原先的计划中,乌苏拉得在内战之前就去世的。再说,在精确的年表中,到那个时候她已经有一百岁了。但如果她在那个时候死了,那这本书就要散架了。因此我就意识到,我得抓住她不放,到这书真的散架的时候为止,但那个时候这就无关紧要了,因为惯性会把书带到尽头的。这就是她必须苦苦熬到底的原因。你知道,我不敢让乌苏拉置身事外。我得让她走来走去,无论她去哪里都要想方设法跟着她。

《宣言》:你对脓肿的处理和陀思妥耶夫斯基对癫痫的处理是一样的。

马尔克斯:对,可他并没有痊愈啊。世界文学中最让人难忘的场景之一,就是斯麦尔佳科夫①从台阶上摔下来的那个时候,是不是? 再说,这是真的还是假的,是真的发作还是装出来的,我们根本就弄不清楚。它是令人难忘的。

《宣言》:既然我们是在谈论人物,某些东西就会让我感到不安了。总的来说,在你的作品中通常有着像是充满每一部作品的面目清晰的人物,可在那些作品中,老百姓显得稀淡,充满着作品,却是处在次要的层面上,像是附加物。

马尔克斯:是的,民众会需要他们的作家,会需要把他们的人物创作出来的作家。我是一个小资产阶级作家,我的观点始终是小资产阶级的观点。这就是我的层次、我的视角,即便我的关于团结的态度可能是有所不同的。但我并不了解那种观点。我根据我自己的观点写作,从我碰巧所在的那个视域写作。关于民众,我知道的不比我说的和我写的多。我知道的可能是要多一些的,

①　陀思妥耶夫斯基的《卡拉马佐夫兄弟》中的人物,患有癫痫。

但这纯粹是理论上的了解。这个观点是绝对真诚的。我决不试图强求什么。我说过一句话,连我爸爸都为之烦恼,他觉得那是一种贬低。"说到底,我是什么人呢?我是阿拉卡塔卡的报务员的儿子。"我爸爸认为是很贬损的东西,对我来说相比之下简直就像是那个社会中的精英了。因为那位报务员自以为是小镇上的首席知识分子呢。他们通常是些不及格的学生,是那些辍了学、最后干了那种工作的家伙。阿拉卡塔卡是一个满是劳工的小镇。

可你们却不知足。我一直在谈文学,像是,哦,多年来没有谈论过的那样。再说,谈起文学我总是很害羞的。

《宣言》:是的,嗯,问题是,还有那本《族长的秋天》呢。

有时听人说,你是在摆脱此前的创作,是要重新开始呢。

马尔克斯:是的,我是这么说的。

《宣言》:在一篇报道中你还说,那是你的自传,是用暗码编写的。写作在这一点上似乎就变得更复杂,更不易接近公众了。

马尔克斯:但随着时间的推移,它是会走向公众的。《族长的秋天》只是闲坐在那儿,等着人们来赶上它呢。你瞧,那些被打个措手不及的读者,那些缺乏文学知识的读者,我认为比那些有文学底子的读者更能轻而易举地阅读《族长》。我在古巴见过这种情况,在那儿,那本书就活在大街上。缺乏相关知识的读者不会反感,他们的反感会少一些。《族长……》是一本完全直来直去的小说,绝对是粗浅的,我在里面唯一做过的事情就是打破某种语法规则,以求简洁明了,也就是说,为了对时间进行加工。是在一定的程度上,这样它就不会变成那种无限的东西了。我看不出它有什么古怪之处。再说,文学史上有很多这样的作品呢。我看不出困难在哪里。

《宣言》:但人们得到的印象是更大的复杂性。好像这是一本写给内行人看的书。

马尔克斯:在结构方面,是这样的。但它的语言在我的小说中是最为口语化的,是最为通俗的。从它更受限制的意义上讲,它有更多的编码。它是更为平民化的,对巴兰基亚的出租车司机来说,与其说它更接近于文学语言,不如说更接近于谈话。它满是歌曲里的小短语、各种类似于谚语的表达方式、加勒比地区的乐曲。

《宣言》:那么困难就是源于这一点,没有经历那种体验的绝大多数读者就会缺乏相同的那些参照了。

马尔克斯:不是的,如果是那样的话,那这本书就是错误的,因为,即便是读者缺乏那种信息,这书也应该是读得进去的。如果他们需要那种在前的信息,那这本书就是错误的。我并不觉得那些懂密码的人就更容易读进去了。他们可能会从中得到更多的享受吧。我想,就算书中没有鲁文·达里奥①的大量引文,这书也是明白易懂的,它到处都嵌入他的引文,因为整本书就是用鲁文·达里奥写成的。如果必须有大量信息才能读这本书,那它就是错误的。但我不相信有这种需要。

---

① 鲁文·达里奥(Rubén Darío,1867—1916),尼加拉瓜诗人,拉丁美洲现代主义诗歌的代表。

我与其说是把它看作小说,还不如说是把它看作诗歌。它与其说是作为小说还不如说是作为诗歌而精心制作的。如果我一本书都不读,我照样可以把它写出来,但如果所有我听过的音乐我都没有听的话,我就写不出来。这就是我在写它时所形成的那种音乐的临界曲线。出于一个绝对根本的原因:《百年孤独》之后,我平生第一次能够买我想买的所有唱片了。以前,我不得不听借来的音乐。《族长》更为复杂的地方是在于美学。它并不是一种新的美学,它是更为复杂的美学。

我不仅仅是把它当作一首诗来做的。这是写了《百年孤独》的作家能够负担得起的一种奢侈,那个作家说,嗯,现在我要来写我想写的书了。我可以拿它玩耍,做某些东西,坦白很多东西。你瞧,权力的孤独酷似作家的孤独。

这倒不是说这本书是用密码写成的,写成密码的是充当其基础的那些事件,正如《百年孤独》中的某些事件那样。除此之外就是我所拥有的体验。我母亲在读这本书时,她就很棒,因为她一边读一边说:"这是这个,这是那个,那个是我的闺蜜,人们说是同性恋的那个人,但实际上不是的。"

我想,读《族长》而读得有问题的主要是知识分子。你们批评家就是那些读不出名堂的人,因为你们是在寻找那儿有什么,而那儿并没有什么。这是我的作品中最为沿海的,是以宗派的方式最局限于加勒比地区的一部作品,是最常说"妈的!你们这些人为什么要把我们搞得一团糟?"的一部作品。这是一个完全不同的地区,是另一种文化。它出自一种欲望,想要从人们觉得他们并不理解的一堆东西里面汲取东西。因此,那家我曾经住过的妓院就满是来自加勒比地区的货色。那家港口小酒馆,报纸印出来时,凌晨四点钟,我们会去那儿吃早饭,那儿会爆发令人惊异的打斗和混乱。那些启碇前往阿鲁瓦、库拉索岛的纵帆船,满载着妓女……恐怕是的吧,那些满载着违禁品来来去去的纵帆船……还有星期六下午的卡塔赫纳,那些学生,所有那些东西。你瞧,我了解加勒比地区,逐个岛屿地了解,像那样,一个岛屿接一个岛屿接一个岛屿。它可以在一条街上合成的,就像《秋天》中出现的那条街道,那是巴拿马的主街,在拉瓜伊拉港。但最重要的是,这是巴拿马城的商业街,满街都是小贩。

存在着一种试图抓住这一切的努力，以某种方式将它合成。也许并未如愿以偿。《秋天》是你在巴拿马的中央大街散步时，或是在卡塔赫纳的一个下午，从加勒比那一大堆狗屎中得到的十二个环节。因为这个地区就是十足的狗屎堆，包括今天的古巴，它的现在，哈瓦那的过去……我想，存在着一种试图抵达另一端的诗意的努力。我本可以继续写《百年孤独》的，写续篇，之二，之三，之四，像《教父》那样。但这是不可以的。如果我还想继续写下去的话，那我就得知道我还能够整出什么名堂来——写完《族长》以后，这事我也就没那么发愁了。

如果我再写短篇小说的话，现在的榜样就是萨默塞特·毛姆了。它们是沉静的、秋天的短篇，是讲述他经历过、见识过的一系列事情的那种人写出来的，其形式是……我们不要说是"古典的"吧，因为定义把一切都搞糟了，我们就说是"学院的、正规的"吧。因为毛姆的短篇小说写得非常好。可能是我知道的最好的，有特定的调子，不嘈杂。它们是创作短篇小说的好榜样……那么！……关于《秋天》我们还能说些什么呢？

《宣言》:书中哪些是你的亲身经历呢?

马尔克斯:这个比较难讲。它们都溶解了。有朝一日我们可以坐下来,读上一个片段,谈谈……

《宣言》:例如,谈谈鲁文·达里奥。

马尔克斯:对,嗯,鲁文·达里奥是这个时代的诗人,也就是说,是书籍时代的诗人。你知道,真让人悲哀,所有译者在翻译他时都遇到的那些困难。作为一个大诗人,他没有被译成他该有的样子。他在哪儿都不出名。还有其他问题把译者搞得他妈的团团转呢。《族长的秋天》的译者完全是疯了。例如,他们会问:"'la manta de la bandera'①是什么意思啊?"我不知道"manta"在这里的意思是什么,在沿海地区,它指卖给人家卷大麻用的香烟纸。但它一度是和美国国旗一起供给的。在沿海地区,这很简单。凡是看到"manta de bandera"这个短语的人立刻就明白,那是和美国国旗在一起的抽大麻用的纸。

---

① 字面意思是"旗帜的毯子"。——原编者注

你能想象译者为了解释"la manta de bandera"而必须加上的注脚了。有必要忘掉那些词的原先含义,找到一个公式。

还有一个精彩的条目,就是"salchichón de hoyito"① 这个短语。这完全是巴兰基亚出租车司机用的一个短语。

《宣言》:那是什么意思呢?

马尔克斯:就是那种尖端有个洞眼儿的肉肠。在西班牙,他们说"la polla"②,在其他国家,他们说"la pinga"③……但巴兰基亚的司机说的是"小洞肉肠"。因此,每个译者都会问:"'小洞肉肠'是什么意思?"那么,深奥的并不是整本书,而是所有那些玩意儿,是吧? 加勒比的玩意儿。例如,在古巴,他们不明白"salchichón de hoy-ito"是什么意思,但古巴人读到它时,多米尼加人或波多黎各人读到它时,他们立刻就会明白是什么意思。他们

---

① 字面意思是"有个小洞的香肠"。——原编者注
② 意为"阴茎"。
③ 意为"阴茎"。

弄得明白,因为他们懂得那种结构,懂得上下文,他们知道你是怎么弄出来的。

"Journey Back to the Source" by *El Manifiesto* / 1977 from *El Manifiesto* (Bogotá), 1977. Reprinted in Alfonso Rentería Mantilla, ed., *García Márquez habla de García Márquez* (Bogotá: Rentería Editores, 1979), pp. 159 - 167. Translated by Gene H. Bell-Villada.

《花花公子》访谈：
加夫列尔·加西亚·马尔克斯

克劳迪娅·德瑞弗斯/1982 年

　　诺贝尔奖是最具声望也是最不可预测的奖项，因此，当它宣布 1982 年的文学奖得主是拉丁美洲小说家加夫列尔·加西亚·马尔克斯时，对我们来说这是一份意外之喜。不仅是因为《花花公子》十多年来发表他的小说，而且是因为最近我们派了记者去国外和他会谈，对其创作生涯做了最广泛的采访。因此，当他宣布他会在 12 月初踏上传统之旅，去斯德哥尔摩领奖时，我们为能给读者提供一次碰巧同步的访谈而感到满意。然而，世界文坛或许会宣称，获奖公告并不让人感到意外。多年来，批评家对《百年孤独》的作者赞誉有加，把他誉为在世最杰出的小说家之一,将他的作品和威廉·福克纳、詹姆斯·乔伊斯的作品相比。在文学界,加西亚·马尔克斯——朋友们叫他"加博"——实际上长期以来都是作为诺贝尔奖的竞争者而被谈论的。问题只在于时间,而不在于可能性。

关于加西亚·马尔克斯的几点概况:他是拉丁美洲的魔幻现实主义文学风格的首要实践者,魔幻现实主义是一种将幻想和现实融合为一个独特"新天地"的讲故事形式;他那部讲述某个拉美村落中的生活、爱情和革命的杰作《百年孤独》,在三十多种语言中售出了六百多万册;此书在美国大学校园中被奉为邪典;在获得诺贝尔奖之前,加西亚·马尔克斯赢得了每一个值得拥有的国际大奖。

加西亚·马尔克斯除了致力于文学耕耘,还是一位政治活动家,拥护第三世界尤其是拉丁美洲的社会革命。其密友中有不少是世界各国的首脑,包括古巴的菲德尔·卡斯特罗、法国的社会党总统弗朗索瓦·密特朗。其左翼观点和背景使他在美国颇受争议。

1970 年《百年孤独》在美国出版,批评家争先恐后地宣布加西亚·马尔克斯是天才。接着是 1975 年的《族长的秋天》,一部狂野的超现实之作,讲述一个拉丁美洲的独裁者,他在位的时间如此之久,以至于没人记得清楚他是怎么做到的。今年 4 月,科诺夫出版社将推出其近作《一桩事先张扬的凶杀案》,一个关于性、谋杀和复仇的故事。

作家于 1928 年诞生在哥伦比亚沿海乡村阿拉卡塔卡,在一种使他成为天生讲故事的人的氛围中成长起来。他总是说,阿拉卡塔卡是一个出产"强盗和舞棍"的奇妙的地方。外祖父给小加夫列尔讲述有关战争、不义和政治的真实故事。外祖母在就寝时间里细说有关超自然现象的故事。

加西亚·马尔克斯自十八岁起就知道,他心里酝酿着一部有关拉丁美洲的大书。年轻时他在波哥大大学学习法律——他继续着这份学业,直到 40 年代晚期辍学,以作家和记者的身份勉强维持生活。50 年代和 60 年代,他在巴黎、罗马和加拉加斯过着那种流动记者的生活,其间还为古巴的革命新闻机构拉丁美洲通讯社做过一段时间的报道员。1958 年,在短期还乡之旅中,他娶了青梅竹马的恋人梅塞德斯·巴尔查。① 加西亚·马尔克斯不给报纸写作时,就写小说:《枯枝败叶》《没有人给他写信的上校》《恶时辰》《格兰德大妈的葬礼》,就是眼下有些学者视为《百年孤独》初稿的那些作品。到了1965年,自由撰稿人加西亚·马尔克斯在墨西哥城,供养着妻子和两个儿子。正是在那儿,写作《百年孤独》的想法才得以成形。

在1967年《百年孤独》出版之后的那些年里,加西亚·马尔克斯发现自己一举获得了电影明星和政治家才享有的财富、政治影响力和国际知名度。他的家庭眼下在巴黎和墨西哥城维护着优雅的居所,他用他的影响力成为左翼拉丁美洲的非官方大使。他试图忽视他的名声,但做不到,他说:"转而成为公众奇观,这让我感到憎恶。"

去年,《花花公子》的记者克劳迪娅·德瑞弗斯试图采访这位不寻常的作家,杂志社给她开了绿灯。她在报道中写道:

---

① 马尔克斯和梅塞德斯结婚的时间,年表里写的是1959年,此处写的是1958年,有出入。

"说加西亚·马尔克斯难以捉摸,那是说得太轻了。他不回复信件,生怕他的通信会被拍卖。他的电话似乎老是在出故障。我给他在巴黎的各种地址写信,定期给他在西班牙的经纪人打电话。结果没有任何反应。然后,有一天下午在纽约,作家的英语译者格列高利·拉巴沙打来电话说:'加博在纽约,只待一个下午。你要是抓紧,就可以见到他。'

"须臾之间,我便在公园大道酒店和加西亚·马尔克斯联系上了。

"'加西亚·马尔克斯先生,写你的文章有那么多,其中真实的是那么少,'我说道,'你可以通过《花花公子》的访谈澄清所有的不实之词。再者,鉴于中美洲眼下的形势,北美人会有兴趣聆听一个不同的声音谈论拉丁美洲的现实问题。为什么不把你的看法告诉我们呢?'

"加西亚·马尔克斯有兴趣了。1981 年 3 月,在哥伦比亚军队试图把他和一个追随卡斯特罗的游击队组织联系起来之后,他经受了不得不从祖国哥伦比亚逃离的经历。在美国,他和国务院之间有一些问题,因为他和卡斯特罗的关联,国务院只给他一张有限的美国入境签证。

是的,他想要谈论这一切。会说西班牙语吗? 他问我。

"不会。

"会说法语吗?

"一点点。

"嗯,那会说什么语言呢?

"我说出了此种情形下最不可能使用的那种语言的名称——德语,这时我的心沉了下去。我的滑稽可笑的回答让我们双方都情不自禁地笑出声来。

"'事情总会解决的,'加西亚·马尔克斯说道,'我会在巴黎或巴塞罗那见你——你选择吧。'

"'我更喜欢巴黎。'我说道。

"'哦,好吧,'他笑了起来;接着又说道,'这谈话开始听着像是多斯·帕索斯一部小说里的场景了。'

"两个月后,我们在他俯瞰巴黎的一座高层建筑上的迷人的现代公寓里见面了。我们交谈,争论,闪避,聊了九天,在帕特丽夏·纽康莫(Patricia Newcomer)的机敏灵巧的帮助下——她不厌其烦地将西班牙语译成英语。作家的妻子梅塞德斯,一位举止沉静、肤色幽深的女子,有时也列席会谈。

"我们有关拉丁美洲政治的交谈恰巧发生在这样一个时候,萨尔瓦多其时成为头条新闻,去年夏天马尔维纳斯群岛的冲突尚无结果,尼加拉瓜的形势又变得紧张起来。应该在那种语境中来阅读这些讨论。

"说来也怪,那种成为加西亚·马尔克斯创作标志的顽皮嬉闹的黑色幽默,非得经过冗长的劝诱才会流露出来。加夫列尔·加西亚·马尔克斯是为子孙后代做这个访谈的,我的天哪,他对这件事很认真呢。有一次,我从巴黎最好的巧克力商那儿给他带去一盒松露巧克力,徒劳地试图逗他笑。《百年孤独》中有一位神父,每次喝了巧克力就会悬浮在空中。'吃了这些你会悬浮起来吗?'我问道。

"'那只有喝了液体巧克力才行!'他闷闷不乐地说道。接着便漫不经心地将巧克力扔到房间远处的一个角落里。

"不过,当加西亚·马尔克斯去斯德哥尔摩领取诺贝尔奖时,他将收到他无疑会更欣赏的东西——十五万七千美元的现金、热烈的欢呼喝彩、文学史上公认的地位。这位在阿拉卡塔卡开始写作的寓言家,将他外祖母的神秘故事画成漫画，这个因为想要'被爱得更多'才写作的人，对他来说，那必定是一次美妙的旅程。"

《花花公子》：《百年孤独》出版之后，你收获了很多文学荣誉。在和诺贝尔奖有关的话题中你被提到，《纽约时报》的约翰·列奥纳德（John Leonard）曾经说道："伟大的美洲小说是一个拉丁美洲人写出来的。"鉴于此，你是否觉得这是一种讽刺，由于你和美国国务院的问题，每次想访问美国时，你都很难拿到签证？

加西亚·马尔克斯（以下简称马尔克斯）：首先，伟大的美洲小说是赫尔曼·麦尔维尔写出来的。[①] 至于我的问题，照你那种礼貌的说法，它是和我的政治思想有关，而这不是什么秘密。这件事情令人不快。好像我额头上有个记号似的，事情不应该是这样的。我可是北美文学的一个大宣传家。我对世界各地的听众说，北美小说家是这个世纪的巨人。此外，由于拉丁美洲的影响，美国发生了文化大变革——我的作品是那种影响的组成部分。

---

① 指麦尔维尔的小说《白鲸》。

我应该能够更加自由地参与。

《花花公子》：为什么不能呢？

马尔克斯：问题全是由于这一点：1961年我为古巴驻纽约的新闻社工作。我连社长都不是。自那时起，每当我们想要访美时，我和我太太就被告知，我们"没有资格入境"。这样一直持续到1971年，当时哥伦比亚大学授予我荣誉博士学位。自那时起，我获得了某种有条件的签证，它让我觉得不安全。这是国务院制定的游戏。可怕之处在于，国务院可以随时结束这个游戏，让我永远进不了美国。当今的文化人如果不是经常去美国旅行就无法生存。

《花花公子》：尽管你有签证问题和报道中的左翼观点，可你显然是真心喜爱美国人和美国文化的。

马尔克斯：是的，美国人民是世界上我最景仰的民族之一了。我唯一不能理解的，就是一个做成这么多、这么好的事情的国家何以在挑选总统时不能做得更好些。但这一点我们可以稍后再谈。我注意到了，你没有问任何采访者首先都会问的那个问题。

《花花公子》:什么问题?

马尔克斯:你没有问我是不是共产主义者。

《花花公子》:我们想让读者自己去考虑。由于麦卡锡时代的影响,在美国,问人那种问题是含有敌意的。

马尔克斯:是的,但是《花花公子》的读者无论如何都会对此感到好奇的:为什么你不问那个问题。

《花花公子》:好吧。那你是共产主义者吗?

马尔克斯:当然不是了。我不是的,从来都不是的。我也不属于任何政党。有时我觉得在美国有一种倾向,要把我的创作和我的政治活动区分开来——好像它们是对立似的。我不认为它们是对立的。事情是这样的,作为一个反殖民主义的拉丁美洲人,我采取了一种会触犯美国许多利益的立场。因此,有些人就过于简单地认为我是美国的敌人。我想纠正的是作为一个整体的新大陆所存在的问题和错误。我如果是北美人,其实也会这么想的。我会更激进的,因为这是一个纠正我自己国家的错误的问题。

《花花公子》:顺便问一下,为什么你老是用北美这个词来指美国?

马尔克斯:让我烦恼的是,美国人占用了美洲这个词,好像只有他们才是美洲人似的。美洲,其实是始于南极,终于北极。当美国居民自称美洲人时,他们是在告诉我们,他们只把他们自己看作美洲人。实际上,这些人是连个名字都没有的国家的居民。

《花花公子》:什么意思?

马尔克斯:无名。他们应该找一个名字,因为现在他们没有。我们有墨西哥合众国,巴西合众国。但合众国(the United States)?什么合众国?好,记住了,这么说是有感情的。正如我所说的,我爱北美文学。我唯一所属的文学院是美国的文学院。美国批评家是最懂我作品的人。

但作为一个拉丁美洲人,作为一个偏袒拉丁美洲的人,当北美人独自占用美洲这个词时,我都不由得感到憎恨。正如我看到的美洲,它就像一艘船——有头等舱,有经济舱,有货舱和水手舱。我们拉丁美洲人不想坐在这艘船的货舱里,我们不想让北美人坐在头等舱里。我们也不想下到头等舱里去,因为如果我们下去的话,整艘船就要沉了。我们的历史命运——拉丁美洲的历史命运和北美洲的历史命运——就是要一起为整艘船导航。另外,古巴是这艘美洲船的重要组成部分。有时我想,如果古巴人有拖轮把他们自己拖到别的地方去——拖到距离佛罗里达州九十英里以外的地方去,那古巴革命就会更安全了。

《花花公子》:既然我们是在地理上扮演造物主,那还有什么我们能够移动的?

马尔克斯:要是人们能够这么做,人们或许就能够把河海移到需要它们的地方去。事情是那么不公平。无论如何,事情已经是这样了,对吧?墨西哥的一半被占领,被移到了美国。美国对波多黎各也是这么干的——为此我们感到深重的乡愁,因为它是拉丁美洲国家。同样的事情也发生在许多东欧国家身上。我不想出现宗派主义。

《花花公子》:1961 年,作为一名穷愁潦倒的记者,你不是在美国南方做过一次公共汽车旅行吗?

马尔克斯:是的。那时我刚读过福克纳,对他大为崇拜,于是就做了这次旅行,是坐——你们是怎么说的?——灰狗,从纽约去往墨西哥边境的。坐公共汽车旅行,因为想从福克纳描写的扬尘小路的角度观察那个地区——还因为我几乎是没钱了。

《花花公子》:那个地区看起来怎么样?

马尔克斯:我看到的那片天地酷似我的哥伦比亚的故乡阿拉卡塔卡。作为联合果品公司建造的公司城,阿拉卡塔卡也是那种锌皮和锡皮屋顶的木棚屋。在福克纳的地区,记得我看见那种路边小店,人们坐在店门口,把脚搁在栏杆上。同样是和巨大的财富形成鲜明对照的贫穷。在我看来,福克纳在某些方面也是一名加勒比作家,因为该地区对墨西哥湾和密西西比州影响很大。

《花花公子》:我们将要广泛地谈论你的创作,但是让我们继续对这个文学和政治的问题做进一步探讨吧。这两个话题之间的关系让你感到着迷,是吧?

马尔克斯:我对文学和新闻工作之间的关系感到着迷。我在哥伦比亚是以新闻记者的身份开始工作的,并且从来没有停止做一名记者。我不写小说时,就满世界跑,施展我的记者的手艺。知道这一点你会感兴趣的,什么种类的新闻工作我都做——就是没做过采访。做采访,采访人就得工作得很辛苦。但是回到你那个问题上来,事实上,由于我的小说获得成功,我就有了这巨大的声誉——是的,我是拉丁美洲人,考虑的是拉丁美洲所发生的一切,对政治不感兴趣就是犯罪。如果我是来自世上的那种地方,那儿没有拉丁美洲巨大的政治、经济和社会的问题,我就可以不管政治,很快乐地生活在一个希腊的岛屿上了。然而,我确实是拉丁美洲人,因此我唯一的选择就是成为一名应急的政客了。

《花花公子》:应急的政客是干什么的?

马尔克斯：就我来说，首先，我不是任何政党的斗士。我也不卷入个别国家的政治。我是在最宽泛的意义上感觉自己是拉丁美洲人的。正因为如此，我用我的国际声誉来执行或许可以称之为职权外的外交工作。我在欧洲和拉丁美洲的政府高层有朋友。

《花花公子》：让我们来谈谈你的一份著名的友谊吧——和菲德尔·卡斯特罗的。那是亲密的友谊，是吧？

马尔克斯：我们是好朋友。我们的友谊是知性的。也许人们并不知道，菲德尔是个很有文化的人。我们在一起时，就会大谈文学。菲德尔是个极好的读者。事实上，那种友谊确实是在他读了《百年孤独》之后才开始的，他很喜欢这个作品。

《花花公子》：卡斯特罗对你有过这样的说法："加西亚·马尔克斯是拉丁美洲最强大的人。"如果引用无误，那你是怎么理解他这句话的意思的？

马尔克斯：听起来不像是菲德尔的措辞，但如果他真的说过这句话，那我确信他是在把我当作家而非政治人物谈论的。

《花花公子》:刚才你说,你和他是不谈政治的?

马尔克斯:嗯,很难不谈的。但政治我们确实谈得不那么多。绝大多数人都很难相信,我和菲德尔·卡斯特罗的友谊几乎完全是基于我们对文学的共同兴趣。我们的交谈极少涉及这个世界的命运。更多的时候,我们谈论我们读过的好书。

只要去古巴,我总是会给菲德尔带去一摞书。通常,一到那个国家,我就把书交给菲德尔的一个助手,然后就去干我自己的事情了。几个星期后,到了菲德尔和我终于有机会交谈时,他把书统统读过了,有上千种东西可以谈论了。记得有一次,我把一本布莱姆·斯托克(Bram Stoker)的《德拉库拉》(*Dracula*)交给他,那真是一本绝对奇妙的书,但知识分子觉得它没什么价值。嗯,一天晚上我把那本书拿给菲德尔——凌晨两点左右。人们总是在那种古怪的时辰去见菲德尔。他的生活就是这样的。那天晚上,他有不少重要的公文要批阅和考虑。嗯,我们谈了一小时左右,次日中午接着又见面了。"加夫列尔,你坑了我!"他说道,"那本书;我一分钟都没合过眼。"他读了《德拉库拉》,从凌晨四点到中午十一点。这是他个性中鲜为人知的侧面。正是这一点才使友谊发展起来。和人们说我们的正好相反,我们从未在一起谋划过政治问题。菲德尔认为,作家照道理就应该写他的书,而不是搞什么密谋。

《花花公子》:但人们认为你确实是,照你说的那样,和卡斯特罗一起密谋的,不是吗?

马尔克斯:在哥伦比亚政府中,在我自己的国家里,有些人是这么认为的。但真的让我把我和菲德尔的友谊告诉你吧,因为这或许是澄清相关误会的地方。我将从一个我认为有代表性的故事开始。

1976 年和 1977 年,我去了安哥拉,去写在《华盛顿邮报》上发表的系列文章。从安哥拉返回的途中,我在古巴停留。嗯,在哈瓦那,路透社和法新社的记者要求采访我。我告诉他们说,我要坐七点钟去墨西哥的飞机,但他们可以在四点钟来酒店串门。没想到,菲德尔在三点半左右过来聊天了。于是四点钟记者来访时,酒店工作人员告诉他们说，他们不能见我，因为我正和菲德尔在一起。

我和菲尔德谈了十分钟我对安哥拉的印象，接着，不知何故——或许是因为我们在讨论安哥拉的食品短缺吧——他问我是否在那儿吃得很差。"我觉得并不坏，"我说道，"我设法搞到一听鱼子酱，很开心呢。"于是菲德尔问我是否喜欢鱼子酱。我说"非常喜欢"。他告诉我说，这纯粹是文化的智力的偏见，他并不觉得鱼子酱是那么精美的一道菜肴。嗯，一样东西扯出另一样东西，我们继续聊了一小时的食物——龙虾、鱼、鱼的烹饪法。此人对海鲜无所不知。于是到了我要出发去坐飞机时，他便说道："我带你去机场。"在机场，菲德尔和我坐在贵宾休息室里，更多地谈论鱼——而飞机则推迟起飞。

《花花公子》：哈瓦那机场的贵宾休息室？听起来不太社会主义啊。

马尔克斯：是社会主义。事实上有两间贵宾休息室。反正，记者在机场赶上了我们，彼此间显然说道："如果加西亚·马尔克斯刚从安哥拉来，菲德尔就把他带去机场了,那他们必定是有极为重要的事情要说!"于是,我离开时,记者就来到机舱门口,说道:"不告诉我们就别走:这几个小时里你对菲德尔说了些什么?"我说道:"如果把真相告诉你们,你们永远也不会相信我的。"

《花花公子》:和卡斯特罗那样的人维持个人的友谊,这一点你是怎么处理的?

马尔克斯:这一点显然是困难的,因为这是一种有限度的友谊。菲德尔是那种极少有私交的人。这当然是不可避免的了,鉴于他的工作和权力。有人曾经问他——当着我的面——是否感到权力的孤独。他说没感到。不过,我想知道那些掌权的人是否真的感觉到他们是多么孤独。

《花花公子》:有谣传说,你把小说交给出版商之前,会先给卡斯特罗看一眼。真的?

马尔克斯:嗯,关于我最近的作品,《一桩事先张扬的凶杀案》,我把手稿寄给了他,是的。

《花花公子》:他喜欢它吗?

马尔克斯:菲德尔?喜欢的!之所以把它拿给他看,是因为他是一个很好的读者,真是有着惊人的专注力——还因为他非常仔细。在他阅读的许多书中,他会迅速找出这一页和那一页之间的矛盾。《一桩事先张扬的凶杀案》的结构像钟表的发条装置一样周密。如果在装置中出现错误,出现矛盾,那就很严重了。知道菲德尔眼尖,所以才把原稿交给他看的,希望他能看到矛盾之处。

《花花公子》:于是你就把古巴总统当缪斯用了?

马尔克斯:不,是当优秀的第一读者用。

《花花公子》:像你这样了解卡斯特罗,那你是否意识到美国该怎么做——本该怎么做——才会改变和古巴的关系呢?

马尔克斯:意识到了。我绝对相信吉米·卡特为第二个任期所做的计划中是有一个解决古巴和美国的关系问题的方案的。他会解除封锁,恢复正常关系,终止反革命组织对古巴的骚扰的。里根,从就职的那一刻起,就做了相反的事情。我确信,卡特会解决那些敌对问题的,正如约翰·肯尼迪在他们把他杀掉时是想用同样的方式解决的那样。毫无疑问,肯尼迪当时是在寻求解决古巴问题的方案。

《花花公子》:你认为那么多美国总统——包括肯尼迪——何以如此痴迷于古巴呢?

马尔克斯:有两个原因。首先,古巴在革命以前实际上是美国的一部分。它完全是、完全是美国的国土。当事实证明古巴革命在国家和社会两个方面都是一场真正的革命时,对控制着这个国家的北美金融利益而言,这是个惊人的损失。这就是此种痴迷的第二个原因。在古巴之前,拉丁美洲的所有革命都提供了那种迟早要被美国控制的可能性。古巴改变了拉丁美洲的历史。

《花花公子》:或许是这样的吧,但它也只是将其依赖对象从美国转换到了苏联。

马尔克斯:这在很大程度上是人为的,起因于美国的经济封锁。古巴人很幸运,在美国这么做时,苏联提供了援助,因为美国试图把他们饿死。但这并不意味着这种形势不是人为造成的。对古巴这样一个国家来说,不可能无限度地从一万四千公里之外获得所有的能源——一艘超级油轮每隔三十二小时抵达那儿。嗯,这种情况必须改变。如果美国承认古巴人有资格以他们自己的风格搞他们自己的革命——承认他们有资格这么做,那它就可以改变。

许多北美人并未认识到的是,古巴非常喜爱美国人民。如果停止封锁,那就会有良好的关系。例如,在美国,人们听到许多宣传,关于苏联文化对古巴的影响。我相信,美国文化对古巴的影响是要强得多了。记得有个晚上,和一名欧洲的新闻记者坐在哈瓦那的酒吧里,他在谈论苏联对古巴那种不可思议的统治,当时有个人一直在酒吧的钢琴上弹着乐曲。两个小时的交谈快要结束时,我对那位记者说:"你注意到那个人在钢琴上弹的乐曲了吗?"说来古怪,他没有弹过一首苏联曲子——全是北美乐曲。我希望美国人认识到这种东西。

《花花公子》：三年来，你在写一本关于古巴的非虚构作品。有传闻说你决定不出版这本书。为什么？

马尔克斯：说来话长。那本书我写了好些年了。每次去古巴我都发现，此前的工作都变得过时了。古巴的现实变动很快。我最终决定，停止那本书的工作，在完成和出版之前等待古巴的形势变得正常起来。

《花花公子》：1980 年 5 月 22 日的《纽约时报》援引你对一个记者说的话，说你决定不出版那个作品，因为它对古巴的批评过多。

马尔克斯：对的。我写的是一本非常严厉、非常坦率的书。很容易让人脱离语境引用像是在反对古巴的语句。我不想让这种情况发生。但这并不是不出版这本书的原因；在完成之前我是在等待一个事件——或许是美国解除封锁吧。

《花花公子》：另一个身居高位的朋友是法国总统。弗朗索瓦·密特朗。你担任他的拉丁美洲事务的非官方顾问，这是真的吗？

马尔克斯：你用了顾问这个词？不是的。密特朗总统不需要拉丁美洲方面的顾问。有时他需要信息。于是我们就聊天。

《花花公子》：巴黎决定给尼加拉瓜的左翼桑地诺政权派送军事援助时，它和华盛顿后来有过一段时间的对抗。你们谈的是这一类事情吗？

马尔克斯：卖给他们武器的决定？不是的。关于那种问题的讨论，显然是非常、非常机密的。但是关于尼加拉瓜人寻求商业和经济的帮助，这种事情我是了解的。眼下在尼加拉瓜掌权的那些人，他们是好朋友。在他们抗击索摩查统治①的岁月里，我们一起工作。如果你想知道我对密特朗总统说的关于尼加拉瓜，事实上是关于整个中美洲形势的那些话，那我很乐意把我说的话重复一遍。

---

① 从 1936 年到 1979 年，索摩查（Somoza）家族的父子三人统治尼加拉瓜长达四十三年。

《花花公子》：请说吧。

马尔克斯：在我看来，拉丁美洲——尤其是中美洲——的最大的问题，是里根政府把一切都诠释为美苏动力学的结果。这很可笑，而且不切实际。里根政府不是把拉丁美洲人民的特立独行视为那些国家的悲惨状况的最终结果，而是视为苏联的某种操作。由于里根政府相信这一点，它就不自觉地按已知的预言行事，结果便令预言之事发生了——正如肯尼迪在 60 年代初对古巴所做的那样。我碰巧十分了解桑地诺解放阵线，知道他们是尽了很大努力来制定他们自己的制度——独立于任何世界强国。不幸的是，尼加拉瓜人眼下正面临着国内的各种阴谋、索摩查旧部从洪都拉斯发起的军事袭击、美国资助的小分队试图破坏政府稳定的进攻。与此同时，尼加拉瓜人急需食物储备、发展基金和自我防卫资金。如果西方拒绝援助，他们就只好找那个唯一会给他们提供援助的政府——苏联去要了。

《花花公子》：你是如何看待萨尔瓦多的局势的？你觉得里根只是把它视为有更多的苏联活动的证据吗？

马尔克斯:我认为,美国政府在中美洲想要的就是它能够控制的政府。所幸的是(或者说,不幸的是,这要看你相信什么)不发动战争,美国就做不到这一点。很难了解里根的动机所在。他肯定知道他所做出的解释——萨尔瓦多是苏联阴谋的受害者——不可能是正确的。如果他并不了解这一点,那我们就处在一种非常危险的境地里了,因为这就意味着美国总统完全是被误导的。不,我更倾向于认为,里根和他那些顾问是在玩着某种政治游戏。

《花花公子》:你相信苏联是扩张主义的吗?

马尔克斯:我相信苏联会利用这种局势——尤其是在美国拒绝支持特立独行的这一方时。但是回过来说萨尔瓦多,它的形势很险峻。当你考虑可能出现的情况时,你会认为世界可能会遭遇一场非常大的火灾。首先,我们谈论的只是萨尔瓦多的战争。如果美国干预萨尔瓦多像它干预越南那样,战争很快就会在中美洲蔓延开来——或许会在整个拉丁美洲蔓延开来。是的,美国会派军队进入中美洲,因为这是一个薄弱的地区。接着,作为下一个步骤,美国便会进行海上封锁,阻止古巴帮助中美洲。尽管我并不认为古巴会做出像挑起和美国人的战争那样的荒唐事,但它肯定会防御北美人的入侵——这也是有可能的。

《花花公子》:你对里根的外交政策显然是持否定态度,但你认为它和他前任的政策非常不同吗?

马尔克斯:非常不同。要说拉丁美洲,卡特是见多识广的,在他在任的最后几年里,他受到巴拿马前任领导人、已故的奥马尔·托里霍斯将军①的很大影响。托里霍斯是我的密友之一,我知道他们之间说过的许多事情。例如,我知道卡特和托里霍斯一起试图为萨尔瓦多问题拟定一个协商性的政治解决方案。卡特签署巴拿马运河条约的行动,为改善美国和拉丁美洲之间的关系迈出了一大步。事实证明,卡特努力为之奋斗的条约是他所有国际政策中最重要的一项。当他签署条约时,他就显示

---

① 奥马尔·托里霍斯(Omar Efraín Torrijos Herrera,1929—1981),巴拿马国民警卫队司令、政府首脑、1968年至1981年的实权人物。

出美国开始公平对待拉丁美洲了。而且，卡特的人权政策也常常是值得称道的。说实在的，他执政时，我认为他的人权运动是虚有其表，是装点门面的。但是，随着里根时代的到来，我就改变了我的想法。

在卡特当政期间，纯粹是由于心理上的原因，拉丁美洲的独裁者感到受监视，拿不准。在美国，权力结构从来都不是单一的。因此，在卡特的任期内，就有五角大楼和中情局告诉那些独裁者不要担心。同时还有国务院告诉他们必须尊重其公民的人权。这双重信息弄得独裁者们缺乏安全感。结果，我们这些参与人权工作的人就能够援救许多人。而里根当选之后，却有珍妮·柯派翠克[1]跑到智利去，告诉奥古斯托·皮诺切特[2]，说他的国家是拉丁美洲所需要的那种"独裁的民主国家"。她访问之后，从皮诺切特的监狱里连一个囚犯都弄不出来了！我们也得不到阿根廷政府的答复，关于一万五千名失踪的

---

① 珍妮·柯派翠克（Jeane Kirkpatrick，1926—2006），美国前联合国代表、里根政府外交政策顾问。

② 奥古斯托·皮诺切特（Augusto José Ramón Pinochet Ugarte，1915—2006），智利政治家、军人、总统、独裁者。

阿根廷公民的下落。卡特尽可能最大限度地减少对独裁者的支持；里根则给他们支持，比应该可能给予的还要多。

《花花公子》：你提到了你和托里霍斯的友谊，他在1981年的一次飞机失事中去世。他去世之后，你就生了溃疡，这是真的吗？

马尔克斯：这是谁告诉你的？

《花花公子》：这只是我们听说的一个传闻。为什么这个问题让你心烦？

马尔克斯：因为对我来说这就不再有任何隐私可言了。绝对是没有隐私了！

《花花公子》：嗯，是否托里霍斯的死亡让你得了溃疡？

马尔克斯：既是又不是。我的十二指肠长期有问题，是受精神压力的影响。几年前溃疡出血，可它好了很长时间了。但那个时候，托里霍斯去世时，我极为难过。他是我亲爱的朋友。不，不仅如此。我自认为是他最亲密的朋友。除此之外，他还是拉丁美洲极为重要的人物。再者，我差一点就加入了他那次致命的飞行。你大可设想，所有那些事情加在一起就导致了我的溃疡出血。

《花花公子》：你差点坐那趟致命的航班？

马尔克斯：是的。失事前几天，我忽然想起好久没有见到他了。这让我烦恼。觉得应该好好聊一聊了，便给他打电话，最终和他在康塔多拉岛上相聚了。说起来，我们是暂住在沙阿①居住过的那幢房子里。

《花花公子》：沙阿很讨厌的那幢房子？

马尔克斯：是的。我从未见托里霍斯有更好的心情了。他在萨尔瓦多的问题上做了很多工作。他确信协商性的政治解决方案是可行的，唯一的障碍是美国可能不合作。他说，卡特是会接受通过谈判解决问题的，但是事情到了里根那里就不同了。在康塔多拉过了一段时间之

---

① 沙阿（shah）是君主头衔。文中未确指是伊朗国王还是尼泊尔国王。

后,我们便飞去巴拿马城。我们在一起过了一段时间,然后他便启程前往一个不知名的地方,留下话说,很快就会派飞机来接我去和他会面的。又过了一天,他仍不见踪影,我便决定回墨西哥去。我给他留言说,我会再来一次的,我们可以结束我们的交谈。两天后,他在事故中丧生了。当时,如果我不回墨西哥的话,我也会坐在那架飞机上的——托里霍斯非常明确地邀请我参加那次旅行。

《花花公子》:你并不认为那空难只是一场事故,对吧?

马尔克斯:很有可能是事故,很有可能不是事故。可我想说,我有不少疑虑。

《花花公子》:托里霍斯或许是你的朋友,但在美国新闻界,他通常被说成是一个军事强人,这个短语是军事独裁者的代码。《族长的秋天》的作者和一位军事强人成为最要好的朋友,有些人会觉得这是怪异的。

马尔克斯:嗯,美国新闻界说了很多话——有些是好话,有些是坏话,有些说对了,有些说错了。就托里霍斯将军来说,他是拉丁美洲最杰出的民族主义领导人之一。他在拉丁美洲历史上的地位将是很高的。托里霍斯自己做主,这是最重要的。不像其他许多人,没人能指责他成为北美利益的工具。他使重获运河成为他一生中最重要的事情,他在这方面所取得的成功将使他成为拉丁美洲历史上的重要人物。人们爱戴他。他死后的葬礼以及它在巴拿马激起的情感说明他得到的爱戴超过了他本人的想象。我坚信,北美那些称呼他独裁者的人一旦看到公众对他的死亡所发出的强烈抗议,他们就必须重新加以考虑了。

《花花公子》:你肯定意识到有些欧美人觉得拉丁美洲的政治是不可救药的,意识到某种暴虐行为在你们的政治事务中占上风。

马尔克斯:是的,50 年代我第一次去欧洲旅行时就遇到了这种想法,当时就有人问我:"你怎么能居住在人们出于政治原因而彼此残杀的南美洲那些野蛮国度里呢?"

《花花公子》:这话让你觉得怎么样？

马尔克斯:觉得愤怒。这在某种程度上是不公正的分析。我们那些国家只有一百七十年的历史;欧洲国家比这古老得多了,经历的残暴时期远多于我们拉丁美洲正在经历的。如今在他们看来我们是野蛮的! 我们从未发生过像法国大革命那样的野蛮革命! 瑞士人——自认为是伟大的和平主义者的干酪制造者——是中世纪欧洲最为血腥的雇佣兵! 欧洲人必须经历漫长的暴力流血时期才会变成今天的他们。当我们和欧洲国家一样古老时,我们会比今天的欧洲先进得多,因为我们既会有我们的经验也会有他们的经验可资利用。

《花花公子》:自 1955 年以来,你并未定期在哥伦比亚生活。为什么? 是作家再也回不得家乡了吗?

马尔克斯:不,不,不。那么做并非出于什么重大的计划。更多是由于我生活中的一系列意外事件。是的,我现在确实是在墨西哥住半年,在欧洲住半年。这始于1955 年,(古斯塔沃·)罗哈斯·皮尼利亚的独裁统治时期,当时我离开了哥伦比亚。当时我离开,是要作为新闻记者在欧洲工作的。但罗哈斯·皮尼利亚随后就把我的报社查封了,我发现自己在巴黎搁浅了——我在那儿逗留了三年。在那之后,我回到南美洲,和梅塞德斯结了婚,我们搬到了委内瑞拉,我在那儿做记者工作。接着,古巴革命胜利之后,我为古巴驻纽约的新闻机构拉丁美洲通讯社工作。后来,全家住在墨西哥,我在那儿写电影剧本,最后写了《百年孤独》。嗯,一件事引出另一件事,我只是从来没有发现自己回哥伦比亚超过几个月。《百年孤独》成功之后,我就有实力住在世界上我想要住的任何地方了。但随后哥伦比亚对我来说就成了一个问题。在哥伦比亚,我成了国有资产,成了国家遗产。所有哥伦比亚人都采取相应的行动。我连一盎司的隐私都没有。尽管如此,到最近遇到的那次波折为止,我还是定期回哥伦比亚居住的——住上几个月,住上一年。

《花花公子》:"最近那次波折"是指什么?

马尔克斯:嗯,哥伦比亚政府——像其他几个政府那样——不肯相信我和菲德尔·卡斯特罗是只谈鱼和海鲜的。因此,1981 年我在哥伦比亚时,就出了一件很不愉快的事。我刚在两三个星期前在古巴见了菲德尔。有一天——那时我在哥伦比亚——一个左翼游击队组织,M-19,在该国的南部地区登陆。游击队员被俘获之后,政府试图让那些人宣称是我和菲德尔·卡斯特罗配合这次登陆的。我,亲身参与!所幸在波哥大我有不少朋友,任何时候只要有不止三人听说了什么事,他们当中就会有一人告诉我的。三个提供消息的人把那些要将我和M-19联系起来的图谋告诉了我。总统府显然有一场晚宴,宴会上——在总统和最高军事长官在场的情况下——讨论了我涉嫌参与那个组织的事情。与此同时,那些游击队员被羁押,被拷打,被要求在涉及我的那些供词上签名。

嗯,听说这件事时,至少可以说,我感到惶惶不安。给我提供消息的人告诉我不用担心——政府不敢碰我的,因为我太重要了。但在我看来,政府可能会把我当一个例子,显示它对任何人都是不加尊重的。我所做的就是立刻去墨西哥大使馆,要求外交保护,以便离开哥伦比亚。

这在当时给哥伦比亚政府造成了很大的丑闻。它正式声明说,没有什么跟我过不去的事,我可能只是试图给我的新书做宣传。此后便对游击队员进行了审讯，他们有几个人说，他们受到了拷打，被要求在那些供词上签名。有一个签了名。结果，我所做的便是起诉哥伦比亚军方滥用职权。谈论这件事对我有点儿难，因为到这篇访谈问世时，哥伦比亚的政治局势很可能完全改变了。

《花花公子》：当你不得不逃离哥伦比亚时，你觉得害怕吗？毕竟，死亡小组似乎成了南美洲的一个主要机构。

马尔克斯：一点儿都不怕。政府只是想拿我做个姿态——如此而已。如果它想杀我，它随便在哪个街角就可以做到的。不，它想要的是另一种东西。里根政府及其拉丁美洲盟友想要回到 60 年代初古巴彻底被孤立时的那种局势。如果政府可以证明是菲德尔的私人朋友配合了游击队登陆，那它就可以为它和古巴断绝外交关系辩护了。至少，在那次事件之后它就是这么做的。

《花花公子》：你似乎相当确信里根政府是要对拉丁美洲的左翼挥舞大棒的。如果一名左翼总统在比如说哥伦比亚当选，像 1970 年萨尔瓦多·阿连德在智利当选那样,那你是否认为这届政府会把他赶下台呢?

马尔克斯:这种事情绝对会发生的。再像智利那样,是的。卡特是不会干这种事的,但里根就会毫不犹豫了。不过,这种事是不可能发生的。哥伦比亚的内部状况不同于 70 年代初智利的内部状况。

《花花公子》:让我们接着讨论你的作品吧。《百年孤独》的某些崇拜者说,在讲述布恩地亚家族的长篇传奇故事时,你成功地讲述了拉丁美洲的整个历史。批评家是否言过其实了呢?

马尔克斯:《百年孤独》并不是拉丁美洲的历史,而是拉丁美洲的一个隐喻。

《花花公子》:在你的一篇短篇小说《纯真的埃伦蒂拉和她残忍的祖母的难以置信的悲惨故事》中,一个年轻的妓女告诉她的恋人说:"我喜欢的是你胡说八道时那种正儿八经的样子。"这是加夫列尔·加西亚·马尔克斯在说他自己吗?

马尔克斯:是的,这绝对是一个自传性陈述。这不仅是对我作品的一个定义，而且是对我性格的一个定义。我憎恶一本正经，我能够完全板着脸孔说最残暴的事，说最奇幻的事。这是从我外祖母（我母亲的母亲，特兰基丽娜女士）那儿继承下来的才能。她是一个绝妙的讲故事的人，用最为庄严的表情讲述神神道道的荒诞故事。在我成长过程中，我经常想弄明白她的故事到底是不是真的。我通常是倾向于相信她的，由于她那种正儿八经、不动声色的脸部表情。现在，当作家了。我做相同的事情。我用一种正经的调子讲述非常奇特的事情。任何事情你都可以做了不受惩罚，只要你能够让它变得可信。这就是外祖母教我的东西。

《花花公子》：对我们读者来说，我们可能需要一个概要。《百年孤独》描绘了那个神话的村落马孔多里的布恩地亚家族的六代人。它始于那个村落的创建，在一个"世界新生伊始，许多事物还没有名字"的时候，结束于布恩地亚家族的末代传人，一个出生时长着一条猪尾巴的婴儿，被蚂蚁拖走，断绝了布恩地亚家的香火。在这整个过程中间，马孔多经历了"香蕉热""失眠传染症"、三十二场内战、革命、反革命、罢工以及一场持续了将近五年的大雨。你用所谓的魔幻现实主义的风格描写那些事件,那种风格是将幻想、神话和日常现实融合起来(例如,喝了巧克力的神父就会悬浮起来),因此,让我们首先问一下你,你的小说中有多少内容是有真实生活的基础的?

马尔克斯:《百年孤独》中的每一行字,我所有作品中的每一行字,都有着一个现实的起点。我给读者提供了放大镜,以便让他们更好地理解现实。让我给你举个例子吧。在《埃伦蒂拉》中,我又让人物尤利西斯每一次触碰玻璃便变换玻璃的颜色。这个嘛,不可能是真的。但是,关于爱情已经说了那么多了,我得找到一种新的说法,说一说这个恋爱中的男孩。于是我就让玻璃的颜色变换,让他的母亲说:"那种事情只是因为爱情才会发生的⋯⋯她是谁啊?"我的方式就是换一种方式来说人们经常说爱情的那种东西:它是如何打乱生活的,它是如何打乱一切的。

《花花公子》:过去的二十年里,我们看到了拉美魔幻现实主义小说的勃兴。拉美世界到底是哪一点促使作家以这种现实和超现实的奇异混合来进行创作的?

马尔克斯:显然,拉丁美洲的环境是神奇的。尤其是加勒比海地区。我碰巧来自哥伦比亚的加勒比一带,那是个奇妙的地方——完全不同于安第斯山的高原一带。在哥伦比亚历史上的殖民统治时期,人们全都自认为去内地——去波哥大是体面的。在沿海地区,留下来的全是盗匪——好的意义上的盗匪——以及舞棍、冒险家、充满欢乐的人。沿海地区的人是海盗和走私分子的后代,混杂着黑奴。在这种环境中成长起来,对诗歌来说就是拥有极好的资源。而且,在加勒比地区,我们能够相信一切,因为我们有着所有那些不同文化的影响,混入天主教和我们自己本土的信仰。我认为,这让我们以开放的心态越过表象去看待现实。作为在加勒比村庄阿拉卡塔卡长大的孩子,我听到奇妙的故事,故事中的人单凭目光的注视就能够让椅子移动。阿拉卡塔卡有一个人,往母牛面前一站就能够替那些牲口除去虫子——给它们治传染病。他站在母牛面前,那些虫子就开始从母牛脑袋里跑出来了。哎呀,这是真的,我曾经见过的。

《花花公子》:怎么解释?

马尔克斯:哦,要是我能解释的话,那我就不想跟你来讲这个了。它在我儿时的眼中显得神奇,现在仍显得神奇。

《花花公子》:让我们来谈谈《百年孤独》的真实生活的原型吧。你外祖母是小说中的女族长乌苏拉·布恩地亚的原型吗?

马尔克斯:嗯,可以说是,也可以说不是。她俩的职业都是面包师,她们都很迷信。但我所有的人物都是由我认识的人综合而成的。我拿某个人的一部分个性,把它们和其他人的碎块粘贴在一起。至于说外祖母,我在外祖父家里和她住在一起,是从我出生的那个时候到我八岁为止。外祖父的家是一个有许多女人的家——我外祖母,我外祖父的姐妹,其他人。外祖父和我是那儿仅有的两个男性。那些女人是极其迷信、疯狂的——疯狂是从这个意义上讲:她们是有想象力的人。特兰基丽娜女士,我外祖母,不用任何技巧就能够讲述最为奇特的事情。我不太确定她的出身是什么,但她很可能是加利西亚人。加利西亚是西班牙的一个很怪的地区——极为神秘,与神秘学关联。有外祖母在,每一件自然的事情都会获得超自然的解释。如果有蝴蝶飞进窗口,她就会宣布:"今天有一封信要来了。"如果牛奶在炉灶上潽出来,她就会说:"我们要当心了——家里有人生病了。"我小时候,外祖母会在夜里把我叫醒,跟我讲可怕的故事,讲人们出于某种原因预感到自己的死亡,讲出场的死人,讲并不出场的死人。我们在阿拉卡塔卡的房子,我们那座大房子,经常显得像是有鬼魂出没似的。所有那些早年的经历都能够以某种方式在我的文学中找出来。

《花花公子》:可以给我们举个例子吗?

马尔克斯:当然可以了。在《百年孤独》中,在梅梅·布恩地亚的情人毛利西奥·巴比伦出现之前都会出现一群黄色的蝴蝶。这个故事的真实依据是,有一个电工来我们阿拉卡塔卡的家里修东西。有一次,他来过之后,外祖母在厨房里发现了一只蝴蝶——她用洗碗布迅速将它击中。"那个人每次走进这屋子,我们就会有蝴蝶。"她宣布道。外祖母总是说这样的话。她也经常玩彩票,不过,她从来都没有赢过。从来都没有。

《花花公子》：你这么说是在讽刺她的名字叫特兰基丽娜①女士咯？

马尔克斯：对一个疯狂的女人而言，她是够安静的了。她只是在精神上躁动不安。她在身体上从来都不是急急忙忙的。

那么，外祖父尼古拉斯·马尔克斯刚好相反。他是我在家里唯一与之交流的人。那个女人的世界——如此奇幻，以至于渺然不可即。可外祖父把我带回现实，跟我讲那些看得见摸得着的事情——报章新闻、战争故事，就是哥伦比亚内战中他身为自由党的上校那个时期的战争故事。但凡我外祖母或是我姑婆说了什么特别不着边际的事，他就会说："不要去听这种东西。那些是妇人之见。"外祖父还具备一种很强的实用意识——我想我是从他那儿继承了这一点的。我的朋友们经常说，我是他们所知道的极少数具备实用意识的作家中的一个。我正是

① 西语"特兰基丽娜"（Tranquilina）意为"安静平和"。

把这种实用意识用在了政治上。也用在了日常生活上。我具有很强的安全意识。为防止意外事故我操心不已——采取防范措施,以免不测之事发生。我宁愿走楼梯,也不去坐电梯。只要不坐飞机,我什么都愿意坐。这种实际敏感性并不是诗人的特点。如果说,有朝一日我成了族长,成为那种政治意义上的族长,那就将是出于这个原因——而不是由于我真的有力量。朋友们总是在实际事务上求教于我,而这就是我得之于我外祖父的那种东西。

《花花公子》:你说你外祖父跟你讲述他的战争经历,那些故事肯定是和你外祖母的神神道道的故事一样让人感到困惑不安的。

马尔克斯:事实上并非如此。他讲起那些内战时,几乎把它们说成是愉快的经历——可以说是拿着枪的青春历险。一点儿都不像今天的战争。哦,内战当然是有许多可怕的战役和许许多多的死亡了。但在那期间,我外祖父也有许多风流韵事,还成了很多孩子的父亲呢。

《花花公子》:《百年孤独》的中心人物,何塞·阿卡迪奥·布恩地亚的儿子奥雷良诺·布恩地亚上校,在三十二场内战中和十七个女人生了十七个非婚生子女。难道尼古拉斯·马尔克斯也有十七个私生子?

马尔克斯:谁知道呢?确切的数目是永远不得而知的。迟至十五年前,我头一回遇见原来是我阿姨的那些人。据我母亲说是有十七个。她是婚姻所生的两个孩子中的一个。

《花花公子》:那么,你外祖父对哥伦比亚内战的美好回忆确实就成了对所有那些性事的美好回忆了。

马尔克斯:嗯,我想他是喜欢性爱的——不管有没有战争。在我的记忆中,他是一个了不起的私通者。

《花花公子》:哦?

马尔克斯:用你们典范的英语说,就是"操×的"。

《花花公子》:那肯定是要惹你外祖母发怒了。

马尔克斯:她这个人是很不寻常的。外祖母是一个非常非常爱嫉妒的女人。可每当听说那些孩子中的一个生出来时,她的反应却都像乌苏拉·布恩地亚:把孩子领到她家里去。外祖母说,家里的血脉岂可流失在外。反正所有那些孩子她都是很爱的。在那幢房子里,一度分不清哪些是婚生子,哪些不是。我外祖母也是一个很坚强的女人。我外祖父跑出去打仗时,她有一年时间都听不到他的消息。她看护着那幢房子和家中的安全,然后有一天夜里,有人敲门了。在凌晨时分的黑暗中,有人说道:"特兰基丽娜,如果你想见尼古拉斯,那就来开门吧。"于是她就跑过去把门打开了,能够看见那些骑在马上的人经过,却没有看见他。只见那些马儿正在离开市镇。一年以后她才得到他进一步的消息。

《花花公子》:听起来就好像乌苏拉是你最喜爱的人物似的。

马尔克斯:是的。她把这个世界团结起来。这和我儿时在现实生活中所见的相反。我外祖父家中的女人经常是很不入世的。不过我相信,绝大多数情况下,女性都是务实的。男人才是罗曼蒂克的,跑来跑去,做各种疯疯癫癫的事情;女人懂得生活的艰辛。乌苏拉是那种实际的、维持生活的女人的原型。乌苏拉之后,我最喜欢的是她的玄孙女阿玛兰塔·乌苏拉。所有布恩地亚后代中,她是和最初那个乌苏拉最相像的人——却没有先辈那种不正常的忧虑和偏见。阿玛兰塔·乌苏拉是又一个乌苏拉——但已经是被解放了的,见过世面,思想摩登。然而,生活在布恩地亚上校所形成的氛围中,在那种保守势力取得胜利的氛围中,就不容她的个性有所发展了。拉丁美洲的历史是由一系列这样的挫败组成的。

《花花公子》:既然你外祖父跟你讲战争故事,那他也就跟你讲了 1928 年的香蕉罢工了? 在《百年孤独》中,马孔多的香蕉工人,有可能是联合果品公司的雇员,进行了罢工。在马孔多的市镇广场上,他们有三千人遭到屠杀,尸体被装进火车车厢运送到海边。在那之后,马孔多的镇民没有一个人记得起那次罢工;唯一记住的那个人是布恩地亚,对他来说,那种回忆便成了他癫狂的根源。

马尔克斯:那个插曲不是从谁讲的故事中得来的。它多多少少是基于历史现实的。原因、动机以及围绕罢工所发生的那些事件的方式完全就像小说中所写的那样——不过，死的当然没有三千个了。死的是极少几个。如果 1928 年杀死的是一百个人，那就是很惨重的了。因为我在小说中用的是特定的比例，所以才把死亡人数弄成了三千。一百个就不会引起注意了。我也对塑造特定的形象感兴趣：我想让尸体被一辆火车运走，那种装载成捆香蕉的火车。我做了研究，发现要填满这样一辆火车，至少需要三千具尸体。1928 年的三千人就是镇上居民的总数了。

《花花公子》：那么这便是非虚构转化为艺术的方式了？

马尔克斯：让我把那个事件的稀奇古怪的东西告诉你吧。没有人研究过围绕着真实的香蕉罢工所发生的事件——眼下他们在报纸上谈起这件事，甚至有一次在国会中谈起这件事，他们谈的是死去的三千人！我想知道，是否随着时间的推移，三千人被屠杀就会变成真事了。因此，在《族长的秋天》中，有一个时刻族长才会说："眼下它不真实是无关紧要的；随着时间的推移，它会变得真实。"

《花花公子》:《百年孤独》以此句开篇:"多年以后,奥雷良诺·布恩地亚上校面对行刑队时,会想起父亲带他去见识冰块的那个遥远的下午。"你外祖父尼古拉斯·马尔克斯有没有带你去见识过冰块?

马尔克斯:嗯,有的。类似的那种事。阿拉卡塔卡是个热带小镇——生活在那儿,像我那样,在发明冷藏设备之前的时代,我从来都没有见过冰块。有一天,外祖父带我去联合果品公司的企业内部商店——阿拉卡塔卡是一个香蕉中心——他让我看一个塞满冰冻鲜鱼的板条箱。不管箱子里面是什么东西,总之很冷,以至于在我看来像是滚烫的一样。我把手伸进箱子里面,觉得是被烧了一下。"可这是滚烫的啊。"我对外祖父说道。他告诉我说:"不,正好相反,这是很冷的。"然后他便拿着这个东西让我摸——那是冰。我生活的那个时期,我的一生,留存给我的便是我几乎难以分析的闪烁的记忆。唯有它们留下的那些感觉才是我更喜欢的。

《花花公子》:你的故事总是充满了气味。

马尔克斯:是的。气味。我认为,嗅觉的那种激发力是所有官能中最强大的,比味觉和听觉要更强些。

《花花公子》:你所有的文学作品中都有一种几乎是色情的嗅觉。这是你处理情欲的方式吗?

马尔克斯:是的。这一点关乎我自身的性格。

《花花公子》:人生的所有感官愉悦中,哪一种对你来说是最重要的?

马尔克斯:吃。

《花花公子》:吃? 真的? 为什么?

马尔克斯:嗯,它是涉及情感的事儿——这难以解释。可我最喜欢的就是吃。

《花花公子》:那好。回过来说你本人的生活史吧,你怎么会和你的外祖父外祖母住在一起的呢?

马尔克斯:这种事情在加勒比地区是很常见的。我的父母亲是穷人。我父亲做的是报务员工作。当我父亲想要娶尼古拉斯·马尔克斯上校的女儿时,她的家庭表示反对;我父亲是以和许多女人相处而闻名的。于是,结婚之后,父亲便在远离阿拉卡塔卡的另一个镇上找了份工作。母亲怀上我时,我的外祖父外祖母以和解的姿态说:"到我们家里来生孩子吧。"她便高高兴兴地答应了。过了一段时间,母亲回到父亲工作的那个村里去了,于是我的外祖父外祖母便说道:"把加夫列尔留给我们抚养吧。"家里穷,并且正如我所说的那样,大家庭在加勒比地区是很常见的。后来,我的父母亲回到了阿拉卡塔卡,我继续和外祖父外祖母生活在一起——这通常让我觉得很快乐。这样一直到我八岁、外祖父去世的那个时候为止。

《花花公子》:你有没有觉得是被母亲抛弃了?

马尔克斯:没有,我觉得生活就是那样的。或许在另一种社会中,我会觉得是被抛弃的吧。但在加勒比地区,和外祖父、外祖母、姨妈、舅舅生活在一起是非常自然的。在很长的时间里,母亲对我来说都是个陌生人,这倒是真的。记得有一天早晨,他们让我穿戴打扮一番,因为我母亲要来访了。在此之前我对她并没有什么记忆。记得我走进一个屋子,那儿坐着许多女人,我感到局促不安,因为我不知道哪一个是我母亲。她做了某种手势让我明白她就是。她穿了一件20年代的连衣裙,确实是20年代的,低腰,戴一顶草帽。她看上去就像是露易丝·布鲁克斯①。接着她便拥抱了我,我变得很害怕,因为我觉得并不爱她。我听说人们应该非常爱他们的母亲,我不爱就显得邪恶了。后来,父母亲搬到了阿拉卡塔卡,我记得我只有在生病时才去他们家的。我得在那儿过夜,他们让我服用一种松脂油做的泻药。那不是一种愉快的记忆。

《花花公子》:你外祖父去世时你很痛苦吧?

马尔克斯:没有。我几乎都没有意识到这一点。此外,作为一个八岁的孩子,我对死亡的含义也不甚了然。受到天主教的培养,我很可能会认为,他是去了天堂并且感到非常满意呢。

---

① 露易丝·布鲁克斯(Louise Brooks,1906—1985),美国默片时代的明星。

《花花公子》:我们问他去世的事情,因为你经常对采访者说,八岁之后对你来说就没有发生过任何有意思的事了。

马尔克斯:我的意思是说,在那之后我就去别的地方和我父母亲住在一起了,而且我觉得我的作品都是在写和我外祖父外祖母度过的那段时间的经历。

《花花公子》:你现在的生活是否不如你的童年有意思?

马尔克斯:少了点神秘感。没有外祖母给我编造神奇的事情了。

《花花公子》:你童年时代的阿拉卡塔卡必定是一个神奇的地方。

马尔克斯:我把它看作一个可怕的新兴城镇。它是联合果品公司的一个香蕉中心——是人们来尽快致富的地方。但发生在这种地方的事情就是,它一旦突然变成了世界的一个十字路口,就必然充斥奇幻的元素了。

《花花公子》:奇怪的是,你把阿拉卡塔卡称为可怕的新兴城镇。你根据阿拉卡塔卡创作出来的神话村镇,马孔多,被认为是最有魅力的文学村落之一。

马尔克斯:嗯,事实上,马孔多是用乡愁建造出来的村镇。乡愁的优点在于,从记忆中消除了所有不如人意的方面,只留下可爱有趣的方面。

《花花公子》:从阿拉卡塔卡的记忆中创造马孔多,你是如何产生这种想法的?

马尔克斯:嗯,《百年孤独》其实是在我非常年轻——大概是二十岁的时候开始写的。我试图写一部关于布恩地亚家族的长篇小说,题目叫 *La Casa*(《家》)。剧情整个都是发生在房子里的——房子外面什么都不发生。写了几个章节之后,我就觉得,写那样一部大书我还没有做好准备。我决定要做的,就是从比较容易的东西写起,逐步学习写作方法。通常是写短篇小说。那个时候,我大概是二十一岁,母亲让我和她一起去阿拉卡塔卡跑一趟——那次走访对我的作家生涯具有决定性的影响。你知道,当时我住在巴兰基亚,一座离阿拉卡塔卡不远的加勒比海的城市。我的外祖父外祖母都去世了,我母亲想要把他们的房子卖掉。

起初,想到要回阿拉卡塔卡,我是非常高兴的。可我们到达那儿时,我却感到大吃一惊。镇上一点儿都没变过。我有那种离开了时间的感觉,觉得把我和那座小镇分开的,不是距离而是时间。于是我便和母亲一起沿街走去,意识到她是在经历着类似的事情。我们走到那家药店门口,药店的主人是我们家要好的朋友。柜台后面坐着一位女士,正在缝纫机上做活。母亲说:"朋友,你好吗?"那个女人终于认出了她的时候,便站起身来,她们相拥而泣,半个多小时里,根本就不说话。于是我感觉到,整个镇子都死去了——连那些活着的人也都死去了。我记忆中的每一个人都是他们从前的那种模样,如今他们都死去了。那一天,我意识到,我当时所写的短篇小说都不过是智性的阐述而已,和我的现实是不相干的。回到巴兰基亚,我便立刻坐下来写我的第一部长篇小说(《枯枝败叶》),故事发生的地点是马孔多。附带说一下,那趟旅行中,母亲和我路过了我孩提时经常见到的一个香蕉种植园。那个地方有块牌子,上面写着"马孔多"。

《花花公子》:《百年孤独》是什么时候开始在你脑海里成形的?

马尔克斯:我所说的那次旅行大概是发生在 1950 年。在那最初的努力之后,1963 年在墨西哥,我对那部小说再做了一次尝试。那时我对结构有了更清晰的想法,但是定不下调子。该如何讲述这个故事,它才会让人相信,这个我还不知道。于是,我就又写起了短篇小说。但是有一天,是在 1965 年,我想当时我正开车去往阿卡普尔科。突然间——不知是什么原因——我获得了如何写这本书的启示。我找到了那个调子,找到了一切!

《花花公子》:像是对你显灵了?

马尔克斯:可以这样说吧。就好像是我把书中要出现的一切都读了一遍。于是我便回到墨西哥城,坐下来写了十八个月,从早上九点写到下午三点为止。我有家庭——妻子和两个年幼的儿子——我靠做公关工作、提供电影脚本来养活他们。这一切都得停下来,以便让我写书。可我们没有任何收入,于是我就把小汽车典当了,把钱给了梅塞德斯。自那时起,梅塞德斯就必须像哥伦比亚内战中的女人那样:在我作战的时候,她必须操持家政,把生活维持下去。

她使出了浑身解数,技艺惊人。每天,不管怎么说,她都要确保我有雪茄抽,有纸张和我写作所需的一切东西可用。她借钱。从商店赊购东西。书写完时,我们竟然欠了肉店大约五千比索——这是一大笔数目。谣言在街坊邻里间莫名其妙地传开了,说是我在写一本极重要的书,店主全都想要进行合作。一度我意识到,梅塞德斯是再也无法独自支撑下去了。于是我就把写小说的事儿撂下,去写广播稿。可一旦动手做那件事,我就得了难以忍受的偏头痛。怎么都治不了这个病——医生给了我各种东西。

最后,我回去写我的小说时,头痛立刻就没了。写成这本书花了十八个月。但当它完成时,我们仍碰到各种问题。快要全部结束时,那个打字员——只有她才有此书许多章节的副本——有一次让公交车给撞了。于是,此书唯一副本的一半便在墨西哥城的一条街道上四处飞扬。所幸公交车并没有把她给撞死,她还能站起身,把稿子重新收集起来。终于成书了,这时我们需要一百六十比索,把它寄给布宜诺斯艾利斯的那家出版社。梅塞德斯只剩下八十比索了。于是我就把稿子分成两半,将一半寄出,然后就把梅塞德斯的电动食品加工机和电吹风典当了,用来支付那另一半的邮资。梅塞德斯听说我们最后的财产都抵了邮费时,便说道:"好吧,为了这部小说我们现在只需要去干坏事了!"

《花花公子》:你是怎么想到这个书名的?

马尔克斯:几乎是在写最后一页时想到的。到那时为止,我都不知道该怎么称呼这本书。我早就放弃《家》这个书名了。做出那个决定时,我做了一些计算,发现不止孤独了一百年,但把这本书叫作《一百四十三年的孤独》,听起来就会不对头的。我弄成个整数。结果证明这是个明智的决定。书是在 1967 年被接纳和出版的,然后译成英文,1970 年在美国出版时,就变得举世闻名了。

《花花公子》:《百年孤独》会不会像谣传的那样被拍成电影?

马尔克斯：绝不会。制片人不断地给我提供巨额版权费，可我不答应。最后的报价，我相信是两百万美元。我不想看到它变成电影，因为我想让读者继续把人物想象成他们所见的那样。这在影院里是不可能做到的。电影中的形象太明确了，因此观众再也无法按照其意愿去想象，只能按照银幕强加给他的形象去想象了。

我在研究电影的制作方式时意识到，它有着在文学中并不存在的形式上的种种局限。我已经确信，小说家的工作是现存的最为自由的工作。你完全是你自己的主人。

《花花公子》：像上帝？

马尔克斯：嗯，有点儿吧。问题在于，和上帝不一样，你无法轻而易举地将人物杀死。你必须是在人物真的要死去时才将其杀死。这就是发生在乌苏拉·布恩地亚身上的事。如果你算得出来的话，那她肯定是有两百岁了。我在写《百年孤独》时就屡屡意识到，她活得太久了，我试图让她死掉。可她继续活着呢。我总是需要她去做些事情。她得留在那儿，到她自然而然地死去为止。

《花花公子》:还有一个谣传,说《百年孤独》有一千页你烧掉了。真的?

马尔克斯:假的。但是,一切传说中何以都会有真相的成分,这一点很奇怪。写完《百年孤独》之后,我就把笔记和文案统统给扔掉了,让它们什么痕迹都留不下来。这样一来,批评家就会按照这本书本身的特点来说话,不去看原先的文献了。每当我写一本书时,我都会积累起许多文案。那种背景材料是我私生活中最为私密的部分。这会有点难堪的——就像是让人看见你穿着内衣。

《花花公子》:或者就像是让人得悉你魔术的秘密?

马尔克斯:当然。就像魔术师是绝不会将帽子里变出鸽子的方法告诉别人的那样。

《花花公子》:你在《百年孤独》临近结尾时写道:"文学是发明出来逗弄人的最好的玩具了。"你认为真是那样的吗?

马尔克斯:实际上,这话是我的一个朋友说的,我把它放进了书中。

《花花公子》：你认为真是那样的吗？

马尔克斯：我认为，一旦开始控制住你的作品，那就好玩了。当你真的把握住作品时，任何事情就都不会比写作更舒爽了。这就是我所谓的灵感。有一种存在于写作中、被称为灵感的明确的精神状态。可那种精神状态并不是浪漫派作家所认为的那种神圣的耳语。它就是你和你在写作的主题之间所形成的那种完美的契合。当这种情况发生时，一切就都会自个儿流动起来了。这是人们所能得到的最大的欢愉，最佳的时刻。当作品运转自如时，我就永远不会比这更好了，我的房子就永远不会比这更好了，我和每一个人的关系就永远不会比这更好了。

《花花公子》：小说最后一章充斥许多玩笑和个人的旁白。你把梅塞德斯当作人物写了进去，还有你的许多朋友也被写了进去。为什么这么做呢？

马尔克斯：因为我玩得很开心啊。那是我十八个月围城之战的终端，那个时候作品进展顺畅；我感觉没有人能够让它停下来,我可以拿它做我想做的任何事,这本书已经是十拿九稳了。那种状态下,我太开心了,尤其是在早期的痛苦挣扎之后,我就开起那些私人的玩笑来了。那个章节中的玩笑比漫不经心的读者能看见的要多很多。朋友们看到那些,笑破肚皮,因为他们知道每一个所指的东西。这是一本必须以大欢喜而告终的书——因为,从另一种意义上讲,它是一本非常悲伤的书。像生活那样,难道不是吗?

《花花公子》:是的,它是一本非常悲伤的书。它像是在说,在拉丁美洲,进步是不可能的:拉丁美洲政治生活的那种悲凉感意味着社会变革是绝不可能发生的;一切事物注定要在原地打转。这是常见的政治诠释。

马尔克斯:我知道。这种批评我经常听到。有一次,我觉得古巴的文学教授让人厌烦,他们说:"《百年孤独》是一个非凡的作品,但缺点是没有给出解决方案。"对我来说,这是教条。我的作品描绘了情境。它们不必给出解决方案。而我写《百年孤独》却是想要表达那种思想:拉丁美洲的历史有着这样一种压迫人的现实,因此必须加以改变——不惜工本,不惜代价!《百年孤独》无论如何都不会说进步是不可能的。它说,拉丁美洲社会充满了挫败和不公正,因此会让任何人都觉得灰心丧气。这确实是在指向一个必须被改变的社会。

《花花公子》:《百年孤独》我们谈得很多了。如果读者表现得好像你只写过这本书似的,那你会生气吗?

马尔克斯:非常生气。我经常看到评论说,《百年孤独》是拉丁美洲最后一部小说。这很可笑!如果它是最后一本书,那我就不能继续创作了。说老实话,作为文学作品,我认为《族长的秋天》重要得多了。作为实验之作,它更为重要。这是一本要到《百年孤独》给我提供了经济担保时才完成得了的书,因为这是一本需要许多时间和金钱才能做成的书。

《花花公子》:人们觉得《族长的秋天》很难读,他们这么说会让你心烦吗?

马尔克斯:这是我很难写的书!是的,读这本书确实需要一定的文学启蒙。可我期望,随着时间的推移,它会证明和我其他作品一样是容易读的。《尤利西斯》问世时被认为是不可读的。如今,小孩子在读它。如果你问我,那我就会说,《百年孤独》唯一的缺点就是太容易读了。

《花花公子》:《族长的秋天》这部小说写的是一个拉丁美洲独裁者的死亡——在拉丁美洲文学中,这好像是一个流行的主题。你本人的生活中有没有什么特别的东西激发了这个创作呢?

马尔克斯:嗯,这本书又是根植于我童年时期的阿拉卡塔卡。在我成长的时候,镇上住着不少委内瑞拉的流亡者——这是在胡安·比森特·戈麦斯①的独裁统治时期。正如在流亡者身上经常发生的那样,那位独裁者变成了一个神话人物。他们在流亡中把他给放大了。他们对戈麦斯的看法就成了这本书的一个创作动机。但也有其他一些来源。

---

① 胡安·比森特·戈麦斯(Juan Vicente Gómez Chacón, 1857—1935),委内瑞拉政治家、军事家、独裁者。

《花花公子》:学者和批评家对你的作品竭力做出复杂的诠释时,你总是扫他们的兴。你曾说过这样的话:"《百年孤独》并不是那种自命为万宝全书的作品。它只是在讲述布恩地亚家族的故事,这个家族得到的预言是他们会生下一个长着猪尾巴的儿子;布恩地亚家的人尽一切努力避免这件事情发生,最终确实是生下了一个长着猪尾巴的儿子。"那么,你说这句话,想必是有点儿开玩笑的意思吧?

马尔克斯:这个,说的正是情节嘛。但这是一种夸张,和批评家大概是一样夸大其词的,他们试图找到那些并不存在的解释和象征。我坚持认为,在整本书中,那种有意识的象征是一个都没有的。

《花花公子》:那么,你的许多追随者一字一字地读《百年孤独》就会让你觉得很有趣了。

马尔克斯:没有。我倒是很同情他们的。书原本不是让人一字一字地读的。存在着一种找寻书外而非书中的东西的学术倾向。换言之,是尸检。

《花花公子》：尽管如此，《纽约时报》的作家阿拉斯泰尔·里德（Alastair Reid）——对你的作品最有研究的学者之一——仍声称《百年孤独》真正的含义是"没有人会了解我们"，"在这个世界上，我们全都独自生活在自己的玻璃气泡中"。里德对你作品的读解正确吗？

马尔克斯：绝对正确。我相信，每个人都有百分之百的秘密，都有从未传达或透露的个性中的私密之处。例如，梅塞德斯和我的关系是相当好的——我们相处二十五年了。可我们俩都意识到，我们都有着对方进入不了的晦暗区域。我们尊重那种东西，因为我们知道没有办法与之抗争。例如，我不知道梅塞德斯几岁了。结婚时我不知道她的年龄，那时她很年轻。我们旅行时，我从未看过她的护照或身份证。飞机上要填写我们的入境卡了，我就把要求填写她出生日期的那一栏留空。这当然是个游戏了。可它很好地表现了那种状况——存在着我们都无法靠近的密闭区域。要完全了解一个人是不可能的，这我绝对能够肯定。

《花花公子》：《百年孤独》中的那种寂寥感是反映了

这一点吗？

马尔克斯：不是的。我认为这是每个人都会感受到的东西。反正每个人都是孤独的。社会性的妥协和协议形成了，但存在是孤独的。例如，作为作家，我能和许多人交流——也能相当容易地进行交流。可当我坐下来写作时——这是我生活中的必要时刻——我却完全是孤独的。没有人能够帮助我。没有人知道我究竟想要干什么——有时连我自己都不知道呢。我无法求助。这是全然孤寂的。

《花花公子》：可怕吗？

马尔克斯：不可怕。这再也吓唬不了我了，因为我已经证明我能够独自在打字机前很好地自卫了。但我认为人人都是，每个人都是害怕那种东西的。你早上只要睁开眼睛，被现实包围，最初的感觉总是惊恐的。

《花花公子》：你成长于世上弗洛伊德和精神分析学影响最小的地区。是否魔幻现实主义作家真的也可以描写西方人称为无意识的那类现象呢？

马尔克斯:可以的。或许是可以的。但我从不进入那些领域。我喜欢把无意识放回原处。这样做给我的写作带来了良好的效果。

《花花公子》:批评家对你的作品做出精神分析的诠释时,你会有何感觉?

马尔克斯:我不是很欣赏那种东西。我那么做根本是不自觉的。文学作品,尤其是小说,存在于无意识的边缘,这我能够理解,但当有人试图解释我作品中的无意识成分时,我就不想再读下去了。

《花花公子》:另一种读法:也许魔幻现实主义与其说是超现实的东西,不如说是一双更锐利的眼睛所见到的日常世界?对此你怎么认为?

马尔克斯:嗯,我确实有着很强的观察意识。但问题的另一个方面是,我来自加勒比地区,加勒比人是能够相信一切东西的。我们深受多元文化的影响,那么多不同的文化——非洲的,欧洲的,我们本土的信仰。这就能够让我们以开放的胸襟越过表象看待现实。

《花花公子》：不会发生在别人身上的事情是不是会发生在你身上？我们共同的朋友告诉我们说，他相信你是有心灵感应能力的。

马尔克斯：非常奇特的事情确实是经常发生在我身上的。我可以设想它们会发生在别人身上。可惜的是，这一切都不能够系统化。某种预感或心灵感应现象的意义是直到事情发生之后你才明白的。几乎所有的预言都是这样——预言向来都是被编成密码的。例如，最近我坐火车，去巴塞罗那旅行。在墨西哥的家里，给我们家干活的一个使女随时都有可能要生孩子。于是在火车上，我脱鞋子时，我就感觉到墨西哥正在发生和我们有关的事情。我对梅塞德斯说："特蕾莎刚刚生下了孩子。"我们到达巴塞罗那就打了电话，他们把特蕾莎生孩子的准确时间告诉了我们。几乎就是我说出预感的那个时候。说是幻象并不准确，但它们就像是魔法耳语。我认为这几乎会发生在每一个人身上，但是由于文化背景的缘故，人们并不相信这种东西，或是并不欣赏这种东西，或是并没有认出这种东西。你确实需要对世界怀有一种纯真无邪的态度才会看见那些东西的。

《花花公子》:《百年孤独》中一个令人难忘的场景,就是神父喝了热巧克力时便悬浮在了空中。这个念头你是怎么想到的?

马尔克斯:嗯,阿拉卡塔卡确实有一个神父,他被认为是如此圣洁,以至于人们都说,做弥撒时他只要举起圣餐杯,他就会腾空而起的。我把那个插曲写进书中时,它听起来让我觉得并不可信。某种东西如果你不相信的话,读者也就不会相信的。于是我就打定主意看一看如何用别的器皿和液体使它变得可信。嗯,他喝下了各种东西,但都不灵。最后,我让他喝了可口可乐,这玩意儿好像可以!然而,我不想给可口可乐免费做广告,于是我就给他喝热巧克力,这个证明也是可信的。确实,如果他喝了可口可乐就会飘起来,那我们就会看到拉丁美洲的广告牌上写着这样的话了——喝了可口可乐就会腾空而起。

《花花公子》:我们听说,你写了《族长的秋天》的一个草稿,把它给扔了,因为读起来太像是《百年孤独》的一个克隆版了。真的吗?

马尔克斯:部分是真的。这书我试写了三次。第一次写作,是基于1959年的哈瓦那的一段记忆。我在那儿报道巴蒂斯塔的一个大将军的审判。在一座很大的棒球场里,他因战争罪而受到审判。我注视着他的时候,引起我兴趣的是用文学来表达他那种处境的可能性。因此,坐下来写《族长的秋天》时,我想我可以使用独裁者坐在球场中间进行内心独白的形式。可开始写作时,那种想法迅速瓦解了。那样写不真实。拉丁美洲的独裁者,那些大独裁者,全都不是死在床上,就是携带巨额财富跑了。第二次试写,我决定把小说写得像是一部伪造的传记——结果这个版本的风格确实更像《百年孤独》。因此,令人遗憾的是,这个版本就被剔除了。说实话,我不懂为什么那么多人想让《族长的秋天》像《百年孤独》。我感觉如果想取得商业上的成功,我在余生中是可以继续写《百年孤独》的。我可以像好莱坞那样行骗:《奥雷良诺·布恩地亚上校的归来》。最终我决定要跟着走的,是基于多重独白的一种结构——非常像是独裁统治下的那种生活状态。不同的声音以不同的方式讲述同一件事情。

接着,过了一段时间之后,我遇到了另一个障碍。我本人从未在那种老旧的独裁体制下生活过。为了把小说写下去,我想去了解那种老掉牙的独裁体制中的日常生活状况。我在写作时有两个兴趣:西班牙和葡萄牙。于是,梅塞德斯和我所做的便是搬到佛朗哥的西班牙去,搬到巴塞罗那去。可即便是在西班牙,过了一定的时间之后,我也意识到,这本书的氛围中仍是缺了点东西;事物太冷了。于是,为了获得恰当的心情,我们便又搬迁了。这一次是搬到加勒比地区去——我们离开很久了。当我到达哥伦比亚时,新闻界问我说:"你来这儿想干什么呢?"我说:"是试图记住番石榴果实的那种气味。"梅塞德斯和我走遍了加勒比的岛屿——不做笔记,只是过活。我们回到巴塞罗那时,这本书就源源不断地流出来了。

《花花公子》:你最新的小说《一桩事先张扬的凶杀案》今年出版。我们不是在某处读到过,你说只要皮诺切特政府继续在智利执政,你就永远不会出版另一部小说吗？皮诺切特仍是在管理着智利，而你的作品出版了。
怎么回事？

马尔克斯：哦，那只是《族长的秋天》出版后我对新闻
界说的话。我很生气。那本书我写了七年，而他们首先
问我的是："接下来你要做什么？"一旦被问到那种问题，
我就会编造各种答复——任何让他们觉得开心的答复。
碰巧，写完《族长的秋天》时，我没有写另一部小说的计
划。那个答复就把许多采访中会问的那个讨厌的问题消
除掉了。

《花花公子》：我们被告知，你在接受采访时经常编造
故事、小小说。

马尔克斯：谁说的？

《花花公子》：嗯，你刚才就编了一个嘛。但那是围绕
着你的许多传说中的一个——你对你在采访中说的故事
加以"改进"。

马尔克斯：我的问题就是我对新闻记者怀有深厚的
感情，我喜爱一个人时，我就会创造点什么，就像写短篇

小说那样,确保他或她获得一种不同的采访。

《花花公子》:这次采访中你编造过什么东西吗?

马尔克斯:在哪次采访中? 在我们的采访中? 现在? 没有! 恰恰相反,我尽力在驳斥有关我的一切虚构。

《花花公子》:很好。能否花一点点时间回头谈谈《一桩事先张扬的凶杀案》? 在那部作品中——其实是几乎在你所有的作品中——你以极大的温情写到妓女。这么做有特别的缘由吗?

马尔克斯:嗯,我对妓女有美好的回忆,我写她们是出于感情上的缘由。

《花花公子》:妓院是拉丁美洲年轻人学习性爱的场所吗?

马尔克斯:不是的,比那个要更封建些。妓院是要花钱的,因此适合年长一点的男人。性启蒙实际上是和家中的仆人开始的。是和堂表姊妹开始的。是和姨妈姑母婶婶开始的。但是在我年轻时,对我来说,妓女是朋友。

真正的朋友。我成长的那个环境是非常压抑的。要和不是妓女的女人发生亲密的关系，那可不容易。我去见一个妓女时，并非真的要去做爱，而更多的是要和某个人在一起，觉得不那么孤单吧。我作品中的妓女总是非常有人性的，她们是很好的伙伴。她们是讨厌自己的工作的孤独女人。和妓女——包括我没有和她们上床的一些妓女——我总是有很好的友谊。我可以和她们睡觉，因为一个人睡是太可怕了。我也可以不和她们睡觉。我总是开玩笑说，我是不想一个人吃午饭才结婚的。梅塞德斯当然会说我是狗娘养的了。

《花花公子》：你作品中的女人是很坚强的。她们是照料生活事务的人。

马尔克斯：这也适用于我的家庭。梅塞德斯照料一切事务。我的文学经纪人也是一个女人。我完全是靠女人支撑着的。这对我来说几乎是一种迷信。当我知道有女人涉足某件事时，我就知道会有好结果的。对我来说，这一点非常清楚，女人支撑着这个世界。

《花花公子》:是整个世界——不是半个?

马尔克斯:女人关心日常现实,而男人到处干着疯疯癫癫的事情。我发现,女人有大德,因为她们缺乏历史意识。她们感兴趣的是今天的现实,是今天的担保。

《花花公子》:你的意思是说,她们不会跑出去制造三十二场内战,就像奥雷良诺·布恩地亚那样。

马尔克斯:不会,她们待在家里,管理家政,烤制动物糖果——这样男人就能跑出去制造战争了。女人具备的另一种品德是她们比男人忠诚得多。女人不会谅解的就是背叛。如果从一开始就把游戏规则定下来,不管是什么样的规则,女人通常都是接受的。她们不能容忍的是在这个过程的某个阶段把规则打破。一旦发生这种事情,她们就会是绝对残酷无情的。另一个方面,男人的主要美德是心软。

《花花公子》:心软?

马尔克斯:对。心软是男人而不是女人固有的特点。女人懂得生活的不寻常的艰辛。

《花花公子》：如果照你说的那样，女人缺乏历史感，那你如何解释像贝隆夫人①、英迪拉·甘地②和戈尔达·梅厄③那样的女人呢？且不说圣女贞德。

马尔克斯：嗯，我是笼统而言。你谈到的是优异的例外。

《花花公子》：你乐意看到你的儿子是在一个男女更为自在地相处的世界里长大吗？

马尔克斯：啊，这真是太棒了。我会羡慕得要死的。有时，我把我年轻时的状况讲给我的儿子听，他们简直难以相信。例如，他们读了《一桩事先张扬的凶杀案》，这故事讲的是两兄弟杀死一个男人的残暴罪行。一个姑娘结婚了，新婚之夜，丈夫把她送还给她的父母亲，因为她不

---

① 伊娃·贝隆（Eva Perón，1919—1952），前阿根廷总统胡安·贝隆的第二位夫人，又称"贝隆夫人"，被誉为阿根廷"国母"。

② 英迪拉·甘地（Indira Gandhi，1917—1984），印度政治家，印度现代最为著名、具有争议的政治人物之一。分别担任两届印度总理，1984年遇刺身亡。

③ 戈尔达·梅厄（Golda Meir，1898—1978），以色列总理。

是处女。于是两兄弟就把他们相信是夺取她贞操的那个男人给杀掉了。当时，在拉丁美洲，在我那个时候，这完全是一出常见的戏剧。可我的儿子们阅读时，觉得像是在读科幻小说了。

《花花公子》：你是怎么遇见梅塞德斯的？

马尔克斯：整件事都写在《一桩事先张扬的凶杀案》中了。我们年幼时住在同一个镇子上，苏克雷镇。我们是1952年订婚的，当时我在波哥大的报社《观察家报》工作。订婚前，报社给了我去欧洲的机会，担任驻外记者。于是我就得在我向来想做的事情和结婚之间做出选择了。我和梅塞德斯讨论这件事时，她说："你还是去欧洲的好，因为如果你不去的话，你就会在我们的余生中责怪我了。"于是我就去了。我原先是计划待一个月的。可是，独裁者罗哈斯·皮尼利亚关闭《观察家报》，让我搁浅在巴黎并且身无分文时，我在欧洲住得还不是太久。于是我就把回程机票兑换成现金，用这笔钱在欧洲继续住下去。我住了三年。

《花花公子》：梅塞德斯对此有何反应？

马尔克斯：这是我永远都不清楚的——连现在都还不清楚的她个性中的一个谜。我会回来的，这个她是绝对有把握的。人人都说她是疯了，我会在欧洲找个新的人的。我在巴黎确实是过着完全自由的生活。可我知道，这种生活结束后，我就会回到她身边。这倒不是关乎荣誉，而更像是天命，像是某件已经发生的事。在巴黎，我每周都给梅塞德斯写信。我们结婚后，每当发生让她不开心的事时，她都会说："你不能这么做，因为你在巴黎来信中说，你绝不会再干这种事了。"最后，我告诉她说："我想把你所有的信件都买回来。"（梅塞德斯在静静地聆听着这部分对话。）梅塞，我买它们付了多少钱？

梅塞德斯·巴尔查：一百个委内瑞拉银币。

马尔克斯：那是便宜的。

梅塞德斯·巴尔查：确实是便宜的。

《花花公子》：梅塞德斯拿这笔钱做什么用了？

马尔克斯：我不知道。（梅塞德斯微微一笑。）我所做的就是把信给烧了。那么做,现在真让我高兴,因为只要那些信还在,有人就会抢着要去出版了。

《花花公子》:一个有许多文学荣誉加身的人就不得不做出言过其实的宣言了——正如你那样。关于那个安静的人,这一切宣言背后的那个私底下的人,你是否还有更多的东西想让我们知道呢?

马尔克斯:没有了。我想我们很少有什么遗漏了。当然,每个人身上都有任何人都不能触及的晦暗区域。但我认为访谈的读者是不想进入那些区域的。他们宁愿找到他们想让他成为的那个人。

《花花公子》:那么你是谁呢?

马尔克斯:我?我是世上最害羞的人。我也是最善良的人。这一点我是不容争议的。

《花花公子》:嗯,既然你是普天之下最害羞、最善良不过的人,那你觉得你最大的弱点会是什么呢?

马尔克斯:啊,你问了一个以前从来没有人问过我的问题！我最大的弱点？呃——是我的心。是从感情用事、多愁善感的意义上讲。如果我是女人，我就总是会说好的。我需要多多地被爱。我的大问题就是要被爱得更多，因此我就写作。

《花花公子》：幸运的是你的写作带给了你那么多的爱。连讨厌你政治的人都爱你的作品。

马尔克斯：是的。可我并不知足。我仍需要更多的爱。

《花花公子》：你这么说听起来就像是个女花痴似的。

马尔克斯：嗯，是的——然而，是一个心灵的女花痴。那么，我想让你把你对我的这个印象传达给美国的读者——以绝对的真诚。我很怕美国有人会不爱我，我想让那个人因为这篇访谈而爱我。

《花花公子》：好的。但我们要把相等的时间留给最后一个大问题。你认为迄今为止你生活的意义是什么？

马尔克斯：如果我没有成为作家，那我想成为什么样

的人，把这一点告诉你，也许就能回答你的问题了。我想
成为酒吧钢琴师。那样的话，我就会对让恋人觉得更加
相爱做出贡献了。如果作为作家我能够做到那个份
上——由于我的作品而让人们更加相爱——我想这就是
我想要的人生意义了。

"*Playboy* Interview: Gabriel García Márquez" by
Claudia Dreifus ／ 1982 from the "*Playboy* Interview:
Gabriel García Márquez," *Playboy* Magazine（February
1983），pp.65－77，172－178. Copyright © 1982 by Play-
boy.

建造指南针

吉恩·贝尔-维亚达/1982 年

和加西亚·马尔克斯的下述闲谈是在他家中进行的,位于墨西哥城的佩德雷加尔区段的福韦戈街。是在 1982 年 6 月。他的妻子梅塞德斯(如传闻所言的那样美丽,那样温暖动人)为我打开前门,面带微笑,然后便指向里面的车道。

"他在那儿呢,"她说道,"加西亚·马尔克斯在那儿。"

我朝左边看去,看见先生(有时候别人正是这样简略地称呼他的)在宝马车里,正把指南针装在仪表盘上。

"墨尔基亚德斯①的指南针。"他开玩笑说。

梅塞德斯女士(顺便说一下,原先的灵感是,在马孔多的最后时日里,奥雷良诺·巴比伦遇到的是那位神秘的药剂师梅塞德斯)解释说,她丈夫尽管在这座墨西哥大都市里住了二十年了,却经常无可救药地在那儿迷路。因此就得用指南针了。

现在,头发卷曲、矮小健壮(身高约五英尺六英寸或一百六十七厘米)的加西亚·马尔克斯从车子里探出身来,穿着一件前襟有拉链的蓝色连身工装服——后来发现,这是他晨间写作时穿的衣服。这时,他们的儿子贡萨洛,一个非常墨西哥的二十岁青年,带着一个羞怯、寡言的女朋友露面了。

家庭内部的打趣说笑变得活跃起来了。和贡萨洛的墨西哥音调的话语恰成对照,小说家的轻声细气和漏掉 s 的发音让我即刻想起他土生土长的哥伦比亚北方海滨的加勒比口音。

甚至在那年年末加西亚·马尔克斯获得诺贝尔奖之

----

① 墨尔基亚德斯是《百年孤独》中的人物,神秘的吉卜赛人。

前,西班牙语新闻界就以通常是留给电影明星和足球英雄的那种关注对他轮番围攻了。因此,我和他的会面是在我首先越过了无数障碍之后才达成的。我抵达墨西哥城,起初只是想和他当地小圈子里的成员聊一聊,为我计划中写他的那本书做些初步研究。可我的一个朋友——作家豪尔赫·阿吉拉尔·莫拉(Jorge Aguilar Mora)——却通知我说,先生刚从戛纳电影节担任评委回来,兴许值得我花时间去和他本人联系。

于是我的朋友就和阿尔瓦·罗霍(Alva Rojo)——一位著名的墨西哥画家的妻子——打电话,把听筒递给了我,我就把我的事情向她做了解释。她转而将路易斯·维森斯(Luis Vicens)的电话号码报给了我,我直接给后者打了电话,他邀请我那天傍晚顺便去做客。

维森斯先生(一位移居国外的加泰罗尼亚书商,从20世纪50年代起就和加西亚·马尔克斯是老哥们儿了)和他的哥伦比亚太太一起欢迎我到来。我们开始就作家的创作、民族根源以及其他议题做了生动热烈的交谈。约两个小时后,这位仁兄给了我一张小纸片,说道:"嗯,瞧,这是加博的电话号码。何不给他打个电话?"

若干天之后我才开始明白过来，我是在接受考查，不知何故，我通过了这个考查。

当天晚些时候，我拨了那个号码。一个女性的声音接了电话；我讲了我的事情，她就把话筒交给贡萨洛，后者礼貌地听我说话，然后说，嗯，爸爸不在家，但我能否在星期四下午一点钟再打一个电话过去？

次日，我在遇到好几次忙音之后才和那第一个女性的声音接通，她好像是记得我的。她把话筒交给贡萨洛，然后他就把它递交给加西亚夫人，她听我依次说完，便提示说她丈夫和朋友一起出门去了，然后建议我星期六早上八点钟再打一个电话过去。

紧张不安的十七个小时之后，我拨了电话。接下来的三十分钟是连续不断的忙音。起初我担心听筒是被故意摘离了话机。但是，电话铃声终于响起来了，我便和第一个女性的声音说话，接着是和贡萨洛说话，最后是和梅塞德斯女士说话，她说加西亚·马尔克斯正忙着写作呢，但当天下午一点钟可以见我，见整整九十分钟，因为两点半他有个约会。

经过那一切推延和变动之后，她那种指示的精确性简直让我吓了一跳。但事实上,访谈在我按预定时间到达之后不久便开始了。作家和贡萨洛带我穿过后院,很快就到了小说家的办公室,是一座单独的平房,安装着特殊的空气调节设备(作家仍受不了墨西哥城晨间的寒意),配备着成千上万张立体声唱片、各种百科全书和其他参考书籍、拉丁美洲艺术家的画作、摆在咖啡桌上的一个魔方。余下的陈设包括一套简朴的桌椅、一组配套的沙发和扶手椅,我们的访谈就是在那儿一边喝着啤酒一边进行的。

加西亚·马尔克斯请我不要用录音机。可能是担心我会试图把谈话卖给媒体吧,因此,以下的访谈是以我的笔记为基础,过后不久便誊录出来的。我们谈了无数话题,包括政治、文学、外语和现代古典音乐(他很喜欢斯特拉文斯基,但不喜欢勋伯格)。在闲聊的过程中,儿子贡萨洛会顺便递上第二瓶和第三瓶啤酒。以下是我们访谈的更相关方面的一份摘要。

尽管誉满全球,加西亚·马尔克斯却仍是一个温和平易的人,事实上是那种极好地保持着心理平衡和精神健全的人。谈话过程中,我觉得很容易想象他在一家市中心的咖啡馆里，和电视修理工在一起喝着饮料，或是和做玉米薄饼卷的人谈天说地。他很喜欢聊天；要不是他的朋友和家人设置了慎重筛选的程序，他很容易就会整天闲聊而不去写作了。

我们见面之后四个月，瑞典学院宣布了他荣获诺贝尔奖的消息。人们或许会对此番荣誉之后终将变得必要的那些附加障碍做一番猜测了。

吉恩·贝尔-维亚达（以下简称贝尔-维亚达）:《百年孤独》译成了多少种语言？

加西亚·马尔克斯（以下简称马尔克斯）:我太太最新的统计是三十七种。

贝尔-维亚达:日语译本做得怎么样？读者能读懂吗？

马尔克斯:很快就流行起来了。他们非但能读懂这本书，还把我看作日本人呢！不过，我向来是日本文学的忠实拥趸。

贝尔-维亚达:西班牙语之外,这部小说在哪种语言中卖得最好?

马尔克斯:很难追查。俄语译本第一版就卖出了一百万册,刊登在他们的外国文学杂志上的。他们显然也在准备译成苏联的其他语言。我相信,意大利语译本卖得很不错。还有希腊语和波斯语的盗版译本——哦,还有阿拉伯语的盗版译本。阿拉伯读者好像是喜欢这本书的。但我听说那些盗版译本不是太好。

贝尔-维亚达:《百年孤独》中有一个著名的罢工场景。把它恰当地描写出来对你来说很麻烦吗?

马尔克斯:那个片段是高度忠实于1928年联合果品公司的罢工的,它始于我的童年时期;我就是在那一年出生的。[①] 仅有的夸大之处是死者的人数,不过,这个数目适合小说的比例。因此我把它上升到数千个,而不是数

---

① 加西亚·马尔克斯究竟出生于哪一年,长期以来存在着争议。达索·萨尔迪瓦尔(Dasso Saldivar)在其权威传记《回归本源》(*El viaje a la semilla*)中证实说,作家其实出生于1927年,比通常说的早一年。——编者注

百个。但是,前天一名哥伦比亚记者顺带提及"1928 年罢工中死去的数千人",这就很奇怪了。正如我笔下的族长所言,真实与否并不重要,因为随着时间的推移它会变得真实的!

贝尔-维亚达:你在那个场景的叙述中保持着某种轻快的调子。

马尔克斯:美国佬是以当地人看待他们的那种方式被描写出来的,因此对弗吉尼亚火腿和汞丸的描写就显得漫画化了。你瞧,当时我的一些亲戚是维护美国人的,责怪罢工者是在"破坏繁荣",诸如此类,因此我就做了这样的回答。① 当然,我自己对美国人的看法是要复杂得多了,我试图毫无憎恨地传达那些事件。美国或许是我们的敌人,但它是一个让人敬畏的对手。

贝尔-维亚达:在美国,你的《百年孤独》是不少历史课和政治学课的必读书,有着拉丁美洲最佳概论的意义。

---

① 可参看作家自传《活着为了讲述》中的相关解释。

对此你有何感觉?

马尔克斯:我没有特别意识到这一点,可我在那些方面有着一些有趣的经历。勒内·杜蒙(René Dumont),法国经济学家,最近发表了一篇关于拉丁美洲的很长的学术研究文章。嗯,就在他的书目中,在所有列出的学术专著和统计分析中,《百年孤独》也在其列! 还有一次,得克萨斯州立大学奥斯丁分校的一名社会学家,他来看我,因为他对自己的研究方法感到不满意,觉得它们枯燥、短浅。于是他便问我,我本人是采用什么方法的。我告诉他说,我并没有什么方法。我只是读得多、想得多并且不断地重写而已。这不是一种科学的东西。

贝尔-维亚达:有些左翼批评家责怪你未能提供一个关于拉丁美洲的更积极的版本。你是怎么答复他们的?

马尔克斯:是的,这是不久前在古巴时发生在我身上的事,那儿有一些批评家给了《百年孤独》很高的赞誉,然后又觉得它的缺点是未能提供解决方案。我告诉他们说,提供解决方案不是小说家要干的事。

贝尔-维亚达：那么，《族长的秋天》的创作宗旨是什么呢？

马尔克斯：我一向对加勒比地区的独裁者的形象感兴趣，他们很可能就是我们独一无二的神话人物了。别的国家有圣徒、烈士或征服者，我们有独裁者。我觉得独裁者是我们自身的产物，是我们加勒比文化的产物，在那本书中，我试图达到一种泰然自若的眼界。我不去谴责他。我写的当然是那种较早的独裁者，和当今由技术设备所扶持的那些独裁者是不相像的了。他们是些技术官僚，而那些更老的独裁者却常常是反对帝国主义的，像胡安·比森特·戈麦斯，他向英国和德国宣战。

贝尔-维亚达：那本书的技法是怎么样的？

马尔克斯：既然我想创造出一个综合体，一个复合的人物，我就必须诉诸一种新的叙述方法。许多人觉得这本书不大看得下去，但越来越多的读者现在觉得它再正常不过了。如今孩子们能够通读《族长的秋天》的许多章节了。我不是要把自己和毕加索相提并论，但它有点儿像是他的立体主义和其他的技法，起初似乎令人生畏，可很快就变成综合事物的另一种方式罢了。

贝尔-维亚达:你读过《琼斯皇》①吗?读过《喜剧演员》②吗?

马尔克斯:我记得《琼斯皇》,连同其他的许多东西。十年来,我狼吞虎咽地阅读了和拉丁美洲独裁者相关的材料,还有关于权力的研究,诸如苏埃托尼乌斯③的研究。过后我就试图把它们统统忘掉!不过,我在高中时就把奥尼尔写的所有东西都读了,而格林教会了我去唤起热带的炎热感。这很有趣,我基本的文学底子是由黄金世纪④的诗歌和 20 世纪的美国小说构成的。但北美

---

① 《琼斯皇》是美国剧作家尤金·奥尼尔的戏剧代表作,于 1920 年首演。

② 《喜剧演员》是英国作家格雷厄姆·格林出版于 1966 年的长篇小说,其故事背景设在杜瓦利埃政权下的海地。

③ 苏埃托尼乌斯(Gaius Suetonius Tranquillus,约 70—约 122),罗马帝国历史学家。

④ 黄金世纪指的是西班牙古典文学的黄金时期,始于 16 世纪初,终于 17 世纪中期,涌现出塞万提斯、维加、克维多、卡尔德隆、贡戈拉等杰出的小说家、诗人和戏剧家,推动了西班牙的文艺复兴,对欧洲乃至世界文学的发展产生了深远的影响。

的因素是显而易见的。（他笑了。）

贝尔-维亚达：你间或说起，贝拉·巴托克大大影响了你的创作。是指他那种将民间创作和古典艺术融合起来的方式吗？

马尔克斯：是的，还有他那种结构意识。巴托克是我最喜爱的作曲家之一。我从他那儿学到了很多东西。我的长篇小说充满了巴托克的弦乐四重奏中的那种对称性。（人们认为我是一个心血来潮的作家，可我是有非常周密的布置的。）虽说我缺少音乐的技术知识，但我能够欣赏巴托克的形式感，他那种体系结构。巴托克也对他的人民和人民的音乐怀有深切的情感。他的影像也是令人惊异的。有一张巴托克在野外的漂亮照片：他转动着留声机上的曲柄，为一名歌唱的农妇录音。他努力工作，你可以看到。

贝尔-维亚达：你的中篇小说《纯真的埃伦蒂拉》的背景设在何处？

马尔克斯：故事发生在拉瓜伊拉半岛①，该岛比邻委内瑞拉，伸入大西洋，像这样。（他在一张纸上画了一幅拉瓜伊拉的草图。）

贝尔-维亚达：你是一个对街头生活和庶民习气了解得很深刻的作家。你把这一点归功于什么？

马尔克斯：（沉思片刻。）这是我的本源，也是我的天职。这是我最了解的生活，我是刻意对它进行培育的。

贝尔-维亚达：例如，《纯真的埃伦蒂拉》中的那些走私犯。你是怎么获知他们的情况的？

马尔克斯：哦，我是和走私犯一起长大的啊！他们是我的亲戚，是我的叔伯舅舅和堂表兄弟，在拉瓜伊拉半岛，就是那个故事的背景所在地做生意。如今那种黑货多半是不见了，他们走私的物品眼下在免税商店里面储存着；其余的那些都变得国际化了，被黑手党控制着。

①　拉瓜伊拉是加拉加斯的外港。

贝尔-维亚达：有了名气，是否就很难保持住你的草根意识了？

马尔克斯：很艰难，但不像你认为的那样难。我可以走进一家本地的咖啡馆，至多是有人要求签名而已。好的是他们像对待自己人一样对待我，尤其是在美国的酒店里，在那种地方遇见一个拉丁美洲人，一起对美国发发牢骚，他们会觉得舒服。但我把那些经历归功于《百年孤独》的许多读者，这一点我从未忽略过。

确实让我感到为难的是那些公众活动——文学鸡尾酒会啦，政府宴会啦，诸如此类。一进门就发现被那些想要和我交谈的人包围了。我最大的挣扎就是如何过我的私生活，因此，我总是和老朋友在一起，他们为我挡住人群，使我免受其干扰。

贝尔-维亚达：做新闻记者是如何影响你写作的？

马尔克斯：新闻工作让你和现实保持接触。我每周都要为十家报纸和一份杂志写一个联合专栏。这样做是有帮助的，就像是投手始终要让他的胳膊热乎起来。你知道，搞文学的人往往会被各种非现实的东西搞得很来劲的。此外,如果你只是坚持写书,那你就始终要不停地重起炉灶。

周末我去库埃纳瓦卡①的住所,浏览各种杂志以及从《新观察》《观点》上剪下来的东西,我过去常读《时代周刊》,但后来转向《新闻周刊》了。(他笑了。)

贝尔-维亚达:你,一个拉丁美洲的左翼分子,受得了读《时代周刊》吗?

马尔克斯:嗯,我仰慕美国新闻业的技能,例如,对待事实的那种慎重作风。当然都是为符合某个观点而经过巧妙处理了,但这一点另当别论。美国也有很优秀的非马克思主义的左翼人士,像《国家民族政坛》杂志的那些人。我在纽约时,就会去拜访我的朋友维克多·纳瓦斯基(Victor Navasky)。

贝尔-维亚达:你被列入了美国移民局的黑名单。怎

---

① 库埃纳瓦卡位于墨西哥中南部,距离首都墨西哥城 85 公里,为莫雷洛斯州首府。

么回事？

马尔克斯：是一种很奇怪的情况。60 年代初，我是古巴新闻社即拉丁美洲通讯社驻纽约的记者。然后到了 1961 年，我因为政治上的分歧而辞职了，去了墨西哥。在这之后，我有十年被拒绝进入美国。但在 1971 年，哥伦比亚大学授予了我荣誉博士学位，一次性签证通过了。后来，移民局的人决定，如果我做点对美国有益的事，诸如授课之类的事，他们就会让我入境。于是哥伦比亚大学的弗兰克·麦克沙恩[①]就给我弄讲座的邀请函。最终，当局和我之间达成了秘密协定。他们不想让媒体因为这件事而挑起争论，因此，如果我能给他们出示一份请我去讲话的正式文件，他们就会给我签证。

我确实是无论如何都理解不了他们何以要把我列入黑皮书——或者确切地讲，列入黄皮书的。我的政治观点是很清楚的。它们或许是和许多共产党人的观点相像——可我从来都不属于某个政党。就我所知，你不能

---

① 弗兰克·麦克沙恩（Frank MacShane）是 20 世纪七八十年代哥伦比亚大学创意写作项目的主任，著有若干部文学传记。——原编者注

只是根据人们的思想而拒绝他们入境。

（贡萨洛这会儿走了进来，轻声说道："他们来了。"他待了一会儿，把我们的啤酒瓶和玻璃杯捡起来。加西亚·马尔克斯便和我一起给其他几个话题做了扫尾工作，他问我是否还有问题要问。我便在笔记本上飞快地寻找一个合适的尾声。）

贝尔-维亚达：哪一本书是你最喜爱的？

马尔克斯：最新的总是最喜爱的，因此，眼下就是《一桩事先张扬的凶杀案》了。当然，读者总是会有差异的，每一本书都是一个过程。我尤其喜爱《没有人给他写信的上校》，然而，那本书把我引向了《百年孤独》。

加西亚·马尔克斯保持着他那种和蔼可亲的本色，漫步穿过花园时，我们三个人闲聊起了墨西哥的出租车、美国的左翼人士、巴黎的生活，还聊起了哈佛学院，作家的长子罗德里戈是那儿的毕业班学生，主修历史专业。我们在花园门口握手道别；贡萨洛热诚地让我搭车，把我送去最近的出租车候客处,我和杰出小说家的谈话便是以它开始的那种方式结束的——和这个家庭最年轻的成员在一起。

"Building a Compass" by Gene H. Bell-Villada / 1982 from *South* (London),January 1983,pp. 22–23 and *Boston Review*,v.12,March-April 1983,pp. 26–27. Reprinted by permission.

"肥皂剧妙极了。我始终想写它一个。"

苏珊娜·卡托/1987年,哈瓦那

加夫列尔·加西亚·马尔克斯,诺贝尔文学奖得主,花甲之年迈入影像世界。

"语言寓于影像之中。如果你考虑到这一点,那么书面语就是一种很原始的媒介了。你知道这是怎么回事,必须让字母一个接一个地联结,阅读它必须破译一个又一个不知其含义的声音。这完全是原始的,完全像是楔形文字。而影像则产生一种直接的、深刻得多的情感冲击力,你用不着去破译什么东西,它直接抵达心灵。"

作为《艰难的爱》新系列的编剧,作为即将上映的《为了梦想我把自己出租》系列剧的剧作者——该剧本是由他和古巴的埃利塞奥·艾尔博格·迭戈（Eliseo Albergo Diego）以及巴西的道克·孔帕拉托（Doc Comparato）在圣安东尼奥·德洛斯巴诺斯电影学校的创作室中合作编写的——这位目前担任新拉丁美洲电影基金会主席的作家这样说道：

"对我来说，电影和电视之间并无分界线，它们只是活动的影像罢了。"

在六十岁的年龄上，这位诺贝尔奖得主并不认为自己是一个幸运的人。

"我相信，运气就像守护天使，是实际存在的东西。然而，仍必须有所成全。明智者的守护天使比蛮干者的守护天使更有效。我觉得我的运气不好。许多年里，从出生到将近四十岁，我的境况都不好。

"事事不顺利。我有金钱的问题，工作的问题。我没有能力表达自己。作为作家或小人物，我有许多心理和情感的问题，这始终是很明显的。我有那种感觉，我处处都是个怪人，为此而觉得非常害怕。然后突然间我不知道是怎么回事。最近这二十年里，事事都变得顺利了。

"如果把我的运气均匀地分摊开来，我就会有六十年的平常岁月了。"

可如今,加西亚·马尔克斯觉得自己是"活在最好的时候,主要是出于这样一个原因:自儿时起,那种观念就根植在你心里了,六十岁是青春的终结。到了六十岁你就老了,你就必须穿戴得像一个老人了。那些相信这一点的人就会变得老朽。我也不免有这种想法,因为这是一种'渐强的'感觉。突然间,你醒来之后发现自己六十岁了,感觉仍然没有变,更平坦了,更稳定了,对你所做的事情更有把握了,有更多的能力去爱了,因为现在你知道该如何避开陷阱了"。

苏珊娜·卡托(以下简称卡托):艾滋病时代的爱情是什么样的?

加西亚·马尔克斯(以下简称马尔克斯):艾滋病所做的就是给爱情增加风险。爱情向来都是一种极其危险的情感,涉及巨大的风险。爱情就是一种致命的疾病。你们年轻人没有经历过梅毒的时代。这种病就像是艾滋病。它是性病,也就是说来自爱情。它是致命的,许多年里都是治不好的。它产生了和艾滋病一样强的恐惧感!

"肥皂剧妙极了。我始终想写它一个。"

我记得波哥大有海报是这么说的:"若不敬畏上帝,那就敬畏梅毒。"避孕套正如今天那样变得时尚了。人们会有那种感觉,事情总是周而复始的。此外,你不该对此感到害怕,你必须死于某种东西。我是不怕的。

卡托:你想死于什么呢?

马尔克斯:死于爱就很不错的,但不是死于艾滋病。作为一个主题,艾滋病时代的爱情是永远不会让我感兴趣的,因为艾滋病是一种和人们的行为密切相关的疫疾。它就像是霍乱或其他那些险情不可控制的瘟疫,它们是难以评估的,你不知不觉就染上了,即便你不走动,把自己关在家里面,就像"红死"①的故事中发生的那样,瘟疫以嘉年华的礼服为伪装,神不知鬼不觉地在王子的家中将他抓住。瘟疫的这种近乎形而上的维度是让我感兴趣的。

他首次谈到对电视的信念。

_____

① 指埃德加·爱伦·坡的小说《红死魔的面具》。

"我一直都想写肥皂剧。它们妙极了。它们传播的范围比书籍要大得多了。假定一本书卖得极好，一年卖出一百万册。一出肥皂剧一夜之间就能够对仅仅是一个国家中的五千万户家庭播放。因此，对我这样的人来说——我是那种只想因自己所做的事情而被喜爱的人——肥皂剧就比长篇小说要有效得多了。问题在于，我们习惯于认为肥皂剧的品位必定是差劲的，而这一点我是不能苟同的。"

加西亚·马尔克斯相信，如果知识分子不是那么瞧不起电视，电视就不会那么糟糕了。

"我深信，有才华的人终将会为电视的进步负责的。我并不相信媒介，可我相信那些创造媒介的人。"

根据作家的说法，因为电视针对广大用户而说它的坏话，这是一种轻蔑。"我在试图为广大读者写小说时就说过这样的话。《百年孤独》是一本并没有遗漏伟大文学的要素、能够连续不断地销售、被一代又一代人阅读的小说。如果我是以那种想法开始的，认为公众是没有能力留意到这本书并且对它有所响应的，那我根本就不会去

"肥皂剧妙极了。我始终想写它一个。"

写它了。"

《艰难的爱》是由莫桑比克的鲁伊·盖拉执导,由加西亚·马尔克斯编剧的,最近为该剧私下里做了小规模的试映之后,后者说:

"《美丽的鸽子夫人》的故事和一部蹩脚的肥皂剧之间的区别只在于前者写得好。然而,表达的情感、剧情、情景和肥皂剧是完全一样的:一个男人为一个他无法拥有的女人而变得疯狂,丈夫出于嫉妒而将她杀死了。这是世上任何地方都会有的肥皂剧。

"此外,如果我是拥有一所电视学校的基金会主席,瞧不上电视我是无法启动的。我坚信这一点。在国际电影节上,在电视学校中,我们不考虑电影或电视,而是考虑要用影像表达的东西。"

卡托:电影待你不好。

马尔克斯:不,就已经搬上银幕的东西而言,电影并没有待我不好,不好只是出于别的原因。事情变得不好是因为,尽管我为电影比为文学做得更多,我还是做不成我想做的事。

我想让电影这种艺术表现形式拥有文学在拉丁美洲目前所拥有的那种价值。因此我才到基金会的学校里来。因此我才将我应该拿到的六集《艰难的爱》的作者稿酬捐给了生产资本,拉丁美洲是世上唯一能让我这么做的地方。

关于拒绝将他的作品改编成电影,他说:

"人们看一部根据某个作品改编的电影,他们想要的是忠实的再现。但电影改编是公众拒绝接受的一种转换。因此我才坚持不把我的作品改编成银幕上放映的东西,而宁愿专门为电影写作了。"

卡托:可那种韵律、你的语言的那种涌动,是无法在你的本子同化为电影的过程中体现出来的……

马尔克斯:这是导演的问题,不是我的问题,这也是他们的运气不好,因为人们是来看我的,不是来看他们的。因此,观众就有通过我来评价他们的习惯了,判断他们对我的作品做了些什么,判断其忠实再现与否的程度。

但在鲁伊·盖拉制作的寓言《美丽的鸽子夫人》中,

他们就会碰到问题了,因为我确实在那部电影中看到了我,每一个镜头都有。我甚至能看到我和鲁伊在墨西哥写的脚本中的那些场景,完全是一样的。这很有趣,但唯一让我觉得奇怪的,是主人公给一个病人朗读时的场景,因为他是坐在他右手边的,而我想象他是坐在左手边的。从今以后,我要说他是坐在左手边的了。

至于诺贝尔奖,加西亚·马尔克斯说,他的创作室中的那些学生认识到,诺贝尔奖得主就是有能力说"我的想法不好,你的更好"。

"身为诺贝尔奖得主,我对我自己比对学生有更多的疑虑,因为一系列历史的和生平的因素会起作用,比如说我的文学生涯,它会让我相信我产生的每一个想法都是好的。这在我的心里就产生了冲突。让我严重怀疑我产生的每一个想法是否确实都是好的。这是我,而不是他们,必须背负的重担。"

卡托:既然你是富人了,那你怎么看待贫穷呢?

马尔克斯:首先,我并不富裕,而是一个有钱的穷汉。

无非是我现在不会遭遇穷人的问题罢了。我的看法极为重要,因为现在我懂得了穷富之间的真正差别。以前我会猜想这种差别。现在我认识到差别有多大了,现在我认识到穷人缺了多少东西了,他们的境况有多糟了,不断思考我们试图解决大多数人共同面临的严重问题的方式是如何有必要了,这大多数人生活没有充足资源,没有快乐之源,但也没有让日常生活变得戏剧化的小问题。小问题对穷人来说就是大问题。

让我去解决这些问题,就是最能激励我的事情了,尽一切可能直到我死掉的那一天为止,去解决穷人的问题,让他们能够像我那样,还是穷的,但是有钱……

卡托:你和那些政治领导人的友谊是怎么样的? 文人能在多大程度上影响政治人物?

马尔克斯:似乎难以置信,可我和政治领导人的友谊是最缺少政治因素的。问题是,我和各种各样的人交朋友,例如和建筑师交朋友,可没有人会问起我和建筑师的友谊。我处得最不好的人就是知识分子了。不知是什么缘故。就说是我对其他那些人更感兴趣吧。我和牧师、歌手、戏剧工作者处得好。我爱戏剧,我演戏很有一手的。我不明白我和政治人物的友谊何以会让人觉得如此奇怪。大概是因为他们认为这种友谊必须是一种政治友谊吧,而我们却是无话不谈的。

我能说的就是,可能会有思想交流吧,但在那种交流和聆听忠告、建议之间,没门儿。没有哪个政治领导人,没有哪个国家元首是会听任何人的话的。他们倾听,但他们终归是会觉得该怎么做就怎么做的。因此,最难办的事情就是去影响国家元首了。到头来他们会对你施加很多影响,让你去做他们想让你做的事情。

谈到菲德尔·卡斯特罗,他说:"我非常敬佩菲德尔的一点,就是他从头到尾设想一件事情的能力,厘清事情的来龙去脉的能力。我有好多次见他这么做。有一次,一段时间过去了,却还没有任何美国总统候选人被提名。菲德尔对我说,如果他们还下不了决心的话,某个不知名的人就会不声不响地进来,就会成为美国总统。随后不到三个星期,他们就谈起卡特来了,最终卡特成了美国总统。

"仿佛菲德尔见到一座冰山,就能够立刻猜想出海面以下的每一个部分,而我们都知道那是总量的八分之七呢。"

卡托:你最近和戈尔巴乔夫的谈话进行得怎么样?

马尔克斯:我们谈到苏联的改革时,戈尔巴乔夫对我说,社会踩了刹车,但并非只有我们是这样的。全人类都是会踩刹车的。没有更多的想象力,创造力陷于停滞,没有更多的对人的信仰。逐字逐句我记不得,我说的是大概的意思。但戈尔巴乔夫说,如果他那样的国家能够做那样的事,设法解开自身的束缚的话,那么整个世界就会解除封锁,就会成为人类的一个伟大时刻了。我认为他说得对。

卡托:我们对西蒙·玻利瓦尔知道得很多,可我们对你写西蒙·玻利瓦尔的小说却是一无所知。

马尔克斯:小说的成功,部分是在于不完稿就不去谈论它。

卡托:你为什么会那么迷信呢?

马尔克斯:这个不是迷信,而是一种工作方法。

"肥皂剧妙极了。我始终想写它一个。"

卡托：现在你宁愿做一个剧作家呢，还是做一个作家？

马尔克斯：剧作家就是作家。我想要不停地讲故事，不管每次会选择什么样的媒介。我甚至考虑过一个不适合电影也不适合小说的故事，我就把它写成了戏剧。

这是指他的第一部剧作，《对一个坐着的男人的爱的谩骂》，一出一个半小时的独角戏，1988 年 6 月将在布宜诺斯艾利斯首次公演。这个戏是专门为阿根廷女演员格拉谢拉·迪福（Graciela Duffau）写的，"她胳膊底下不夹个剧本是不会去睡觉或晒日光浴的"。这部戏"发生在卡塔赫纳——气温为华氏一百二十度的阴凉处，相对湿度为百分之九十——当时格拉谢拉（扮演的角色）和她丈夫吃完便饭回来，就在某年 8 月 3 日的黎明前"。

"Soap Operas Are Wonderful. I've Always Wanted to Write One" by Susana Cato / 1987 from the English-language edition of *Granma* (Havana)，17 January 1988.

加西亚·马尔克斯论爱情、瘟疫和政治

玛丽斯·西蒙斯/1988 年

加夫列尔·加西亚·马尔克斯就要出版《霍乱时期的爱情》了，这是一部他称为风尚小说的作品：讲的是两个人的爱情故事，他们的爱情在青春时代受阻，终于在年近八十时开花结果。

他在哥伦比亚出生，也在哥伦比亚得到文学灵感，即将年满六十岁，似乎像往常一样忙碌、精力充沛和顽皮。20 世纪 80 年代初在哥伦比亚政府和左翼游击队之间进行斡旋之后，他就没有回过哥伦比亚，因为那个地方暴力蔓延。如今，他和妻子梅塞德斯在墨西哥城和哈瓦那之间分配他们的时间，墨西哥城是他们近二十五年来的安身立命之处,哈瓦那是他组织并领导新拉丁美洲电影基金会的地方。电影是这位诺奖得主的旧爱,电视的戏剧可能性同样让他感到着迷。

虽然很多人把他看作左翼政治活动家,但在朋友的眼里,他仅仅是异端,是一个反对理论和概论、喜欢出其不意地对待生活、趣闻迭出的讲故事的人。在墨西哥城,我们最近花了好几个下午的时间,谈论他对瘟疫、政治和电影的兴趣,也谈了他的近作。我请他对其非凡的生产力做出评论。

玛丽斯·西蒙斯(以下简称西蒙斯):你刚完成了一个剧作,正在撰写电影脚本并指导一所电影学院的工作。你是在改变你的生活吗?

加西亚·马尔克斯(以下简称马尔克斯):没有,因为我正在写一部小说。我要把这个写完了才能开始写另一个。可我从来都没有同时做过这么多事情。我想我从来都没有感到这么得志过,在我生命的黄金时期从来都没有这样。

我在写作。有六个不同的故事正在被拍成电影。我在做电影基金会的工作。剧作今年将在阿根廷和巴西开演。

当然，很长一段时间里，我都是不能如愿以偿的——在我生命的前四十年里几乎都不行。有经济上的问题。有工作上的问题。做作家我不成功，做其他事情也不成功。这是情感上和心理上很艰难的一段时间。我觉得我像是临时演员，哪儿都不算数。然后，随着《百年孤独》的出版，境况转变了。现在，这一切都不必依赖任何人就能继续下去了。尽管如此，我还是要做各种事的。早上必须骑自行车。饮食遵守没完没了的特别规定。前半辈子吃不上我想吃的，因为买不起，后半辈子吃不上我想吃的，因为得节食。

西蒙斯：那么，你的近作《霍乱时期的爱情》，其主题和风格似乎大为不同了。为什么要写一个爱情故事？

马尔克斯：我想是年龄使我认识到，情感和柔情，发生在心里的那种东西，终归是最重要的。但在某种程度上，我所有的作品都是在写爱情。《百年孤独》中有一个接一个的爱情故事。《一桩事先张扬的凶杀案》是一出可怕的爱情戏。我认为到处都有爱情。这一次的爱情更为炽热。因为有两种爱情在联结和进行。

不过我想,我要是年轻一些的话,就写不了《霍乱时期的爱情》。几乎是把毕生的经历都放在里头了。它包含了许多经历,我本人的以及其他人的经历。最重要的是,这里面有我以前所没有的观点。今年我就要满六十岁了。在这个年龄,对待任何事都变得更平静了。

西蒙斯:或许也更宽宏大度了。因为这是一本极为宽宏大度的书。

马尔克斯:一位智利的神父告诉我说,这是他读到过的最具基督教精神的作品。

西蒙斯:那么风格呢?你把这看作对你早期创作的一种背离吗?

马尔克斯:我在每一个作品中都试图走出一条不同的路子,我想我在这里做到了。人们并不选择风格。你可以去调查,试着去发现什么是适合于某个主题的最佳风格。但风格是由题材决定的,是由时代风气决定的。

假如你试图使用并不适合的东西,那就会行不通。然后,批评家就会围绕这一点建立起理论,看到我没有看到的东西了。我仅仅是顺从于我们的生活方式,加勒比的生活。你可以拿起我的作品,我能够一行一行地告诉你,它是来自现实的哪一部分或哪一段插曲。

西蒙斯:《百年孤独》中有一场失眠症疫情,在你的一个短篇小说中瘟疫杀死了所有的鸟儿。现在有了"霍乱时期"。是什么让你对瘟疫有兴趣的?

马尔克斯:19世纪末在卡塔赫纳确实发生过一场大瘟疫。我向来对瘟疫感兴趣,从《俄狄浦斯王》开始。我读了很多关于瘟疫的书籍。丹尼尔·笛福的《瘟疫年纪事》是我最喜爱的作品之一。瘟疫就像是对人们进行突然袭击的不可估量的威胁。它们似乎具有命运的特质。那是大规模的死亡现象。我觉得奇妙的就是大瘟疫常常造成大过剩。它们使人们想要活得更多。正是这种近乎形而上的维度才让我产生了兴趣。

我使用了其他的文学参考文献。加缪的《鼠疫》。亚历山德罗·曼佐尼①的《约婚夫妇》中有一场瘟疫。我总是查阅涉及我所涉及的主题的作品。我这么做是要确保我的作品不与其他作品雷同。不是要精确地复制它们，而是要在某种程度上利用它们。我认为，作家全都会这么做的。每一个想法背后都存在着上千年的文学。我认为，你必须尽可能多地了解它，以便了解你所处的位置，知道如何将它再推进一步。

西蒙斯：《霍乱时期的爱情》的起源是什么？

马尔克斯：它其实是两个来源的汇合。一是我父母亲的恋爱，它与费尔明娜·达萨和弗洛伦蒂诺·阿里萨青年时代的恋爱相同。我的父亲是（哥伦比亚）阿拉卡塔卡的报务员。他会拉小提琴。她是富裕人家的漂亮千金。她父亲不同意，因为那个男孩是穷人，他（她父亲）是一个自由主义者。那部分的故事完全是我父母亲的故事……她去上学的时候，那些信件，那些诗歌，那些小提

---

① 亚历山德罗·曼佐尼（Alessandro Manzoni，1785—1873），意大利诗人、小说家。

琴的小夜曲,她父亲试图让她忘记他时她去内地的旅行,他们用电报交流的那种方式——这些都是真的。她回来时,人人都觉得她把他给忘了。这也是真的。和我父母亲说的完全一样。区别仅仅在于他们结婚了。而一结婚,他们作为文学形象就不再有意思了。

西蒙斯:另一个来源呢?

马尔克斯:多年前,在墨西哥,我在报纸上读到一篇报道,关于两个美国人的死亡,一个男人和一个女人,他们每年都会在阿卡普尔科相会,总是去同一家酒店,同一家饭馆,遵循相同的路线,就这样进行了四十年。他们将近八十岁了,还不断地来这地方。然后有一天,他们出去坐船,船夫为了劫财,就用船桨把他们给打死了。他们秘密的浪漫故事由于他们的死亡而变得尽人皆知了。他们让我感到着迷。他们各自都是有婚姻的。

我始终觉得我会把我父母亲的故事写出来的,但不知道该怎么写。有一天,出于那种在文学创作中发生的绝对难以理解的因素,这两个故事在我头脑里汇合在了一起。从我父母亲那里我得到了年轻人的整个爱情,从那对老伴那里我获得了老年人的爱情。

西蒙斯：你说过，你的故事经常来自一个让你难忘的形象。

马尔克斯：是的，事实上，我对如何探明故事的诞生太着迷了，因此我就在电影基金会开设了一个名叫"如何讲故事"的创作班。我召集了拉丁美洲不同国家的十个学生，我们全都坐在一张圆桌旁，一天四小时，进行了六个星期，从未间断，试着从零开始写一个故事。我们先是兜圈子。起初只有分歧……委内瑞拉人要的是这个东西，阿根廷人要的是那个东西。然后突然就有一个想法出现，抓住了每一个人，故事就能够展开了。到目前为止，我们写了三个故事了。但是，你知道，我们仍然不了解那种想法是怎么诞生的。它总是会出其不意地将我们抓住的。

就我而言，它总是始于某个形象，不是某个想法或某个概念。关于《霍乱时期的爱情》，那个形象就是两个老人在船甲板上跳舞，跳的是波列罗舞。

西蒙斯：一旦有了形象，接下来就会发生什么呢？

马尔克斯：形象在我的头脑里生长，直到整个故事成形，就像它在真实生活中会发生的那样。问题在于生活不同于文学，因此我就必须向自己提出那个大问题：这个我该如何改写？这部作品最恰当的结构是什么？我一向都是渴望找到完美的结构的。文学中的完美结构，一个是《俄狄浦斯王》的结构。另一个是一则短篇小说，《猴爪》，英国作家威廉·雅各布斯①写的。

故事和结构彻底解决了，就可以开始写了——但只有在为每个人物都找到合适的名字的条件下才可以开始。如果没有完全符合人物的名字，人物就活不起来。我就看不见它了。

一旦坐下来写，通常就再也不会犹豫不决了。我会做一点笔记，一个词或是一个短语或是次日早上能够帮助我的东西，但我不会靠很多笔记来工作的。这是我年轻时学会的东西。我认识本子里面记满了笔记的作家，

---

① 威廉·雅各布斯（William Jacobs，1863—1943），英国小说家，短篇《猴爪》为其著名的恐怖小说。

结果是对笔记思来想去而永远不会去写作品了。

西蒙斯:你总是说,你仍然觉得自己既是小说作者又是新闻记者。有些作家认为,在新闻工作中,发现的乐趣是来自调查研究,而在小说创作中,发现的乐趣是来自写作。你赞同这个说法吗?

马尔克斯:这两者肯定都是有乐趣的。首先,我把新闻视为一种文学体裁。知识分子不会同意的,可我相信它是的。它是一种形式,一种工具,用来不加虚构地表达现实。

文学和新闻对时机的把握可能会不一样,但经验是相同的。在小说中,如果你觉得是在抢发独家新闻,符合你创作的有关生活的独家新闻,这跟记者深入一篇报道的核心部分时的感觉就会是一样的。这些时刻会在你最不经意的时候出现,它们会给你带来莫大的快乐。正如记者知道什么时候会有报道,作家也会有相似的启示。他当然是仍得阐明它、丰富它了,但他知道他已经有了。这近乎本能。记者知道他会不会有新闻。作家知道那种东西是不是文学,是不是诗歌。这之后,写作是大同小异的。两者所用的技巧不少是相同的。

西蒙斯：可你的新闻工作却并不完全是正统的。

马尔克斯：嗯，我的新闻工作并不提供太多有用的信息，因此我就能遵循自己的偏好，寻求我在文学中寻求的纹理了。可我的不幸在于人们并不相信我的新闻工作。他们以为我全都是编出来的。可我向你保证，我在新闻或小说中什么都没有编造。在小说中，你会去操纵现实，因为这就是小说所要做的。在新闻工作中，我可以挑选符合我性格的题材，因为我不再有工作的要求了。

西蒙斯：能否想起来你特别有好感的新闻作品？

马尔克斯：有一篇小东西，叫作《遗失的信件的墓地》，是我在《观察家报》工作时写的。我坐在波哥大的火车上，看见一块牌子上写着"遗失的信件之家"。我摁响了门铃。他们告诉我说，所有投递不了的信件（写错了地址，诸如此类）都被送到那座房子里。屋子里有一个老人，毕生都用来寻找它们的目的地。有时这要花去他好几天时间。要是找不到收信人，就把信给烧了，但绝不会打开的。有一封是寄给"那位每个星期三下午五点钟上军械教堂的女人"。于是老人就去了那儿,找到了七个女人,逐个加以问询。当他把正确的那个人挑出来时,他需要一份法庭指令,以便打开信件确认。他是对的。我永远都不会忘记那个故事的。新闻和文学几乎是汇合在一起了。我从来都不能够将它们彻底分开。

西蒙斯:你在电影基金会希望达到的目标是什么?

马尔克斯:我想要看到作为艺术表达方式的电影制作在拉丁美洲受到文学在当下所受到的那种重视。我们有着非常优秀的文学,但它花了很长时间才得到认可。这是一场非常艰苦的斗争。有时仍是很艰难的。

西蒙斯:文学现在似乎有它自己的生命了。

马尔克斯:你知道,当我们征服了自己国内的读者时,当他们开始在拉丁美洲阅读我们时,这种情况才真的开始发生了。我们总是认为相反的情况才是重要的。我们发表作品时,只要能被翻译,就并不在乎能否在这儿卖出去。可我们知道那是怎么一回事。会被翻译,会得到一点点批评的关注,少数几个专家应尽的批评义务。作品会留在高校西语研究的小圈子里,永远都出不去。当我们开始在拉丁美洲阅读时,一切就都打开了。

电影也开始出现那种情况。现在拉丁美洲有好电影做出来。这并不是用大量资金搞出来的大制作。这是在我们自己的财力范围内、用我们自己的方法做出来的。影片在国际电影节上露面,得到奖项提名。可它们还是得在这儿征服自己的观众。问题在于那些大发行商。他们需要花很多钱去推广那些不知名的电影,还得不到回报。到我们的电影挣钱的那一天,焦点整个就会改变了。这一点我们在文学中是看到了;这一点在未来的电影中我们将会看到。

西蒙斯:政治对你来说很重要。但你并没有用你的作品来宣传你的政治思想。

马尔克斯:我认为文学是不应该被当作枪械来使用的。然而,即便是有违你的意愿,你的意识形态立场也会不可避免地在你的写作中反映出来,对读者造成影响。我认为我的作品对拉丁美洲造成了政治影响,因为它们会有助于形成一种拉丁美洲的身份；它们会帮助拉丁美洲人对其自身的文化变得更有意识。

前天一个美国人问我，电影基金会背后真实的政治意图是什么？我说，问题并不在于它背后存在的东西，而在于它前方存在的东西。目的就是要激发拉丁美洲电影的觉悟，这是一个根本的政治目标。这项规划当然是只限于电影制作了，但结果是政治性的。人们总觉得政治就是选举，政治就是政府做的事情。但是，文学、电影、绘画、音乐对锻造拉丁美洲的身份都是必要的。我说政治，指的就是这个意思。

西蒙斯：你是说这和那种艺术才华要为政治服务的观点是有所不同的？

马尔克斯：我绝不会这么说的。嗯，让我说得再清楚些吧。文艺向来是为政治服务的，是为某种意识形态服务的，是为作家或艺术家的世界观服务的。但文艺绝不应该为某个政府服务。

西蒙斯：你对拉丁美洲抱有何种愿景？

马尔克斯:我想要看到一个团结、自治、民主的拉丁
美洲。

西蒙斯:是从欧洲的意义上讲?

马尔克斯:是从它具有共同的利益和路径的意义
上讲。

西蒙斯:眼下你是出于这个缘由才去写西蒙·玻利
瓦尔的吗?

马尔克斯:不见得吧。我选了玻利瓦尔的主题,因为
我对这个人物感兴趣。没有人知道他实质上是一个什么
样的人,因为玻利瓦尔被神化为英雄了。我把他看作一
个加勒比人,受到浪漫主义的影响和塑造。想象一下那
种爆炸性的结合是多么……

但玻利瓦尔的思想正是时下所关注的。他把拉丁美
洲设想为一个自治和团结的联盟,他认为这个联盟能够
成为世上规模最大、实力最强的联盟。为此他说过一句
非常生动的话。他说:"我们就像是一个独立自主的小人
类。"他是一个非凡的人,可是受到残酷的打击,最终被击

败了。他是被今天仍在作祟的那股势力击败的——封建利益和保护其自身利益及特权的传统的地方权力集团。他们联合起来反对他,把他打败了。可他的梦想仍是有效的——去建立一个团结和自治的拉丁美洲。

你瞧,我在寻找不同的字眼。我确实憎恶政治语汇。例如,"人民"这种字眼已经丧失其含义了。我们必须抗击石化的语言。不仅在面对马克思主义者时要这样,在面对自由主义者时也要这样。"民主"是另一种丧失其含义的字眼。苏联人说他们是民主的,美国人说他们是民主的,萨尔瓦多人说他们是民主的,墨西哥人也说他们是民主的。每一个能够组织一场选举的人都说他是民主的。"独立"也是这样一个字眼。这些字眼的含义变得很微弱了。它们支离破碎了。它们不能够描述它们所指代的现实了。我总是在寻找那些未被耗尽的字眼。

你知道我生活中最大的失败是什么吗?知道那种再也无法补救的失败是什么吗?那就是不能说一口流利的英语,作为第二语言的英语。但愿把英语说得……

西蒙斯:你原本会用英语写作吗?

马尔克斯：不，不会。可拉丁美洲之外，我最好的读者是在美国以及美国的高校里，有一个让我感兴趣的庞大读者群。可我永远不可能成为他们的朋友，因为我不会说英语。我会法语和意大利语。当然，不会说西班牙语也是他们的失败了。可我想，我是比他们更感兴趣的。

西蒙斯：写剧本是什么感觉？给你添麻烦了吗？

马尔克斯：嗯，其实那是我为阿根廷女演员格拉谢拉·迪福写的一个独白。叫作《对一个坐着的男人的爱的谩骂》。一个生气的女人把脑子里掠过的一切都讲给她丈夫听。独白持续了两个小时。他坐在椅子上读报纸，毫无反应。但独白并不完全是戏剧。换言之，有许多并不适用于此的戏剧规则和戏剧规律。

西蒙斯：接下来有什么写作计划？

马尔克斯：我打算把"玻利瓦尔"写完。还需要几个月。我打算写回忆录。作家通常是在再也想不起任何事情的时候写回忆录的。我打算慢慢开始，不停地写下去。

它不会是正规的回忆录。每次完成四百页,我就出版一卷看看。我可以出到六卷。

《迷宫中的将军》是一个"复仇"之作

玛利亚·埃尔韦拉·桑佩尔/1989 年

　　我给他墨西哥的家里打了几个电话之后,他同意让我去采访。有一个条件。有一个限制:不谈政治。"你不知道该相信什么人,你不知道谁在讲真话,谁在讲假话,"他对我说道,"自从意识到这一点之后,我就决定不谈政治了。"以前他就对我说过这样的话,是在前番采访他的时候,1985 年 5 月,也是在墨西哥。当时,贝利萨里奥总统①所谓的和平是一团乱麻。正是在那个时候,加西亚·马

---

① 　贝利萨里奥·贝坦库尔·夸尔塔斯(Belisario Betancur Cuartas,
　　1923—2018),哥伦比亚法学家、经济学家、作家,1982 年 8 月 7 日
　　至 1986 年 8 月 7 日任哥伦比亚总统。

尔克斯首次暗示他关于假消息、信息战、信息操纵的论点。对他来说，这是让和平整个陷入其中的那座迷宫的关键因素之一。现在——他说——他不想趟那些深水了。他不想谈政治了。我接受。这是被采访者神圣不可侵犯的权利之一：说"好吧，但是"。我接受，因为，既然他结束了最新的小说《迷宫中的将军》的创作，我就有兴趣了解他的想法了。甚至在出版之前，它就已经引起了争议。不完全是关乎历史，而是关乎伦理。

加西亚·马尔克斯在家中接待我。他瘦了一些。"你瞧，我在遵守模特儿的饮食规定呢。"他说道，仿佛是要再一次提醒我，他拥有刚强的意志力和类似于军人的纪律。他的头发又白了很多。我暗自思忖，如果说原先他认为马里奥·拉托雷①完全符合他笔下那个上校的形象，那么如今是作家本人才最像他了。那个必谈的话题，那道餐前点心，当然就是哥伦比亚的局势了。虽然他预先通知我，他不想讨论这个话题，可他还是会脱口说出这

① 马里奥·拉托雷（Mario Latorre，1918—1988），哥伦比亚律师、政治科学家、大学教授。

样或那样的意见，让我眼下在飞机上试着回忆起来。"瞧，思想越来越清晰了，这就让我觉得乐观了。这个国家的势力和部门有了更明确的定义：游击队、毒品贩子、军方、准军事组织、神职人员、实业家、政客、平民政府。哥伦比亚是这样一个国家，权力四分五裂，每个部门都根据自身的利益来行使其权力。问题在于，平民政府是权力最小的部门。"我抗拒不了诱惑，要去询问他分析那些问题的方法，关于毒品买卖的问题，关于某些情况下游击队和毒品走私之间密切合作的问题，关于准军事组织的反应的问题。他打断我的话头："我告诉过你，我不想讨论那些问题的。"我挨了耳光："你们这些记者是让独家新闻综合征给害死了。独家新闻综合征将要毁灭这个国家。瞧，我花了三年时间进行调查研究。大众媒体想要嗅探，事情刚发生就想知道底细了。甚至只想打个电话探听一下。记者在奔走相告时，应该花一分钟时间默默思考他们所面临的巨大责任。"

我再也不敢贸然提问了。我们进入实质性的议题：《迷宫中的将军》。我在赶时间读了这部小说之后感到，加西亚·马尔克斯决心把玻利瓦尔拉下神坛，以便把这个人(从字面上讲,从文学上讲)赤裸裸地展示出来。

玛利亚·埃尔韦拉·桑佩尔(以下简称桑佩尔):虽然你总是说,一本书出版之后就不再让你感兴趣了,但既然结束了《迷宫中的将军》的写作,你现在有何感觉呢?

加西亚·马尔克斯(以下简称马尔克斯):这是我仅有的让我感到绝对满意的作品。首先是因为,对任何一部作品我都没有那么努力过。三年调查研究,两年打字。这正是一本我想要写的书。从技术的观点看,从历史的观点看,从文学的观点看,它都完全符合我的工作设想,有着我想要赋予它的那种比例。我可以很有把握地说,玻利瓦尔就是那样一个人。

桑佩尔:对那部空前成功的《霍乱时期的爱情》是否也有那种平静的满足感呢?

马尔克斯:没有。我对《爱情》感到非常害怕。对我来说它是一场冒险。冒着那种过分伤感的情节剧的风险。玻利瓦尔是这样一项文学工程,我把各种纪实知识、技术知识和理性知识都投入其中了,我认为我实现了自己的愿望。此外,《将军》比我其他作品都更重要。它表明,我所有的作品都契合某种地理和历史的现实。它不是魔幻现实主义,不是他们说的所有那些东西。读玻利瓦尔时你会意识到,其他一切作品都有着某种程度上在《将军》中所证实的那种纪实的、历史的、地理的根基。这又像是在写《没有人给他写信的上校》了,但眼下是基于历史的。我终归只是在写一本书啦,同一本书在兜着圈子,不停地写下去。

桑佩尔:想去写玻利瓦尔最后的旅程,这个想法来自何处?

马尔克斯:嗯,你瞧,我从未想过会去写那本关于玻利瓦尔的书。我想要写一本关于玛格达莱纳河的书。我在玛格达莱纳河上旅行了十一次,往返旅行。我是逐个村镇、逐棵树木地了解那条河的。在我看来,讲述那条河的最好借口就是玻利瓦尔的那段旅程了。

桑佩尔:那么,玻利瓦尔比那条河的故事更让你感兴趣是从什么时候开始的呢?

马尔克斯：有一刻我开始想要弄明白那个人会是一个什么样的人，以便了解他是否必须说话，是否必须动作……我了解得越来越深入了，然后就意识到——简直是令人惊异——那个人和学校教我们的关于他的那些东西是毫不相干的。我开始读玻利瓦尔的传记，逐渐意识到他是怎样一种类型的人了。我觉得他是那样亲近，那样熟悉。他像我在委内瑞拉、哥伦比亚认识的许多人。他是非常加勒比的。我开始深深地爱上他，对他抱有极大的同情了。最重要的是，我对他所遭遇的事情感到愤怒起来了。

桑佩尔：你读到的哪一本传记是最让你喜欢的？

马尔克斯：你会觉得诧异的。英代尔西奥·列瓦诺·阿吉雷①写的那本传记是最好的。问题在于英代尔西奥缺乏文学修养。他那种散文的风格非常枯燥。但至于说他的观点、知识、对材料的组织、总体思路……从政

---

① 英代尔西奥·列瓦诺·阿吉雷（Indalecio Liévano Aguirre，1917—1982），哥伦比亚政客、外交家。

治上讲,是卓越的。

桑佩尔:你开始写这部小说时,玻利瓦尔在你心目中是怎样一个形象?

马尔克斯:从高中课本,从埃瑙①和阿鲁布拉②撰写的正史中得到的那个形象——"他的嗓音尖利,像是嘹亮的号角之声",诸如此类。这个描述来自奥里利③,可他们并不归功于他。实际上,我一点儿都不知道玻利瓦尔是个什么样的人。现在我开始考虑所有那些从学校毕业的孩子。我认为他们对玻利瓦尔所知甚少。

桑佩尔:那你为何写他最后的旅程,而不写玻利瓦尔的传记呢?

马尔克斯:问题在于我解释不了我的创作。我写作

---

① 赫苏斯·玛利亚·埃瑙(Jesus Maria Henao,1870—1944),哥伦比亚作家,《哥伦比亚史》的作者。

② 赫拉尔多·阿鲁布拉(Gerardo Arrubla,1872—1946),哥伦比亚历史学家、作家、记者和政客。

③ 丹尼尔·弗洛伦斯·奥里利(Daniel Florence O'Leary,1801—1854),西蒙·玻利瓦尔的侍从武官。

是为了对自己解释这一切是怎么回事。那段旅程是玻利瓦尔生活中记载最少的部分。他这个习惯于写很多书信的人,那次出行却只写了两三封信。没有人做笔记,没有人保存记录。正因为如此,我的写作才可以在想象方面没有大的限制。真是妙极了!我什么都可以编造。

桑佩尔:那么,"历史小说"和"小说化的历史"的困境会是怎样的呢?

马尔克斯:作品完全是虚构的。事实上,没有任何文献记录会让我觉得舒服。事实上,这是一部可以让我进入玻利瓦尔头脑的小说。但我深信,我写了一部玻利瓦尔的传记,是从这个意义上而言:我相信那就是他的个性。

桑佩尔:用了什么方法?

马尔克斯:我用的是这种方法:如果那些是政治和历史的状况,如果人的境遇是那样的,如果他在书信中说了这样那样的话,那么他心里想的就是这样的东西。因此我才必须写一部小说,因为要是我动手写历史,我给自己造成的限制就太大了。小说赋予你绝对的自由。

桑佩尔:历史记录没有施加限制吗?

马尔克斯:人物的心理,其行为和个性,都是虚构的,然而是基于诸多记载的虚构。这很有意思:没有一个史实不是经过再三核实的。这给了我什么呢?嗯,只要是没有记载的,我就有绝对的自由去编造了。

桑佩尔:这就是你所理解的海明威的"冰山"理论吗?事实证明,我们所见的浮在面上的巨大冰山是坚不可摧的,因为有八分之七的体积在水下支撑着它?

马尔克斯:是的,《将军》值得注意的就是潜在水下的巨量信息。

桑佩尔:它给你提出遭遇历史、做历史研究的问题了吗?

马尔克斯:是的。首先,我完全缺乏经验,缺少方法。平生从未研究过史实,一向是从新闻工作的角度研究史实的。因为缺少方法,我浪费了不少时间,变得垂头丧气,造成不必要的疲劳。要是再写一本历史书,就可以拿手多了,因为现在有点儿知道该怎么做了。

桑佩尔:探究了老半天,你发现了有趣的东西没有?

马尔克斯:有的。例如,没有哪个地方——你倒是给我找一个出来看看——说过玻利瓦尔是戴眼镜的。在他死后的财产清单里,我突然发现有一副眼镜(lentes)登记在册。我很快就去重新确认了,发现那个时候就是把"透镜"称为"lentes"的。

桑佩尔:那么,你为何决定要让玻利瓦尔戴眼镜呢?

马尔克斯:嗯,什么人到了那个年纪眼睛不开始老视呢?什么人到了那个年纪是不用上眼镜的呢?尤其是那样一个人,他是一个孜孜不倦的读者,他习惯于在烛光下阅读。也许他会对此加以隐瞒吧,但要就着烛光阅读公文,他就必须戴上眼镜。

桑佩尔:你说过,你的作品都始于一个形象。此书开篇描写的玻利瓦尔赤身裸体躺在浴缸里的那个形象,你是什么时候想到的？

马尔克斯：我是说过这句话，但这并不一定是指那个形象必须成为书中的第一个形象，即便《百年孤独》的情况是这样的。我研究起玻利瓦尔的传统形象来。我看得见他，却难以设想那就是解放者的形象。我难以相信那个角色的存在，想象不出他的样子。但我突然找到了玻利瓦尔年轻时写的一个句子："我会在贫穷和赤裸中死去的。"然后我就完全明白他应该是怎样的了。确切地讲，并不是浴缸里的形象，但肯定是赤身裸体的形象。后来我找到了一个英国外交官的证词，他写了抵达波哥大的情况。那位外交官说，他去了总统府，发现几个士兵在用石子玩一种掷骰子游戏。玻利瓦尔赤身裸体躺在吊床上，吹着共和国进行曲的口哨，一边用脚趾打着节拍。与此同时，奥里利坐在地板上，写着玻利瓦尔向他口授的那句话。就在那一刻我看见了玻利瓦尔。我用不着波哥大的寒意，用不着他身为总统的事实，用不着总统府，什么都用不着。我说：那个就是玻利瓦尔，在吊床上晃悠，赤身裸体。但这是历史学家否认的一段轶事。好好想想：凡是历史学家视为不真实的东西都是让我感到激动的东西,都是给了我玻利瓦尔的确切形象的东西。

桑佩尔:他们为什么要排斥那段轶事呢?

马尔克斯:因为历史学家声称,奥里利那天不在波哥大。

桑佩尔:这反倒有可能是内心深处害怕祛除玻利瓦尔形象的神话色彩吧?

马尔克斯:这自然是害怕祛除他身上的神话色彩了!我那些朋友,读过这本书的委内瑞拉历史学家,在我们从历史的角度对它做了深入研究之后,就再也没有责备过它了。但其中一位请求我给玻利瓦尔穿上衣服。

桑佩尔:就像是发生在米开朗琪罗的西斯廷教堂壁画上的事。为什么呢?

马尔克斯:因为他说整本书都是非常恭敬、非常虔诚的。但是让他赤身裸体的那件事……没有人是习惯于光着身子的。于是我就跟他说:你知道这是真的。我在家里就是习惯于光着身子的。我知道沿海地区很多人,尤其是男人,是习惯于光着身子的。

桑佩尔:裸体……还有其他什么特征是你用来让英雄有血有肉的呢?

马尔克斯:帮助我了解人物的另一个因素,是我在画家何塞·马利亚·埃斯皮诺萨①的记述《旗手回忆录》(*Memorias de un abanderado*)中发现的东西。在圣·卡洛斯宫②,他在给玻利瓦尔画像。曼纽莉塔③就住在马路对面。那是在9月攻势前的几天。外面突然鼓噪了起来。玻利瓦尔停止摆姿势,倚在了阳台上。他看见一名军官从院子里策马飞驰而过,便对他说道:"怎么! 你骑得那么快不怕摔断脖子啊?"那个家伙转过身来告诉他说:"不知是出于对什么的尊重,我没有杀掉卡塔赫纳的那个家伙。"那个跑到外面阳台上去叫喊的玻利瓦尔,是真实的玻利瓦尔。但是没有人考虑过埃斯皮诺萨的故

---

① 何塞·马利亚·埃斯皮诺萨(José María Espinosa,1796—1883),哥伦比亚画家。

② 圣·卡洛斯宫在哥伦比亚首都波哥大。

③ 曼纽莉塔指的应该是下文的曼努埃拉。

事,因为他是个画家。

桑佩尔:就玻利瓦尔的画像及传统形象而论,哪一幅
肖像和你的玻利瓦尔最为贴近?

马尔克斯:我认为最贴近的是无名氏所作的一幅画,
《玻利瓦尔在海地》,就是在和米兰达·林赛共进午餐的
场景中我所描绘的那一幅。

桑佩尔:米兰达·林赛是从哪里来的?

马尔克斯:她完全是虚构出来的。众多女性中,我只
保留了曼努埃拉[①]。她们有三十五个,有些好像历史上
实有其人,有些好像不是。于是我就决定把她们都编造
出来,除了曼努埃拉,她就像是在书中露面的那样。

桑佩尔:玻利瓦尔如果那么爱曼努埃拉,那他为什么
要离开她呢?

---

① 曼努埃拉·萨恩斯(Manuela Sáenz,1797—1856),出生在新格拉纳
达总督辖区(今厄瓜多尔)的基多,西蒙·玻利瓦尔的情人,南美革
命英雄。

马尔克斯:玻利瓦尔老是要离开曼努埃拉的。这是现在你能够看到的东西,因为他死了。这是他最后一次见她,他说他要启程去欧洲了。可她还是留了下来。如今,她也终于留下来了。可她最终也跟随他了。这一次,她到达了瓜杜阿斯①。在那儿,人们告诉她说,解放者死了。他离去了,他的结局是悲惨的,却是可贵的:他从世间销声匿迹了。

桑佩尔:你在某些场合说,你打算写《百年孤独》时出现的难题是不知该如何处理基调和语言。写《将军》时遇到过类似的难题吗?

马尔克斯:有的,基调。尽一切可能做得像是那个时代的一篇纪事,而不必弄成模仿之作。

桑佩尔:然而,玻利瓦尔因为生病发烧,有时神志不清,他那种身体状况和精神状况可以让你更多地采用现代文学技法。例如,意识流。你不是受到诱惑才这么做的吧?

---

① 哥伦比亚玛格达莱纳省的一个小镇,距波哥大约117公里。

马尔克斯:不是的。我是想让它像那个时代的记载,以保护自己不受限制。

桑佩尔:因此小说就采用了传统的结构方式,有一个全知叙事人,以及几乎不被联想和回忆打断的线性时间……?

马尔克斯:是的。不过有一点你可能没有注意到。人们在任何情况下都无法确切知道玻利瓦尔在想什么。人们知道周围那些人物在想什么。但并不知道他在想什么,因为,如果我身为作者知道玻利瓦尔的所思所想,那我就不可能去加以猜测了,就没有任何可能了。于是我就不进入玻利瓦尔的主观世界。我走进其他人的主观世界,连那些女性角色的主观世界也都进入,但就是不进入玻利瓦尔的主观世界。

桑佩尔:定稿就要在这个星期问世了,能否谈谈定稿之前九易其稿的情况? 你是如何让此书与委内瑞拉的历史学家进行对质的?

马尔克斯:我是5月到委内瑞拉的,书已经大致写好了。我是用编目资料写的,是用欧亨尼奥·古铁雷斯·赛利斯①和法比奥·普约②给我的资料写的。于是我就问一名历史学家,谁最了解玻利瓦尔作为普通人的那一面。他们告诉我说,比尼西奥·罗梅罗③最了解。他对他的专题著述了如指掌。我给他打了电话,他真的给了我许许多多的细节。我把整张问卷发给他,他便逐一答复。最让我感兴趣的,是玻利瓦尔被视为一个人,一个普通人。

桑佩尔:你的主要意图是不是要祛除他身上的神话色彩,就像你本人在小说中所说的那样,在荣耀离开他身体时将他表现出来?

马尔克斯:是的。听着。几天前,在加拉加斯,有人问菲德尔·卡斯特罗,这个形象是否代表着对解放者的一种不敬。他说:"这是一个异教徒的形象。"这就是我想

---

① 欧亨尼奥·古铁雷斯·赛利斯(Eugenio Gutiérrez Celis, 1952—),哥伦比亚历史学家。
② 法比奥·普约(Fabio Puyo,1945—),哥伦比亚历史学家、作家。
③ 比尼西奥·罗梅罗(Vinicio Romero,1940—2007),委内瑞拉作家、历史学家、记者。

要的东西,我相信我是做到了。我对玻利瓦尔是那么尊敬,因此我不想在玻利瓦尔的别墅里召开新书发布会,让那些扮成曼努埃尔·萨恩斯的女人售书。除了其他理由之外,《将军》的写作也是为了让玻利瓦尔的纪念活动不会继续受到那种东西的控制。

桑佩尔:难道你不怕这本书的出版会引发一场争论吗?

马尔克斯:那是支持玻利瓦尔的人和反对玻利瓦尔的人之间的争论。我必须说的,都已经说了。在这件事情上他们休想从我嘴里再弄出一句话来。我的看法就是这样的,既然我写的是一部小说,那我就要说,它就是这样的。剩下的就是诠释了,而这不关我的事。他们爱怎么讲就怎么讲吧!

桑佩尔:你鄙视桑坦德尔①吗?

---

① 弗朗西斯科·德保拉·桑坦德尔(Francisco José de Paula Santander y Omaña,1792—1840),哥伦比亚政治家、军事家、独立运动领导人、总统,曾任玻利瓦尔助手。

马尔克斯:没有鄙视,可我们今天这个国家是他造就的。

桑佩尔:什么样的国家?

马尔克斯:了不起的国家,但是完全被源于桑坦德尔思想的一个因素给搞砸了,那就是体制和现实并不相符。

桑佩尔:如果桑坦德尔没有插进来妨碍玻利瓦尔,那哥伦比亚会是一个不同的国家吗?

马尔克斯:委内瑞拉和哥伦比亚的差别非常大,它们无非是体制上的差别所造成的结果。在委内瑞拉,联邦战争打赢了。他们早就有了公证结婚、离婚、教会和国家分离、世俗教育。这就是两个国家之间的差别:它们的体制。桑坦德尔是一个了不起的政府首脑,但要创造一个国家,我相信,你需要彻底对此重新加以分析的。

桑佩尔:为什么这么说呢?

马尔克斯:我认为,我们正在行动、思考、构想,试图追随一个并不真实而是停留在纸面上的国家。宪法、法律……在哥伦比亚,一切都是宏伟高尚的,一切都是停留在纸面上的。和现实一点儿都不相符。在此意义上,委内瑞拉要比哥伦比亚更接近玻利瓦尔的思想。哥伦比亚是一个桑坦德尔式的国家。体制、司法组织和行政组织都是桑坦德尔式的,但国家是玻利瓦尔主义的国家。这是另一回事了。许多年里都存在着一个受到压制的民主传统,而这是留给我们的仅有的希望,是留给哥伦比亚的仅有的希望。

桑佩尔:你谈起希望显得有点古怪啊。你的作品,从本质上讲,似乎存在着一种对历史、对人类境况的悲观意识。孤独似乎成了唯一的现实,成了剩下来的最不想要的东西。何以会有这样一种宿命论呢?

马尔克斯:这是一种轻率的诠释。并非一切事物都是以孤独告终的。我想说,我试图把现有的一切负面因素都摆在桌面上,以便让我们意识到我们需要做的事情。

桑佩尔:《将军》中也存在着孤独与爱情持续的并置和对位法。

马尔克斯：你是在定义《百年孤独》呢。

桑佩尔：或许是吧，但在玻利瓦尔身上我也发现了这一点。面对遗弃、衰退和孤寂，玻利瓦尔似乎要保住的唯一积极的因素就是爱情了。

马尔克斯：嗯，这在我所有的作品中都是存在的，并非如你所说的那样，是不可更改的孤独。它们是对立的，孤独和爱情。爱情或许是仅有的选择了，是留给我们的仅有的拯救之道了。

桑佩尔：读了那么多关于玻利瓦尔的东西，查了那么多文献，你最终对解放者有什么明确的看法没有？

马尔克斯：坐下来平心静气地读了我写的这本书之后，我相信，只要玻利瓦尔能够达到他想要达到的目标，他就不会半途而废。他想要让这个大陆成为一个国家。自由的国家。他确实想要一个无限辽阔的祖国：拉丁美洲。只有在这一点上他是没有矛盾的。

桑佩尔：如果说为了正当目的可以不择手段，那么在玻利瓦尔身上就确实存在着我们所谓的"极权主义的诱惑"了？这不只是桑坦德尔所代表的反对派的一种诋毁吧？

马尔克斯：确实是存在的。为了拉丁美洲的统一和独立,玻利瓦尔显然是准备诉诸任何手段的。如果极权主义是必要的,那他是愿意成为极权主义者的;如果民主是必要的,那他就会是民主主义者。

桑佩尔：对君权的欲求呢？

马尔克斯：这是很明显的。当玻利瓦尔谋求终身总统和终身参议员时,他是在掩盖他的感受:对君主政体的欲求。他觉得,一个人用毕生的时间都不足以完成他想要完成的如此艰苦卓绝的工作。

桑佩尔：因此桑坦德尔就有理由将其扼杀在萌芽状态了？

马尔克斯：目前在委内瑞拉出现了新的倾向,拥护桑坦德尔的人相信,人们现在对玻利瓦尔有了真正的认识,他的伟岸要归功于桑坦德尔,后者起到了闸门的作用,阻止他流向专制主义。

桑佩尔：玻利瓦尔是个极为矛盾的人。

马尔克斯：玻利瓦尔既是他自己，也是他的对立面。所有的矛盾冲突都是真实的。写玻利瓦尔传记的问题在于，例如，你发现有一句话证明他是赞成君主制的，你很快就会发现另一句话证明恰好相反。我的作品中由玻利瓦尔所显示出来的一切疑虑，在你研究玻利瓦尔时都会出现的。

桑佩尔：你总是说，你的每一个小说人物身上都会有你本人的一些东西。玻利瓦尔身上是否有那种东西呢？

马尔克斯：在许多方面我觉得都能认同玻利瓦尔。例如，在并不过分执着于死亡这件事情上，因为死亡会让你分心，对那些基本问题，即你生活中所要做的事情会造成干扰。我对玻利瓦尔的这个诠释，在他的书信和行为中是完全得到证实的。他不想知道任何有关医生的东西或是任何有关他病情的东西。他肯定知道他是濒临死亡了；他觉得他对此是无能为力的。如果他开始调查的话……疾病如同工作:你必须全身心投入其中。我的想法也一样。我不让死亡的念头分散我的注意力,干扰我在做的事情,因为那样结果就会是假装活着了。

桑佩尔:你还借给了玻利瓦尔什么?

马尔克斯:是我身上你想象不到的东西:他那种坏脾气,他曾将它控制得和我一样好。事实上,小说家是用自身的点点滴滴来创造人物的。

另一件引起我关注、让我做了很多探索的事情,就是他和女人的关系。我想在那一点上我是什么都说了。有一点会让我停下来说出对他的看法。我相信他是不爱任何人的。或许会爱他的妻子吧,而事实上他对爱是感到恐惧的。

桑佩尔:因此他才会说"我再也不会坠入情网了,这就像是同时拥有两颗灵魂"?

马尔克斯:是的,但这话不是玻利瓦尔说的。是我说的。

桑佩尔:对爱情做出至高无上赞美的,不就是你吗?

马尔克斯:嗯,稍等一下。是玻利瓦尔说了那句话。我要说的是那种想法,坠入爱河就像是拥有两颗灵魂。这太奇妙了。

桑佩尔:让我斗胆提出假设:(《没有人给他写信的上校》的)上校和将军有不少共同的特征。但是这很奇怪,虽然这么说可能会显得荒唐,在他们两个人身上,和他们的伟岸一样重要的就是便秘的问题。

马尔克斯:在玻利瓦尔的任何传记中,你都是找不到便秘的问题的。我是在雷维伦德(Reverend)医生那儿找到这一点的,但只是一笔带过。他说,为了治疗慢性便秘,他们给他喝了一勺我不知道是什么的东西,给他服了一些药丸。当你说到"慢性便秘"时,你就已经知道这个人的性格了。因为我说过,这个世界可划分为排便通畅的人和排便不畅的人。

桑佩尔:或可划分为桑坦德尔主义者和玻利瓦尔主义者?

马尔克斯:供记录在案:这是你的说法。

桑佩尔:你是否成了一个玻利瓦尔主义者?

马尔克斯:是的。我只了解一件事,那就是我们并不了解哥伦比亚历史。因此我就承担了一项任务,既然书写完了,那就创立一个基金会——书写哥伦比亚真实历史的基金会。我打算把这本玻利瓦尔小说的收入用作该基金会的专款。我打算组织一群未被污染的青年历史学家,设法写出哥伦比亚的真实历史,不是官方的历史,让他们单用一本书就能讲清楚这个国家是怎样一个国家,这本书的可读性强,要像小说那样。因为我要对你坚称,不仅是哥伦比亚,而且整个拉丁美洲都必须被重新加以分析。《将军》和基金会都在努力寻求今天发生在哥伦比亚的一切事情的根源。

桑佩尔:有什么可以挽救的吗?

马尔克斯:创造性的想象力。在哥伦比亚,尽管恐怖无处不在,创造力却仍在继续。真是不可思议。连哥伦比亚少年犯的创造力也胜于其他任何国家歹徒的创造力。艺术家的创造力，嗯，看看吧。哥伦比亚有戏剧、绘画、文学……什么都有。可国家不给文化投一分钱，不给创造力投一分钱。国家也不为教育或公共卫生花钱。哥伦比亚资本家，哥伦比亚寡头，他们什么都不奉献，于是每个人都必须尽其可能为生存而战了。因此他们才会说，虽然国家运转得不好，但经济还是好的。然而，我们有一个吝啬的政府，十足是桑坦德尔式的政府。

桑佩尔：于是就要多多挖苦桑坦德尔了？

马尔克斯：挖苦的是桑坦德尔的国家观念。

桑佩尔：你把《将军》视为一个无懈可击的作品吗？

马尔克斯：我注意到的唯一的缺陷是，此乃复仇之作，向那些对玻利瓦尔做了他们所做的事情的人复仇。

桑佩尔：我坚持认为，这一切的背后存在着反对桑坦德尔主义的立场。

马尔克斯：我说并不存在反对桑坦德尔主义的立场，因为桑坦德尔和玻利瓦尔之间的纷争是相互的。问题在于,既然我在这种情况下是用玻利瓦尔的声音说话的,那就显得玻利瓦尔的争辩多于桑坦德尔的争辩了。尽管如此,我还是设法让桑坦德尔以其本来面目示人。我认为他是一个值得敬佩的人。但真正的自由派是玻利瓦尔。桑坦德尔恰恰是拥护西班牙的保守思想的。他在理论上创立了一些完美的机构,但是视野极其狭猛。相比之下,玻利瓦尔是一个气势如虹的自由派,试图造就世上最大、最强的联盟。

桑佩尔:一个乌托邦。

马尔克斯:有些人声称,玻利瓦尔是怀着 18 世纪的人的愿景,因此对国家是没有概念的。他们声称,那种拉丁美洲大联盟的想法几乎是反乌托邦的。另一个方面,他们认为桑坦德尔的心智是 19 世纪的心智,他对国界问题理解得很清楚。于是我们哥伦比亚就有了奇人奇事,这就是说,自由党的创立者、创始人是一个保守分子:桑坦德尔。那个仍然保守的党,则归因于玻利瓦尔。我不知道自由党人和保守党人现在是如何应付的。嗯……现在他们全都是保守分子,全都是桑坦德尔主义者。

桑佩尔:照你的看法,玻利瓦尔和桑坦德尔之间根本的个性差异是什么呢?

马尔克斯:桑坦德尔为人阴险,毒如蛇蝎。玻利瓦尔是一个满口脏话的加勒比人。最大的差别是作风上的差别。

桑佩尔:对玻利瓦尔的崇拜,比起对桑坦德尔的崇拜无疑是大得多了,如何解释这一点?

马尔克斯:对玻利瓦尔那种不成比例的虔敬的崇拜,无非是那些把他当一条狗那样对待的人所表现出来的一种隔代遗传的负罪感。但我仍然相信,那个被打翻在地、惨遭蹂躏的玻利瓦尔,远胜于他们设法向我们兜售的那个形象。

"*The General in His Labyrinth* Is a 'Vengeful' Book" by María Elvira Samper / 1989 from *Semana* (Colombia), 14 March 1989. Translated by Gene H. Bell-Villada.

和加西亚·马尔克斯在片场

安德鲁·帕克斯曼/1996年,墨西哥城

     1982年诺贝尔文学奖得主、哥伦比亚人加夫列尔·加西亚·马尔克斯以其小说而著称于世,最著名的小说如《百年孤独》和《霍乱时期的爱情》,通过个体的哥伦比亚人的生活探索拉丁美洲的社会历史。

     人们还不太知道的是加西亚·马尔克斯涉足电影圈。20世纪60年代初,他在罗马电影中心学习之后,为墨西哥导演撰写剧本。此后一直为他工作的导演包括阿图罗·利普斯坦(Arturo Ripstein)和托马斯·古铁雷斯·阿莱亚(Tomás Gutiérrez Alea)。然而,他只有一部小说被改编成电影,即弗朗西斯科·罗西(Francesco

Rosi)执导的《一桩事先张扬的凶杀案》(1987)。

加西亚·马尔克斯也是新拉丁美洲电影基金会主席,这个基金会是1985年他在古巴设立的。他偶尔在基金会的国际影视学校上点课,讲授剧本创作。

豪尔赫·阿里·特里亚纳(Jorge Alí Triana)执导的《俄狄浦斯镇长》,是作家新近进入影坛的尝试。该片将索福克勒斯的悲剧重新放置在哥伦比亚的一座城镇里。《综艺》记者安德鲁·帕克斯曼在墨西哥古旧的楚鲁巴斯克工作室里和加西亚·马尔克斯边喝咖啡边聊天,"俄狄浦斯"正在那儿进行后期制作。

安德鲁·帕克斯曼(以下简称帕克斯曼):《俄狄浦斯王》让你感兴趣的是什么?

加西亚·马尔克斯(以下简称马尔克斯):是其完美的结构,剧中的调查者发现凶手就是他本人。我早就知道我想要把它拍成电影了,但最近才意识到我可以让它适应于哥伦比亚的现实。

现在我在看第一个剪辑本,意识到它的情节最初可能是为哥伦比亚构想的。各种各样文化上根深蒂固的暴力交织在一起，人人都有罪咎。这是集体责任的问题。

帕克斯曼：你喜欢为银幕写作吗？

马尔克斯：我个人是觉得厌烦的。这是个技术活儿，我还没有好好学习过呢，它让我觉得像是穿上了紧身衣。我花了不少时间修改，好像它是文学似的。因此我根本就不该写电影剧本！

帕克斯曼：在《俄狄浦斯王》中，我们看到一个为命运所主宰的世界。如果哥伦比亚也是这样的，那人们岂不真的就对它的问题无能为力了吗？

马尔克斯：你不可以得出这样的结论。现在我们必须做的，是为身份而斗争，是为重申独立而斗争。美国每次进行总统大选，就会把世界带到战争的边缘。我巴不得选举早点结束，这样哥伦比亚、墨西哥、委内瑞拉和古巴的问题就都能得到一点儿解决了。

帕克斯曼：你觉得美国是拉丁美洲在文化上的敌人吗？

马尔克斯：美国在拉丁美洲投入巨资建立文化中心，诸如此类，他们没有做成我们不花一分钱就在美国做成的事情。我们在改变他们的语言、音乐、食物、恋爱方式、思维方式，我们开始在那儿做我们的电影了。我们对美国的渗透程度是眼下他们在这儿想要的。这对我来说很好。我怕的是政治渗透。

帕克斯曼：美国电影那种压倒一切的统治地位呢？

马尔克斯：我们无权为此感到不安，因为我们并不拥有一个富于竞争力的电影产业。三十年前，我们的作品是不以英语或法语销售的；一旦我们征服了本土市场，我们的作品就开始在国外销售了。我们需要拍出我们自己的观众喜欢的电影——现在我们拍的那些则是设法赢得戛纳奖的电影。

电影的重大启示是意大利的新现实主义，尤其是编剧柴伐蒂尼①。他创作了一种低廉的、感怀的、非常质朴的——却非常出色的电影。那种公式，我一向觉得，是适

———————

① 塞萨·柴伐蒂尼(Cesare Zavattini，1902—1989)，意大利电影编剧。

用于拉丁美洲的优异公式。

帕克斯曼:你为何不让你的绝大多数小说改编成电影呢?

马尔克斯:我认为书本会给读者的创造留白。他可以想象那个上校就像是他的叔叔,或另一个角色就像是他的祖母。留白是书本带给读者的一种礼物。

这种东西在电影中完全消失了,因为电影的影像太确凿了,没有留下任何创造性的空白。

帕克斯曼:那你为何让罗西去拍《一桩事先张扬的凶杀案》呢?

马尔克斯:首先,他是我很要好的朋友。书出版时我在巴黎,他跟我打电话,说是想和我一起吃个午饭。我很高兴——我们多年没见了。我们去吃午饭,一顿很长的午饭。然后他就走了。

次日,他的编剧托尼诺・盖拉(Tonino Guerra)给我打电话说:"你们是一对白痴!弗朗西斯科・罗西大老远跑来请求你让他拍《一桩事先张扬的凶杀案》,他连问都不敢问你一声!"于是我就给他打了电话,说:"嗨,弗朗西斯科。拍吧!"

帕克斯曼:你会再那么干吗?

马尔克斯:不会了。那是一时的软弱。

帕克斯曼:每隔多长时间被人请求一回呢?

(马尔克斯大笑起来,举双手做出绝望状。)

帕克斯曼:看到过你喜欢的美国电影吗?

马尔克斯:《阿波罗13号》。理由?因为他们让留下来的那些人经历了冒险。世上仅存的主题就是人们的痛苦和欢乐。最具冲击力的影像就是返程的航天舱的两个降落伞打开之时,你会想到那些妻子和旁人在注视着呢。

"On the Lot with García Márquez" by Andrew Paxman / 1996 from *Variety*, 25 - 31 March 1996, p.55.

加博换工作了

苏珊娜·卡托/1996 年

　　三十五年前,加夫列尔·加西亚·马尔克斯离开了新闻行业。长久的缺席之后,他带着《一起连环绑架案的新闻》重返这个行业,一部将出现在本周波哥大书展上的三百三十六页的报告文学。该作是三年调查的成果,在此期间,这位诺贝尔奖得主采访了世界各地的五十多个人。结果是产生了一本丝毫没有虚构的书。所有事实都得到精心核实。而加博却说,"它显得比任何小说都更像小说"。

　　1948 年 5 月 21 日,卡塔赫纳的《宇宙报》开设了"句号,另起一段"的专栏,是一个名叫加夫列尔·加西亚·马尔克斯的法律系学生的第一篇新闻作品。今天,近半个世纪之后,距离那个"如此之新,许多东西尚未命名,提起它们时还须用手指指点点"的世界已很遥远,那个无名的记者不仅成了20世纪最著名的作家之一,而且他本人也成了一则新闻。就在两周前,他占据了世界头条新闻,那些绑架胡安·卡洛斯·加维利亚①的人要求作家去做哥伦比亚总统。"在绑架的压力下,稍具常识的人都是不会做出任何决定的。"这位诺贝尔奖得主答复道。

这是他闻知的一个题材。他从未忘怀的那种手艺使他去做了三年调查,对在"可引渡的罪犯"手中的十位哥伦比亚人——五男五女——的绑架案做了调查。将于本周出版的《一起连环绑架案的新闻》,不仅标志着作家的

① 胡安·卡洛斯·加维利亚是哥伦比亚总统塞萨尔·奥古斯托·加维利亚(César Augusto Gaviria Trujillo, 1947—)的弟弟。1996年4月2日,一个自称"哥伦比亚尊严"的组织在哥伦比亚西部地区绑架了前任总统的弟弟胡安·加维利亚,要求马尔克斯取代现任总统埃内斯托·桑佩尔,并要求马尔克斯在履行总统职务时保证撤销塞萨尔·加维利亚担任的美洲国家组织秘书长一职。马尔克斯拒绝了这个要求,声称他只会是"最糟糕的总统"。

新闻和文学的技法臻于顶峰——奇数章节涉及外部世界，偶数章节涉及囚禁，内部世界。它还提供了一个人性化的新闻报道的范例，通过那些有血有肉的主角，加西亚·马尔克斯就像他在《一个海上遇难者的故事》中所做的那样，将记者冷静的头脑时常予以否认的受害者那个迷人空间——记忆的空间打开了。

苏珊娜·卡托（以下简称卡托）：在《一起连环绑架案的新闻》中，那些主角生活着，有可以识别的姓名，他们通过电话和作者交谈。这本书你觉得有多难写？

加夫列尔·加西亚·马尔克斯（以下简称马尔克斯）：每一本书都是难写的。《百年孤独》是难在其内部所承载的神话的重负。《族长的秋天》也是难在其历史小说的重负。《一起连环绑架案的新闻》是难写的，难在其新闻真实性的重负。

卡托：你会像凡夫俗子那样难以将报道搞定，这一点是没有人会相信的。四十年前那个没有合法身份证明的快乐的新闻记者[①]和那个在采访时永远不会遭到拒绝的诺奖得主并不是同一个人。

马尔克斯：我并不是通过人脉或金钱，而是通过在记者的职业中步步攀登才得到那个特权的。我在你这个年龄时，也不得不和你现在为了让我接受你采访所遭遇的那些困难抗争。别忘了，做这样一份工作，一位诺奖得主需要比一个初出茅庐的新闻记者有更多的谦恭。

卡托：在我看来，最难的倒还不在于什么人去写它，而在于让它成为主要参与者想要舒舒服服地谈论的一个话题。

马尔克斯：这确实是很不容易的，不过是出于更多有趣的缘由。我第一次和"玛鲁哈"帕切翁及其丈夫阿尔贝托·毕耶米萨说话。他们俩对这本书都是有想法的，他们是这篇报道的核心和导引线索，实际上，我们一起连续工作了三年。但起初是令人沮丧的。玛鲁哈也许是下意

---

① 引自加西亚·马尔克斯的新闻报道集的标题《当我快乐而无证件时》。——原编者注

识决定要把那可怕的六个月忘掉吧;要详述那段经历,她不得不付出极大的努力。需要两度启动,回溯好几次——至少是二十个小时的录音——她才最终能够回想起更多富于人性的细节,而这是我们想要的东西。

卡托:先生,你是编造了让人悬浮起来的一杯巧克力的人,难道你就不会编造出突发奇想的细节吗?

马尔克斯:想要编造的话,是可以编造的。但要求的是公平竞争。按其所有规则写一篇报道,不给编造留下任何余地,这才是我想要的。现在我很高兴:书中没有一行推测性的文字,没有一个事实不是在人性可能的范围内得到查核的。尽管如此,我仍可以肯定,读这本书是要下功夫的,因为它比我写的任何小说都更像小说。我相信,这是它的主要优点。

卡托:可那些人物的爽直还是让我感到吃惊。人们是不喜欢看到自己暴露感情的。

马尔克斯:没有人会不愿讲述自己的经历的,这是因为——除了其他原因之外——他们多半是受害者。正相反,他们没有什么好遮遮掩掩的了。如果说有什么东西让我感到惊异,那是就他们绝大多数人对其痛苦的克服而言的。不过,我感激他们每一个人,在近两年的时间里,对我们所做的事情守口如瓶。不可思议的是,在世上最会兜售流言的国度里他们是如何做到这一点的。我采访的对象不下五十人,没有走漏过一点风声。因为我的问题是,只要我在某个官方或私人的机构露面、搜集资料,我就会成为新闻。我得到了记者鲁兹·安赫拉·阿特阿加的协助,她装作为她自己的某个项目工作,获得了最难获得的资料。玛格丽塔·马尔克斯·卡巴莱罗,我的堂妹和私人秘书,处理所有的材料,默无声息地录入超过四打的盒式磁带。有的事我自己都忘了,因为她很谨慎,没有说给我听。

卡托:那些施害者受到均等的处理了吗？你为什么不去和巴勃鲁·埃斯科巴①交谈呢？

---

① 巴勃罗·埃斯科巴(Pablo Escobar,1949—1993),哥伦比亚大毒枭,麦德林贩毒集团首脑,曾被《财富》杂志评选为全球七大富豪之一。

马尔克斯：施害者的情况就不同了，因为他们或许是不想利用这篇报道去为他们自己辩护吧。我开始进行调查时，巴勃鲁·埃斯科巴还活着，我知道他对我写的这本书是有所风闻的。我决定要在完成初稿时才亲自到监狱里去和他讨论这本书的，但还没完成他就死了。可以肯定的是，我会站在他的立场上思考问题的，这样就能公平地对待他了。优秀的报道中是既不能有好人也不能有坏人的，只有具体的事实，这样读者就能得出自己的结论了。

卡托：但最新一期《新闻周刊》得出的结论却是，此书说明你在内心深处是敬佩巴勃鲁·埃斯科巴的。

马尔克斯：我对这个结论也感到惊讶呢。这些头脑清楚、经验丰富的新闻工作者居然会将客观性和敬佩之情混为一谈，真是够奇怪的。巴勃鲁·埃斯科巴是作为人的一个实例引起了我的兴趣：这个人起初是盗车贼，成功地建立起一个非法跨国公司，打破了美国的壁垒，而那个国家的监控人员是以苏联一发射导弹就能够侦查到为傲的。

作为一名严肃认真的记者，你是不能够忽视这样一项成就的,它在这本书中便是那样让人领会到的。不管怎么说,埃斯科巴还是逃走了,在我能够采访他之前就死掉了。因此,他在这本书中就仍然是那些年里他在哥伦比亚的那个样子:一种没有人看得见、没有人知道他身在何处的隐形势力。但他神通广大,破坏力惊人,这一点是没有人会怀疑的。

卡托:既然你没有直接采访过他,那你是如何掌握这么多秘密信息的呢?

马尔克斯:我有埃斯科巴写给当局、人质的家属、他自己的律师的所有信件,可供我任意使用。它们是信息的宝贵源泉,不仅关乎事实本身,而且关乎埃斯科巴本人的个性。其真实性是无可置疑的,尤其是书信的写作风格,对那种教育程度的人来说,有着令人震惊的准确性和表达力。但凡涉及对某人的谴责,尤其是涉及对当局的谴责时,他就会亲笔书写,附上签名,加盖指印。

卡托:你是月亮落在处女座的人,这就让你对细节有了一种强迫性的热爱。这是你作品的一个标记。能否谈谈你在《一起连环绑架案的新闻》中具体形成的某些精彩细节?

马尔克斯:我尝试为所有的信仰写作,正因为如此,我才请了占星师毛里西奥·普埃尔塔来做巴勃鲁·埃斯科巴的星盘。他出生时的行星会合是最为糟糕的。他投案自首时,似乎只有三种命运:监狱、医院或死亡。有第四种命运,而这对他来说是难以设想的:修道院。可他一旦逃跑,就不再有回头路了——照他的星盘来看——因为那时他的主导倾向就是暴死了。

卡托:奥乔亚兄弟①和埃斯科巴及其同伙一样都是施害者,那你为什么要采访他们呢?

马尔克斯:奥乔亚兄弟的情况就不同了。兄弟三人坐牢,即将服刑期满。书中将要揭示的不为人知的事情是,他们在狱中和巴勃鲁·埃斯科巴及阿尔贝托·毕耶

---

① 奥乔亚家族(Ochoa family)是麦德林一个有声望的地主家族,其中路易斯·奥乔亚、法比奥·奥乔亚和胡安·奥乔亚三兄弟是埃斯科巴的毒品合作伙伴,麦德林的毒品走私大佬。路易斯·奥乔亚是麦德林贩毒集团的第二号人物。

米萨建立了一条沟通的渠道。多亏了这一点,绑架案的最后两名受害者——玛鲁哈·帕切翁和帕切托·桑托斯——才会活着出来,埃斯科巴才会投案自首。奥乔亚兄弟——他们是因贩毒和非法收益而非杀人或恐怖活动被判刑的——做了应该考虑给他们减刑的工作,守法的工作。然而,结果非但没有给他们减刑,他们也没有对这个权利提出要求。

卡托:为了和他们谈话,你都做了些什么? 见面时的情形怎么样?

马尔克斯:要去看奥乔亚兄弟是不成问题的。他们接待访客,他们吃从家中带来的食物。不过,要是我在那儿露面的话,那就会成为一桩丑闻了,而且会迫使我把正在写的这本书的秘密给泄露出来。因此我就需要等待合适的机会了。机会来自一群高级别的美国记者,他们是桑佩尔总统去年邀请的,让他们来研究哥伦比亚的毒品走私状况。他们和奥乔亚兄弟交谈时,我就可以利用机会分别和他们每个人谈话了,谈谈我剩下的一些疑虑。初稿一完成,我就把问卷发了过去,他们不仅加上了一些真正相关的注释，而且更正了一些事实错误，提供了一些新材料。

　　卡托：就算是埃斯科巴死了，人们也会觉得，哥伦比亚的状况和你在书中写的那种状况仍是没有区别的。对我们这些生活在哥伦比亚境外的人来说，情况就更是如此，有关绑架案、毒品走私和恐怖活动的新闻报道看起来好像是一成不变的。你的国家根本就没有发生过变化，这不是很奇怪吗？

　　马尔克斯：它变得更糟糕了。对我来说，古怪之处在于，我感觉自己是活在我的书里面。塞萨尔·加维利亚，当时的总统，现在觉得他本人是处在我书中那些绑架受害者的家庭最终所处的那种境地中了。阿尔贝托·毕耶米萨，玛鲁哈·帕切翁的丈夫，他是此书的核心角色，如今成了绑架事件的沙皇，做着为解救他的妻子和弗朗西斯科·桑托斯所做过的事。

　　另一个方面，埃斯科巴扣留人质是为了让制宪会议禁止引渡哥伦比亚公民。现在，那些绑架卡洛斯·加维利亚的人，实际上是在要求不要恢复有关引渡的法令，要求副总统德拉·卡列①不要取代桑佩尔②,因为他们受人引导而相信,德拉·卡列是赞成引渡的。这是不正确的。我认为,他们挑选我做候选人,是因为他们知道我基于国家尊严的一项基本原则,一向反对、现在仍然反对引渡哥伦比亚公民。这项基本原则就是:没有哪个母亲会把孩子送到邻家去接受处罚的。处罚他们的是她,只有她才有权利这么做。今天的绑架事件和我书中所写的那些绑架事件的一个区别是,眼下发生的那些是毫无意义的,因为让引渡法复原的任何可能似乎都是不存在的。不管哥伦比亚的体制多么虚弱无力,我们需要的是去加强它们,不是因其薄弱而抛弃它们。

卡托:你说过,在小说和新闻报道之间你看不出有什么区别。你为什么要选择报告文学,而不选择一切都在你的想象中因而会少冒些风险的小说呢?

---

① 翁贝托·德拉·卡列(Humberto De La Calle Lombana,1946—),哥伦比亚律师、政客、副总统。

② 埃内斯托·桑佩尔(Ernesto Samper Pizano,1950—),哥伦比亚律师、经济学家、政客、总统。

马尔克斯:一篇新闻作品就是一则完整的新闻,但包含着一个重要因素:人性化的细节。也就是说,此书真正的主题是主人公们的痛苦,不仅是指受害者及其家属的痛苦,甚至也是指绑架者的痛苦。让我把话说得明白清楚些吧:没有比绑架行为更野蛮的罪行了。没有哪个绑架受害者是会彻底缓过劲来的。在我的书中,只要房门一打开,不管是什么时候,白天还是夜晚,受害者都不知道来的究竟是食物还是死刑判决。他们都是通过广播或电视获得消息的,他们可以屡次三番地看见自己的家属。而他们的亲属却看不见他们,那些亲属也不知道自己会被看见。这就像是从死亡的角度看见生活。

连那些实际的绑架者,他们有些人也是很仁慈的,也会试图让自己保持镇静呢。而受害者却相信,那些犯罪分子打算把他们杀掉,那些好心的刽子手是想让他们少受点罪呢。此外,做那份看守绑架受害者的工作,你必须要有点儿自杀的倾向,因为有些看守确信,一旦出了那个地方,他们就会被杀掉的,为了防止他们泄密。确实有不少人被杀掉了。绑架的人性戏剧是如此令人痛心,如此复杂,因此在小说中是编造不出来的。总之,我始终想要写一本书,让我们哥伦比亚人像在一面镜子里看到的那样,在书中看到自己的恐惧。我希望这就是那样一本书。

卡托:为避免在进入21世纪时处在目前他们所处的那种境地里,哥伦比亚人打算怎么做呢?

马尔克斯:在我们仍然设法进入20世纪时,你怎么会相信我们是能够考虑21世纪的呢?别忘了,对一个人们再也不知道什么是真实什么是虚假的国度而言,我花了三年时间才确保书中没有一则新闻是虚假的。当总统候选人并未意识到其神圣的顾问是在为其竞选接受数百万美元的黑钱时①,小说写作的未来是什么?原告不被考虑,这是因为在他们所说的许多真相中,他们添加了那么多的谎言,在这样一个地方,小说写作的未来是什么?总统摇身一变成为原告的控告者,理由是那些人确实收取了现金,但并没有将钱花在竞选上面,因为他们带着钱跑掉了,在这样一个地方,小说写作的未来是什么?他的

---

① 当时舆论要求总统桑佩尔辞职,鉴于他在1994年的竞选活动中接受毒贩资助这一指控。

三个部长因处理并不存在的金钱、掩盖并未发生的罪行而面临牢狱之灾,在这样一个地方——根据这一切——小说写作的未来是什么?审理总统的十五名法官中,有好几个法官被指控犯有他们应当审理的那种罪行,在这样一个地方,小说写作的未来是什么?有六名国会议员入狱,二十多名国会议员受到调查,检察总长坐牢,总审计长被指控犯有盗窃罪,在这样一个地方,小说写作的未来是什么?政府没有时间执政,国家分崩离析,社会被分为相信一切的人和一切都不相信的人,这个和那个都没有充分的依据,在这样一个地方,小说写作的未来是什么?那些被指控犯有盗窃罪而锒铛入狱的毒枭,最终使得总统和总统顾问,使得这个国家和所有人都变得毫无根据了,因为他们坚称连一分钱都没有给过,在这样一个地方,小说写作的未来是什么?搞什么搞!在这样一个国度里,我们小说家除了换工作就别无选择了。

"Gabo Changes Jobs" by Susana Cato / 1996 from *Cambio 16 Colombia*, 6 May 1996. Translated by Gene H. Bell-Villada.

译后记

　　本书根据密西西比大学出版社 2006 年的版本译出。

　　翻译时参考了达索·萨尔迪瓦尔的《回归本源：加西亚·马尔克斯传》(卞双成、胡真才译，外国文学出版社 2001 年版)，朱景冬等译的《两百年的孤独：加西亚·马尔克斯谈创作》(云南人民出版社 1997 年版)，林一安编的《加西亚·马尔克斯研究》(云南人民出版社 1993 年版)，范晔译的《百年孤独》(南海出版公司 2011 年版)，黄锦炎、沈国正、陈泉译的《百年孤独》(上海译文出版社 1989 年版)，轩乐译的《族长的秋天》(南海出版公司 2014 年版)，王永年译的《迷宫中的将军》(南海出版公司 2014

年版),杨玲译的《霍乱时期的爱情》(南海出版公司 2015

年版),赵德明、刘瑛等译的《加西亚·马尔克斯中短篇小

说集》(上海译文出版社 1982 年版),王银福译的《一个遇

难者的故事》(云南人民出版社 1991 年版),陶玉平译注

的《上校无人来信——加西亚·马尔克斯小说集》,李静

译的《活着为了讲述》(南海出版公司 2016 年版),朱景

冬、孙成敖的《拉丁美洲小说史》(百花文艺出版社 2004

年版),萨曼·鲁西迪的《美洲虎的微笑——尼加拉瓜纪

行》(*The Jaguar Smile: A Nicaraguan Journey*.

London：Picador，1987),吉恩·贝尔-维亚达的《加西

亚·马尔克斯其人其作》(*García Márquez: The Man

and His Work*. The University of North Carolina Press，

1990)。

感谢南京大学出版社顾舜若的信任,让我有机会翻

译这本书。此书的编译者吉恩·贝尔-维亚达是威廉斯

学院的罗曼语教授、马尔克斯研究专家,他的专著和论文

是我做博士论文的重要参考,多年后能够翻译他编的这

本书,也算是缘分。

责编顾舜若认真细致,查漏补缺,提供译文的修改意

见,表现出良好的工作水准和责任心,给译者的工作以有力的支持。翻译过程中得到许小夜、汪天艾、孙嘉瑞、罗汉娜(Hannah Lund)的帮助,在此一并致谢。

译文不当之处,敬请读者批评指正。

许志强

2019 年 2 月 20 日,杭州城西